诗经讲演录

灵魂的诗与诗的灵魂

姜广辉 邱梦艳 著

中国社会科学出版社

图书在版编目（CIP）数据

诗经讲演录：灵魂的诗与诗的灵魂／姜广辉，邱梦艳著.
—北京：中国社会科学出版社，2016.5
ISBN 978 - 7 - 5161 - 5963 - 7

Ⅰ.①诗…　Ⅱ.①姜…②邱…　Ⅲ.①《诗经》—通俗读物
Ⅳ.①I207.222 - 49

中国版本图书馆 CIP 数据核字（2015）第 081271 号

出 版 人	赵剑英
责任编辑	罗　莉
特约编辑	孙少华
责任校对	李　林
责任印制	戴　宽

出　　版	中国社会科学出版社
社　　址	北京鼓楼西大街甲 158 号
邮　　编	100720
网　　址	http://www.csspw.cn
发 行 部	010 - 84083685
门 市 部	010 - 84029450
经　　销	新华书店及其他书店
印　　刷	北京君升印刷有限公司
装　　订	廊坊市广阳区广增装订厂
版　　次	2016 年 5 月第 1 版
印　　次	2016 年 5 月第 1 次印刷
开　　本	710×1000　1/16
印　　张	18.25
插　　页	2
字　　数	242 千字
定　　价	69.00 元

凡购买中国社会科学出版社图书，如有质量问题请与本社营销中心联系调换
电话：010 - 84083683
版权所有　侵权必究

目　次

开头语:《诗经》诠释小史 …………………………………………… (1)

国　风

周南 ………………………………………………………………… (3)
　　关雎 ……………………………………………………………… (3)
　　葛覃 ……………………………………………………………… (7)
　　樛木 ……………………………………………………………… (10)
　　汉广 ……………………………………………………………… (14)
召南 ………………………………………………………………… (18)
　　鹊巢 ……………………………………………………………… (18)
　　甘棠 ……………………………………………………………… (21)
　　摽有梅 …………………………………………………………… (24)
邶风 ………………………………………………………………… (29)
　　柏舟 ……………………………………………………………… (29)
　　燕燕 ……………………………………………………………… (33)
　　凯风 ……………………………………………………………… (37)
　　雄雉 ……………………………………………………………… (40)

匏有苦叶 …………………………………………………（43）
　　谷风 ……………………………………………………（46）
鄘风 ………………………………………………………（51）
　　相鼠 ……………………………………………………（51）
卫风 ………………………………………………………（54）
　　淇奥 ……………………………………………………（54）
　　木瓜 ……………………………………………………（58）
王风 ………………………………………………………（61）
　　中谷有蓷 ………………………………………………（61）
　　兔爰 ……………………………………………………（65）
　　葛藟 ……………………………………………………（68）
郑风 ………………………………………………………（71）
　　缁衣 ……………………………………………………（71）
　　将仲子 …………………………………………………（75）
　　有女同车 ………………………………………………（79）
　　子衿 ……………………………………………………（82）
　　野有蔓草 ………………………………………………（86）
　　溱洧 ……………………………………………………（89）
齐风 ………………………………………………………（93）
　　东方未明 ………………………………………………（93）
魏风 ………………………………………………………（97）
　　伐檀 ……………………………………………………（97）
　　硕鼠 ……………………………………………………（101）
唐风 ………………………………………………………（105）
　　蟋蟀 ……………………………………………………（105）
　　有杕之杜 ………………………………………………（109）

秦风 ………………………………………………………… (113)

    蒹葭 ………………………………………………………… (113)

陈风 ………………………………………………………… (117)

    衡门 ………………………………………………………… (117)

曹风 ………………………………………………………… (120)

    蜉蝣 ………………………………………………………… (120)

    鸤鸠 ………………………………………………………… (124)

豳风 ………………………………………………………… (128)

    伐柯 ………………………………………………………… (128)

小　雅

鹿鸣之什 ……………………………………………………… (135)

    鹿鸣 ………………………………………………………… (135)

南有嘉鱼之什 ………………………………………………… (139)

    湛露 ………………………………………………………… (139)

    菁菁者莪 …………………………………………………… (142)

鸿雁之什 ……………………………………………………… (146)

    鸿雁 ………………………………………………………… (146)

    鹤鸣 ………………………………………………………… (149)

    祈父 ………………………………………………………… (153)

    黄鸟 ………………………………………………………… (155)

节南山之什 …………………………………………………… (159)

    节南山 ……………………………………………………… (159)

    小旻 ………………………………………………………… (163)

谷风之什 ……………………………………………………… (167)

蓼莪 ·· (167)
无将大车 ·· (172)

大　雅

文王之什 ·· (179)
　　文王 ·· (179)
　　大明 ·· (184)
　　绵 ·· (189)
　　皇矣 ·· (194)
　　灵台 ·· (200)
生民之什 ·· (204)
　　生民 ·· (204)
　　公刘 ·· (210)

周　颂

清庙之什 ·· (217)
　　清庙 ·· (217)
　　烈文 ·· (220)
　　昊天有成命 ·································· (224)
闵予小子之什 ·································· (227)
　　敬之 ·· (227)

附录　《孔子诗论》编连、注释与白话翻译 ········ (232)

编后话 ·· (256)

开头语:《诗经》诠释小史

姜广辉

一 《诗》的原始性和文学性

《诗》《书》《礼》《乐》《易》《春秋》,是中国先秦时代最早的几部文献。这些本是社会的公共文本,在诸子百家中,只有儒家愿意全面继承它,并对之加以整理和阐释,于是它也就成了儒家的经典,被后世称为"六经"①。到了汉代,因为社会尊经的缘故,这些文献名称的后面普遍缀了一个"经"字,如称《诗》为《诗经》、称《易》为《易经》,等等。虽然在先秦时,还没有《诗经》这样的名称,但为了口语表达的方便,我们还是以《诗经》称之,这一点请大家能够理解。

《诗经》是中国最早的诗歌总集。"诗歌"二字是个现代名词,但用在古代却是很恰当的,因为《诗经》中的诗篇都是可以歌唱的。《诗经》可以说是一部史诗,它所反映的主要是西周和春秋初中期人们方方面面的精神生活。18 世纪下半叶法国汉学家希伯神父(LePFibot)在其所著《古代中国文化论》中说:"《诗经》的篇什如此优美和谐,贯串

---

① 汉代《乐经》失传,只剩了五经,然而后世有时也会用"六经"作为儒家经典的代称。"六经"是虚称,"五经"是实称。

其中的是古老的高尚而亲切的情调，表现的风俗画面是如此纯朴和独特，足可与历史学家所提供的资料的真实性相媲美。"① 西周和春秋初期虽然也有过社会乱离的历史，但总体上说，那时人们的生活颇有田园诗般的味道。在我们看来，《诗经》中的诗篇，大部分为无名氏所作，或者是一种集体式的创作，其功用是社会共同体成员用来相互娱情，或者在宗庙中娱神的。汉代儒者硬说《诗经》篇篇都是美某人、刺某人的，有许多穿凿附会的成分。

中国西南地区一些少数民族到今天仍有"对歌"的习俗②，大概《诗经》时代普遍具有此种风俗。《诗经》中的风谣一类诗很可能是通过这种"对歌"形式传播的。这种"对歌"有时是恋人的互诉衷情，也有时是集体娱乐的相互调笑。它直抒胸臆，活泼清新，感情真挚，充满生命的活力。像《将仲子》："将仲子兮，无逾我墙，无折我树桑。岂敢爱之？畏我诸兄；仲可怀也，诸兄之言亦可畏也。"③ 这种偷情诗歌能在上古社会共同体中传唱、流传，最后被王朝采诗官采集到，经过整理后，又被上层社会接纳，并加以传习。如果没有集体娱乐"对歌"调笑的形式，这样的诗是不会在最初流传的；如果没有一个相对开放宽容的人际关系和共同的审美情趣，王朝采诗官也不会将之宣之于大庭广众之间的。

《诗经》向我们展示了当时人们精神生活的"样态"。他们的生活是具体的、琐碎的，乃至重复的，几乎是无须记述的，但这些生活乃至具有此生活的人们的精神是那样的鲜活，它以一种诗歌的形式记录下来，并且一直被传诵，被解释，而由此，这种生活乃至具有此生活的人们的精神被"诗化"了，我们或许可以将之称为"诗化人学"。尽管汉

---

① 转引自周发祥《诗经在西方的传播与研究》，见《文学评论》1993 年第 6 期。
② 笔者曾在贵州生活十年，亲身感受到苗族、布依族"对歌"的魅力。"对歌"有围坐的形式，也有相距较远对唱的形式。相距远而要人听清，则句式不宜长。
③ 阮元校刻《十三经注疏》，中华书局影印 1980 年版。

代以后曾有一个"礼化诗学"的过程，但是"诗化人学"的传统一直借助文学的形式被继承和发展，也就是说，后世人们一直用诗来唱颂自己的生活。

五经中的其他四经如《易经》《尚书》《春秋》《仪礼》都是出自圣贤的制作删述，记载圣君贤相、大贤君子的言行事功，只有《诗经》中的《国风》所反映的是里巷田野、匹夫匹妇的悲欢怨怒之言，甚至还有偷情"淫奔"之事，这部分内容怎么可以与帝王圣贤的格言大训并列为经呢？通观历史，中国可称得上诗的国度，尤其是唐诗更发展到一种巅峰的程度。但人们仍称《诗经》为经，而不称后世的任何诗篇（包括唐诗）为经，这又是为什么呢？

由于语言的变迁，《诗经》的大部分诗今天读起来已不甚能懂。然将它翻译成现代语言，我们会发现，其思想之鲜活，几乎与我们是零距离的。由此我们认为诗经是灵魂之诗，唯其是灵魂之诗，它才体现诗之灵魂。在我们看来，《诗经》的深层的魅力，在于它是一部情感母题的结集。董仲舒《春秋繁露·玉杯》篇说："诗道志，故长于质。"苏舆《春秋繁露义证》解释说："诗言志，志不可伪，故曰质。"志，指人们的情志；质，指真实自然。《诗经》所反映的正是上古先民真实心声的自然流露，体现他们对于真、善、美的热切追求。与后世的诗歌相比，《诗经》没有过多强调技巧、格律，也没有刻意追求绮丽的辞藻，但它却完好地保留了诗的原始抒情本质。那时的人们，动于心而发于口，天机自动，天籁自鸣，他们所抒发的情感，无论喜怒哀乐，都是那样的真实自然，没有一丝矫揉造作。而抒发情感正是诗歌的本质。诗人沈方在《诗歌的原始样式》一文中提出："真正的诗歌，就是原始样式的诗歌"，"只有回到诗歌的原始，才能得到本质的诗歌"。[①] 这种看法是很有见地的。

---

① 《诗刊》2001年第8期。

《诗经》并未因为其草创而显得粗犷、鄙野，相反，在很多方面其艺术造诣都是后世所无法企及的。《诗经》没有确定的作者，它在流传过程中很可能经过许多高手的加工锤炼，以至篇篇精致无比。例如对爱情的描写："关关雎鸠，在河之洲。窈窕淑女，君子好逑。……求之不得，寤寐思服。悠哉悠哉，辗转反侧。"① 又如对远征士卒内心世界的描写："昔我往矣，杨柳依依。今我来思，雨雪霏霏。行道迟迟，载渴载饥。我心伤悲，莫知我哀！"又如对女性美的描写："巧笑倩兮，美目盼兮。"② 又如对孝子思亲之情的描写："父兮生我，母兮鞠我。拊我畜我，长我育我。顾我复我，出入腹我。欲报之德，昊天罔极。"③ 又如对感恩之心的描写："投我以木桃，报之以琼瑶。"④ 等等，皆为千古佳句。它对后世诗歌的发展产生了不可估量的影响，所以宋代朱弁《风月堂诗话》卷上评论魏晋诗歌说："魏曹植诗出于《国风》。晋阮籍诗出于《小雅》，其余递相祖袭，虽各有师承，而去《风》《雅》犹未远也。"宋许顗《彦周诗话》述苏东坡教人作诗之法说："熟读《毛诗·国风》与《离骚》，曲折尽在是矣。"许顗并且评论说："仆尝以为此语太高，后年齿益长，乃知东坡先生之善诱也。"

《诗经》虽然从一言到八言几乎都有，但基本是以四言为主。在中国诗歌史上有一个从四言诗到五言诗，再到七言诗的发展主线。《诗经》之所以以四言为主，可能有两个原因，一是由于当时语言习惯的原因。上古人说话简洁，词汇多以单音节为主。后世词汇发展，多以双音节为主。今人读《诗经》觉得特别古奥，然而当时人一听就能懂的。二是由于《诗经》中的诗最初是用来歌唱的，歌唱有音节的需要，四言应该是适应音节表达的需要而自然形成的。秦汉以后，也有写四言诗

---

① 《诗经·国风·周南·关雎》。
② 《诗经·国风·卫风·硕人》。
③ 《诗经·小雅·蓼莪》。
④ 《诗经·卫风·木瓜》。

的，但多是写铭、颂之类。后世可能因为语言习惯的变化，人们已经不善于用四言诗来抒情表意了。所以，宋代刘克庄《后村诗话》卷一说："诗四言尤难，以三百五篇在前故也。"由于后代人缺乏写好四言诗的体会，加上经学家更重视《诗经》的道德教化意义，所以对《诗经》中四言诗的美学规律，一直没有很好地进行研究和总结，这是非常遗憾的。

二 《诗经》的内在价值

各民族在文明初启之时，差不多都有其民族史诗一类的东西。史诗因为有故事性，又是韵文，即使在没有文字之时，也可以通过传唱来流传。因而这种史诗也就成了该民族最初的知识、文化，乃至价值观的载体。当代德国哲学家伽达默尔评论荷马史诗在希腊社会中的地位时说："那时的时尚是，一个人必须诉诸于荷马才能证明自己的全部知识（无论属于什么领域）的正确性，正如基督教作家诉诸《圣经》以证实自己知识的正确性一样。"《诗经》在中国上古时期也有类似的情形。荷马是一位盲人，而当时传唱、演奏《诗经》的乐师——瞽者们，都是盲人。这些瞽者在当时，不仅是音乐教育的掌管者，同时也是知识文化的掌管者，甚至是知"天道"者，《国语·周语下》记单襄公之语说："吾非瞽史，焉知天道？"这是说作为掌管诗乐之官的——瞽，当时被认为是知"天道"的人。

所以，尽管先秦时期还不是经学时期，像《诗》这类文献已经具有了经典的地位。人们在言谈之间，动辄说"《诗》云"如何如何，而在各诸侯国之间的外交场合，卿大夫之间能否恰当地引诗、赋诗，也是考验他们的文化素质和外交能力的重要标志。所以孔子说："诵《诗》三百，授之以政，不达；使于四方，不能专对；虽多，亦奚以为？"

"不学《诗》，无以言。"孔子认为学《诗》的人事理通达，温柔敦厚，善于言谈，这样的人国君会授之以政事，也可以作为使臣独立从事外交活动，不学《诗》的人，连谈话的资本都没有。孔子之后，儒者著书动辄引用《诗经》，像《大学》两千字的文献，有十二处引用《诗经》，《中庸》一篇有十六处引用《诗经》，《缁衣》一篇有二十二处（有二十一处引用《诗经》原文，有一处引用逸诗）引用《诗经》。由于《诗经》所具有的这种权威性，所以古代儒家一直重视阐释它所蕴含的价值观，至少从先秦孔子到汉代儒者是这样。汉代《诗经》有鲁诗、齐诗、韩诗、毛诗四家，至《毛诗序》篇篇讲美刺而达于极致。由于儒者的一代一代的阐释，给《诗经》附加和递增了许多的价值和意义。《诗经》因而变成了一部承载价值和意义的母体文本。

三 《孔子诗论》对《诗经》的认识

十年前，《上海博物馆藏战国楚竹书（一）》出版，这是新近发现的一批战国竹简文献，其中收有一篇非常重要的孔门论诗文献——《孔子诗论》。这篇文献现有完、残简 29 支，共约 1006 字。因为这篇简文连缀拼合有很大的难度，许多学者都参与了拼合整理，因而有若干不同的版本。我因为当时正研究经学，觉得这篇简文对诗经学非常重要，所以花了极大的功夫参与研究。我自己也作出一个文本，这个文本吸收了许多学者的重要意见，加上我自己的原创，应该说是当时最好的文本之一，后来被美国学术刊物翻译成英文发表。据我所知，这也是中国学者关于《孔子诗论》整理研究唯一被译成英文的文本。

几年前我在岳麓书院开《孔子诗论》课，讲了一个学期，我也发表过许多篇相关的文章，这里不想重复，也不拟多讲。这里只想谈两点新的认识。

第一，《孔子诗论》帮助我们确认《诗经》到底分为几个部分。传统的意见认为，《诗经》分为三大部分：风（十五国风）、雅（小雅、大雅）、颂（周颂、鲁颂、商颂）。这本来不是一个问题。但宋代程大昌作《诗论》十七篇，专门论述《诗经》原本分为南、雅、颂三大部分，他认为《诗经》中的"周南"和"召南"的"南"字，不是表示地域和方位，而是表示一种"乐"名，南和雅、颂一样，都是乐名。其他十三国诗，不入乐，也无"国风"之名。"国风"之名是汉儒起的。这就提出了一个新问题。不过传统儒者并不依从程大昌的说法。到了近代，梁启超提出《诗经》应分为南、风、雅、颂四大部分，其说暗袭程大昌的说法，而又有许多新的论证，文章写得非常雄辩。一些学者看了他的文章，在认识上发生了动摇，比如蒋伯潜、蒋祖诒父子合著的《经与经学》一书就采用了他的说法。那么，《诗经》到底分为哪几部分呢？读了《孔子诗论》，我们就有了答案。我们不妨录下其中一段：

　　《颂》，毂德也，多言后。其乐安而迟，其歌绅而荡，其思深而远，至矣！《大夏（雅）》，盛德也，多言□□□□□□□□，【□】矣！《小夏（雅）》，【□】德】也，多言难而怨怼者也，衰矣！小矣！《邦风》，其内（入）物也博，观人俗焉，大金（验）材（在）焉。其言文，其声善。

　　《孔子诗论》明确将《诗经》分为风、雅（小雅、大雅）、颂三大部分，那时不称《国风》，而称《邦风》，那是因为古来原本称《邦风》，汉以后因为犯了汉高祖刘邦的名讳，才改为《国风》的。所以今天，我们可以不受程大昌、梁启超的困扰，很有把握地说：《诗经》分为风、雅（小雅、大雅）、颂三大部分。这虽说是一个常识，但它是一个正确的常识。由于人们喜爱标新立异，许多时候要维护一个正确的常识意见，也很不容易。

第二，孔子的解《诗》态度。汉儒所塑造的孔子的形象是一位通天教主，张口就是道德教化，好像孔子出生的使命就是来教训人的。但我们在《孔子诗论》中所见到的孔子并不是这样，而是显示一种谦恭的学习、研究《诗经》的态度。我们不妨再录一段于下：

> 孔子曰：吾以《葛覃》得祗初之诗，民性固然，见其美，必欲反其本，夫葛之见歌也，则以絺绤之故也。后稷之见贵也，则以文、武之德也。吾以《甘棠》得宗庙之敬，民性固然，甚贵其人，必敬其位，悦其人，必好其所为，恶其人者亦然。【吾以《木瓜》得】币帛之不可去也，民性固然，其隐志必有以揄也。其言有所载而后纳，或前之而后交，人不可干也。①

这段话比较晦涩，将它翻译成白话文是这样的：孔子说：我从《葛覃》的诗中得到崇敬本初的诗意，人们的性情就是如此，看到了织物的华美，一定会去了解织物的原料。葛草之所以被歌咏，是因为絺和绤织物的缘故。后稷之所以被人尊重，是因为（他的后人）周文王和周武王的德行。我从《甘棠》的诗中得到宗庙之敬的道理，人们的性情就是如此，如果特别尊重那个人，必然敬重他曾经停留的位置。喜欢那个人，一定也喜欢那人所有的作为。（反过来），厌恶那个人也是这样（一定厌恶那人所有的作为）。（我从《木瓜》的诗中）得到币帛之礼不可去除的道理。人们的性情就是如此，他们内心的意愿必须有表达的方式。他希望结交的心意要先有礼物的承载传达而后再去拜见。或直接前去拜见而后送上礼物。总之，与人结交是不可没有礼物的。

---

① 见本书附录。

孔子通过学习《诗经》来重新认识民众的习俗和性情，以便调整自己的处事方式。我们从这些话中看到了一个敏而好学、通达事理、平易近人的孔子。这与《毛诗序》将《诗经》篇篇都看作"美某人""刺某人"的认知方式大相径庭。

四　鲁诗管窥

西汉今文经学《诗经》三家：鲁诗、齐诗、韩诗。鲁诗传自鲁国人申培，齐诗传自齐国人辕固生，这两个《诗经》学派皆以国命名。韩诗传自燕国人韩婴，此一《诗经》学派以传经人的姓氏命名。其后又出现了属于古文经学的《毛诗》，传自大毛公和小毛公。大毛公名毛亨，小毛公名毛苌。《毛诗》也是以传经人的姓氏命名的。《毛诗》出而三家诗渐亡，齐诗亡于魏，鲁诗亡于西晋，韩诗亡于两宋之间。后世裒辑三家诗遗佚之文，齐诗存者绝少，鲁诗存者也不多。有一句成语说："管中窥豹，只见一斑。"我们便用非常有限的一点材料，在以下三节中略微介绍一下鲁诗、齐诗和韩诗。

西汉鲁、齐、韩三家诗中，鲁诗最早出。论其渊源可以上溯至荀子。荀子当年传经，弟子中有浮邱伯得到《诗经》传授。汉高祖刘邦有个小弟弟叫刘交（即是后来的楚元王），年少时与申培等人一同受《诗经》于浮邱伯。刘交一直喜欢《诗经》，他的几个儿子都从他学《诗经》。汉兴，高祖到鲁地时，年轻的申培曾随老师一同晋见。汉文帝时闻听申公治《诗》最精，聘为博士。后申公归乡教授，作有《诗传》，成为鲁诗传授的源头。汉武帝尊儒，曾派官员重礼聘申公到长安京城。此时申公已经八十多岁了，接他的官员怕他经受不住途中的颠簸，将车轮裹上蒲草。"安车蒲轮"，这在后世被传为美谈。因为申公年纪太大，身体又有病，到长安不久后又回到家乡，数年后病卒。其弟子孔安国等十余人皆为博士。其再传弟子韦贤为汉昭帝的《诗经》老师，汉宣帝时位至丞相，其子韦玄成亦治鲁诗，在汉元帝时位至丞相。所以当时曾流传这样一句谚语："遗子黄金满籯，不如一经。"鲁诗中的另有一位后学叫王式（字翁思），为昌邑王的老师。汉昭帝崩，昌邑王嗣立为天子，不久因行淫乱被废，其旧臣未曾上谏书规劝者皆被诛死。治事使者曾责问王式，为什么不上谏书规劝昌邑王，王式回答："臣以三百五篇当谏书，所以无谏书。"使者上报，得以免死论处。所以，汉儒以"三百五篇当谏书"，也被后世传为美谈。

《汉书·艺文志》说："汉兴，鲁申公为《诗训故》，而齐辕固、燕韩生皆为之传，或取《春秋》，采杂说，咸非其本义。与不得已，鲁最为近之。"

申培鲁诗一脉自西晋失传，至今已很少有遗说传世。倒是楚元王一脉，世传其学，因与申公同出于一师，所以这一脉诗学也被后世当作鲁诗对待。刘向是楚元王四世孙，与其子刘歆皆为汉代大儒。刘向属通儒，鲁诗之外，亦习韩诗，但主流仍属鲁诗则无疑义。刘向有很多部著作，如《新序》《说苑》《列女传》等，其书喜引《诗》论事，从中透出鲁诗一脉对《诗经》的理解。

刘向引《诗》论事，表现出明显的经世致用、道德教化的意图。他的《新序》等书中所讲的多是与儒学教化相关的历史掌故，但只讲这些历史掌故还不够，差不多他在讲述每个历史掌故之后，都要引上一两句《诗经》的诗句，似乎不用这些诗句来印证，这些历史掌故便达不到真理的高度。从这里可以看出，刘向已经将《诗经》看作真理的化身。我们检索刘向在这些书中所讲的为君之道、为臣之道等，发现其中一些内容即使在现在来看，仍然有发人深思的启迪意义。今举两例：

首先，来看他讲为君之道的例子，刘向《新序》卷四载：

哀公问孔子曰:"寡人生乎深宫之中,长于妇人之手,寡人未尝知危也。"孔子避席曰:"丘闻之:君者,舟也;庶人者,水也。水则载舟,水则覆舟。君以此思危,则危将安不至矣!夫执国之柄,履民之上,懔乎如以腐索御奔马,《易》曰:'履虎尾。'《诗》曰:'如履薄冰',不亦危乎!"哀公再拜曰:"寡人虽不敏,请事斯语矣。"

文中所引《诗经》"如履薄冰"之句出自《小雅》中的《小旻》和《小宛》。按传统的解释,这是大夫讽刺昏君(厉王或幽王)的作品,当时政治坏乱,小人当道,谋事邪僻,君臣离散,君子遭乱而表忧惧。所以《小旻》第六章说:"不敢暴虎,不敢冯河,人知其一,莫知其它,战战兢兢,如临深渊,如履薄冰。"《小宛》第六章说:"温温恭人,如集于木,惴惴小心,如临于谷,战战兢兢,如履薄冰。""如临深渊",是唯恐坠落。"如履薄冰",是唯恐自陷。这两首诗都在讲这样一个道理:君主昏庸,不明事理,就会导致政治坏乱,引发社会的危机。因为当时之人包括鲁哀公,对《诗经》中的这两首诗比较了解,当孔子引出"如履薄冰"的诗句时,鲁哀公自然明白孔子所隐含的意思,即作为人君,不能走周厉王和周幽王的路。所以鲁哀公拜谢孔子说:"寡人虽不敏,请事斯语矣。"

再来看刘向所讲的为臣之道,其所著《列女传》卷一载有一则"齐田稷母"的故事,讲这个伟大的母亲如何教育她的做大官的儿子保持廉洁品质:田稷担任齐宣王的相国,收受了下属官吏贿赂给他的大量财物。田稷要把这些财物送给自己的母亲。母亲说:"你出任相国三年,俸禄不应该有这么多,这些财物恐怕是别人贿赂你的吧。"田稷回答说:"确实是收受属下的。"母亲说:"我听说,士大夫要洁身自好,不能随便收受人家的东西。应该诚心诚意地做事,不弄虚作假。不符合道义的事情，不要在心里盘算。不合理的利益，不要带回家里。应该言行一致，表里如一。当今国君给你高官厚禄，你应该以忠诚报答国君才是。臣子辅佐君主，就像儿子孝敬父亲。尽心竭力，忠诚不贰，效力国家，廉洁公正，这样才不会有祸患。而你却与此相反，做臣子不忠，就等于做儿子不孝。不义的财物，不是我应该拥有的，不孝顺的儿子，不是我的儿子。你走吧。"田稷羞愧地走出家门，退还了财物，并主动向齐宣王认罪，请求处罪。齐宣王听后，对田稷母亲深明大义大加赞赏，于是免除了田稷的罪责，并且拿出国家的钱财奖赏给田稷的母亲。

　　刘向讲完这个故事，然后评论说："君子谓稷母廉而有化。《诗》曰：'彼君子兮，不素餐兮。'无功而食禄，不为也。况于受金乎？"刘向引用的诗句出自《魏风·伐檀》。此诗共三章，其首章说："坎坎伐檀兮，寘之河之干兮。河水清且涟猗。不稼不穑，胡取禾三百廛兮？不狩不猎，胡瞻尔庭有县貆兮？彼君子兮，不素餐兮。"这是《诗经》中有名的讽刺贪官的诗。"素餐"的意思，就是食君之禄，不任君之事。用今天的话说，就是"白吃饭，不干事"。刘向的意思是说，无功而食禄，已经是不对的，更何况收受下属的贿赂呢！刘向用这个故事加上《诗经》的警句，一方面警醒官吏要廉洁奉公，一方面要天下做父母的知道应该怎样教育自己的儿子，还有一个方面，就是向人们强调《诗经》的义理价值。

五　齐诗管窥

　　齐诗出自辕固生。辕固生是一个很有风骨的人，关于他的故事颇有传奇的色彩。他在汉景帝时为博士，曾经在汉景帝面前与黄生争论"汤武革命"的问题。当时黄生提出，汤武并不是革命，乃是一种篡弑。这种意见违背了儒家经典的观点，但却有明显对现政权表示永远效忠的意味。辕固生听后立即反驳他说，桀纣暴虐，天下的民心皆归汤武，汤武按照人民的意愿诛杀桀纣，桀纣统治下的人民不为桀纣所使，都归附了汤武，汤武不得已而自立为王，这难道不是革命吗？黄生则提出，帽子再破，还是要戴在头上。鞋再新还是穿在脚上。为什么会这样呢？是因为有上下之分。桀纣虽然失道，但毕竟是君上，汤武虽然圣明，毕竟是臣下。君主有过失，臣下不是加以匡正，以尊天子，反而因为他有过失诛杀他，取而代之，这难道不是篡弑吗？辕固生回答说，若非要这样说，那我们的高祖皇帝取代秦皇，即天子之位，那是对呢还是错呢？问题讨论到这里颇为僵持。汉景帝很有智慧，他说：马肝有毒，食肉不食马肝，不能说不知味。学者不讲汤武革命，不算愚。隐含的意思是说，"汤武革命"这个议题对现政权而言是一剂毒药，今后不要再讨论这个问题了。

还有一次，窦太后（即汉文帝的皇后）因为喜好黄老之书，向辕固生请教黄老之书中的问题。辕固生回答说：这是家人们讨论的问题，在那时"家人"是家中童仆的意思，若翻译成现代语言，那就等于说"这是老妈子谈论的问题"。所以窦太后听后勃然大怒，说："安得司空城旦书乎？"这是当时的原话，后世人已经不懂了，误以为"司空城旦书"是法律条文之书。据清人惠士奇的解释，"司空城旦"的意思是司空官员管制下的服役者，简单说，就是那个时代的"劳改犯"[①]。儒家重视思想教育，所以窦太后反骂儒家之书是"司空城旦书"，是劳改犯们应该读的书。辕固生因为一句"大不敬"的话，闯下了大祸。事情到此并没有完，窦太后罚辕固生到猪圈里去刺猪，这无非是想让儒者出乖露丑。汉景帝知道是太后发怒，但辕固生直言并无罪，所以给了辕固

[①] 惠士奇解释《周礼》"司圜"说："司圜收教罢民，凡害人者弗使冠饰，而加明刑焉。……罢民犹罢士，亦曰惰游。……罢民役之司空。犹汉之城旦，黥面曰墨。墨而役之者，黥为城旦。不墨而役之者，完为城旦。"（《礼说》卷十二）

生一把锋利的短剑，辕固生一剑便刺中猪的心脏，猪应手而倒，窦太后默然，不再加罪于他。汉景帝欣赏辕固生的清廉正直，封他为清河太傅，辕固生因为有病，没有去就职。汉武帝初即位，以征贤良的名义征召天下儒者，此时辕固生已经九十多岁。辕固生风骨铮铮，儒者都很忌惮他。当时公孙弘也在征召之列，辕固生对他说："公孙子，务正学以言，无曲学以阿世。"公孙弘后来做了丞相，但也正是有"曲学阿世"的问题。可能辕固生早就看出了公孙弘的弱点。辕固生的风骨及其关于"汤武革命"的观点显然是继承了子思、孟子一脉的传统。他的这一传统也被后世齐诗一派所继承，比如翼奉的"四始五际"之说虽然披上了术数的外衣，但骨子里仍是关于政治"革命"可能性的理论。

翼奉是辕固生的三传弟子，他提出了一个齐诗"四始五际"的理论，这个理论记载在《诗纬·泛历枢》中：

《大明》在亥，水始也。《四牡》在寅，木始也。《嘉鱼》在巳，火始也。《鸿雁》在申，金始也。

卯，《天保》也，酉，《祈父》也。午，《采芑》也。亥，《大明》也。然则亥为革命，一际也。亥又为天门，出入候听，二际也。卯为阴阳交际，三际也。午为阳谢阴兴，四际也。酉为阴盛阳微，五际也。

卯酉之际为革政，午亥之际为革命。神在天门，出入候听。

汉儒喜欢用阴阳五行、天干地支等建构理论模型，我们顺着这个思路，便可揭开它的神秘面纱。我们可以画一个圆周，将其分为十二等份，按顺时针顺序用子、丑、寅、卯、辰、巳、午、未、申、酉、戌、亥十二地支来标示它，如果在下面中间的部分标"子"，那上面中间的部分就是"午"，左面中间的部分就是"卯"，右面中间的部分就是

"酉"。如果将"子"看作"水",那"午"就是"火","卯"就是"木",酉就是"金"。"亥"在"子"之前称为"水之始"。"寅"在"卯"之前称为"木之始"。"巳"在"午"之前称为"火之始"。"申"在"酉"之前称为"金之始"。由此构成所谓"四始"。这可以看作一个理论模型的基座。

剩下的工作,是把已选出的《诗经》七篇填在这个理论基座上,即"亥"填《大明》,"寅"填《四牡》,"卯"填《天保》,"巳"填《南有嘉鱼》,"午"填《采芑》,申填《鸿雁》,酉填《祈父》。顺着这个次序读这七篇诗,我们会发现,它实际上是一个解释西周王朝兴盛发展,乃至衰落的理论模型,其目的是要阐释一个王朝兴盛、发展,乃至衰落的一般规律。最后《诗纬·泛历枢》还总结说:"卯酉之际为革政,午亥之际为革命。"从卯至酉,犹如时钟盘面从上午九时至下午三时的时段,比喻一个王朝从崛起到完全衰落前的时段,在这个时段中,王朝都有政治改革的机会,所以说"卯酉之际为革政"。从午至亥,犹如时钟盘面从中午十二时到下午五时的时段,比喻一个王朝在这个时段中随时都有发生政治革命的危机,所以说"午亥之际为革命"。以上是我们对齐诗"四始五际"的独到认识,这是我们的一个新发现,我们有一篇专文《齐诗"四始五际"说政治哲学揭秘》,已发表于《哲学研究》2013 年第 12 期,这里就不多谈了。

六　韩诗管窥

韩婴是汉文帝时的博士,汉景帝时官至常山太傅。他著有《韩诗内传》和《韩诗外传》,《韩诗内传》已佚,我们通过学者辑佚,尚可见其零星资料。《韩诗外传》流传至今,这不是一部专门解释《诗经》的著作,而是通过讲故事来阐释《诗经》所蕴含的哲理。下面我们通过两个例子，来看韩诗一派对《诗经》的理解。

其一，《韩诗外传》对《郑风·野有蔓草》一诗的理解。

《郑风·野有蔓草》二章如下：

> 野有蔓草，零露漙兮。有美一人，清扬婉兮。邂逅相遇，适我愿兮。
>
> 野有蔓草，零露瀼瀼。有美一人，婉如清扬。邂逅相遇，与子偕臧。

《毛诗序》："《野有蔓草》，思遇时也。君之泽不下流，民穷于兵革，男女失时，思不期而会焉。"顺着这个思路，宋代很多学者都将此诗视作"男女淫奔"之诗，如欧阳修作《诗本义》说："此诗文甚明白，是男女婚娶失时，邂逅相遇于野草之间尔。"王质作《诗总闻》，更将此男女邂逅相遇毫无根据地加上了一个时间概念，惊呼："当是深夜之时，男女偶相遇者也。"而朱熹作《诗经集传》则说："男女相遇于野田草露之间，故赋其所在以起兴。"他认为郑、卫两国多"淫奔"之诗，此诗也是他所认为的"淫奔"诗之一。并且他还认为这些诗是"淫奔"者自己所作的。

但是，在先秦，《野有蔓草》是作为燕享之诗的，在各国卿大夫之间的外交场合，常常赋此诗以示友爱和敬重，酬酢双方都没有将它视为淫诗。他们并非将诗中的"有美一人"理解为"有美色的女人"，而是理解为"有美德的贤人"。例如，鲁襄公二十七年（公元前546年，时孔子5岁），郑国国君燕享晋国执政大臣赵文子于垂陇之地，伯有向贵宾赋《鹑之贲贲》，赵文子很不客气地抢白他说："床笫之言不踰阈，况在野乎！非使人之所得闻也。"而子太叔向贵宾赋《野有蔓草》，赵文子则说："吾子之惠也。"子太叔通过赋《野有蔓草》，表达了自己见到赵文子的喜悦，所以，赵文子回答表示感谢子太叔的惠爱。若《野有蔓草》一诗果有淫媟之词，赵文子同样会抢白子太叔的。

那么，我们来看《韩诗外传》。《韩诗外传》讲了一则孔子与程本子①相遇的故事，两人相见甚欢，以至双方的车盖都倾倚到了一起。故事中孔子引用了《野有蔓草》的第一章，今引其文如下：

孔子遭齐程本子于剡之间，倾盖而语终日。有间，顾子路曰："由，束帛十匹，以赠先生。"子路不对。有间，又顾曰："束帛十匹以赠先生。"子路率尔而对曰："昔者由也闻之于夫子，士不中道相见，女无媒而嫁者，君子不行也。"孔子曰："夫《诗》不云乎：'野有蔓草，零露漙兮，有美一人，清扬婉兮，邂逅相遇，适我愿兮。'且夫齐程本子，天下之贤士也。吾于是而不赠，终身不之见也。"

显然，韩婴将《野有蔓草》中的"有美一人"理解为"贤人"。《韩诗外传》属西汉今文经学三家诗之一，《毛诗》后起，并没有考虑前人对《野有蔓草》的理解，而将其解释为男女之事。对此苏辙《诗集传》提出了质疑的意见："毛氏由此故叙以男女失时，思不期而会，信如此说，则赵文子将不受，虽与伯有同讥可也。"而朱熹等人也并没有在意苏辙的意见，顺着《毛诗》的思路走得更远。

其二，《韩诗内传》今已不存，然而我们仍然可以从古代文献中钩稽出一些相关资料，通过分析这些资料来看《韩诗》的解释取向。下面我们以《诗经·郑风·溱洧》为例，看《韩诗内传》是如何理解和解释的。

《溱洧》一诗共两章，每章十二句。两章文字大同而小异，今录

---

① 程本子，字子华，朱熹称是《子华子》一书的作者。

《毛诗·郑风·溱洧》第一章：

> 溱与洧，方涣涣兮。士与女，方秉蕳兮。女曰："观乎？"士曰："既且。""且往观乎，洧之外，洵吁且乐。"维士与女，伊其相谑，赠之以勺药。

韩诗文本稍有不同，"涣涣"作"洹洹"，为水流盛大之貌。"洵吁"作"恂盱"，谓快乐之貌。"蕳草"，韩诗认为是莲，更多的人认为是兰，总之是一种香草。"既且"，"且"同"徂"，是前往的意思。"勺药"，一种香草，韩诗认为是离别相赠之"离草"。

《艺文类聚》卷四引《韩诗》说："三月桃花水下之时，郑国之俗，三月上巳，于溱洧两水之上，执蕳招魂续魄，拂除不祥。"按照郑国当时的风俗，每年三月桃花水下之时，人们于上巳日（即后世所说的三月三日）在溱水与洧水之滨举行"招魂续魄"的活动，以祓除不祥。士人与女子于此日会邀请平时所喜爱的人同往，一路游玩，相互戏谑。《溱洧》一诗即是记当时的情景。溱水与洧水，正洹洹然流淌，男士和女子，手里拿着香草徜徉。女子邀请男士："去逛逛？"男士答道："已去过。"并未回应一同前往。女子又邀请道："何不到洧水之外，那里真的很爽！"男士不愿女子失望，一同前往。男士和女子，相互嬉戏谑浪。临别赠之以芍药，以留念想。诗人只是直叙其事。韩诗也只是介绍了当时的风土人情，并没有加以道德的褒贬。以今日的观点看，郑国当时男女之间是比较开放的。而当时的多数士大夫也并没有觉得有什么不好，至少从韩诗的观点看是这样的，而韩诗在汉唐时期并未因此遭人非议。

但是毛诗一派在解释《溱洧》之诗时，却横添了许多情节。首先，《毛诗序》作者讲了一个他所认为的背景："《溱洧》，刺乱也。兵革不息,男女相弃,淫风大行,莫之能救焉。"郑玄进一步解释诗义,认为《溱洧》诗中之男女已经发生了"淫佚之行",他说:"男女相弃,各无匹偶,感春气并出,托采芬香之草,而为淫佚之行。……士与女往观,因相与戏谑,行夫妇之事,其别则送女以勺药,结恩情也。"到了宋代,朱熹《诗经集传》则说:"此诗淫奔者自叙之辞。"又说:"郑卫之乐,皆为淫声。……卫犹为男悦女之辞,而郑皆为女惑男之语。卫人犹多刺讥惩创之意,而郑人几于荡然无复羞愧悔悟之萌,是则郑声之淫,有甚于卫矣。"朱熹此说,实由《毛诗序》和郑玄《笺》有以启之。相比之下,韩诗的解诗态度更为可取。

七 关于《毛诗序》的争议

所谓《毛诗》,就是一直传到今天的《诗经》版本,《毛诗》有传有序,传称《毛诗传》,是对《诗经》文本所加的注,"传"与"注"是一个意思。序称《毛诗序》,长达7590字,相当完整,学者习惯将它分为《大序》和《小序》。《大序》可以说是对《诗经》的总论,《小序》是关于《诗经》各篇的题解文字,简略交代此篇由谁所作,为什么事而作,用以赞美某人或讽刺某人。它由此构成《毛诗》最重要的特点。关于《毛诗序》的作者,有孔子、子夏、毛公、卫宏等众多说法,而更多的人认为是子夏所作,然皆无明证。宋代以后形成"攻《毛诗》"和"守《毛诗》"两大派,这也就成了此后《诗经》学的焦点和最主要的"问题意识",它也由此遮盖了对《诗经》本身文学成就的探讨。《毛诗·大序》共348字,今录之于下:

诗者,志之所之也,在心为志,发言为诗。情动于中而形于言,言之不足故嗟叹之,嗟叹之不足故永歌之,永歌之不足,不知手之舞之、足之蹈之也。情发于声，声成文，谓之音。治世之音安以乐，其政和；乱世之音怨以怒，其政乖；亡国之音哀以思，其民困。故正得失，动天地，感鬼神，莫近乎诗。先王以是经夫妇，成孝敬，厚人伦，美教化，移风俗。故诗有六义焉：一曰风；二曰赋；三曰比；四曰兴；五曰雅；六曰颂。上以风化下，下以风刺上。主文而谲谏，言之者无罪，闻之者足以戒，故曰风。至于王道衰，礼义废，政教失，国异政，家殊俗，而变风变雅作矣。国史明乎得失之迹，伤人伦之变，哀刑政之苛，吟咏性情，以风其上，达于事变，而怀其旧俗者也，故变风。发乎情，止乎礼义。发乎情，民之性也。止乎礼义，先王之泽也。是以一国之事系一人之本，谓之风。言天下之事形四方之风，谓之雅。雅者，正也，言王政之所由废兴也。政有小、大，故有小雅焉，有大雅焉。颂者，美盛德之形容，以其成功告于神明者也。是谓四始，诗之至也。

《毛诗·大序》对《诗经》的总体论述，应该说是很精彩的。朱熹攻《毛诗序》，但主要是攻《小序》，对《大序》还是给予了积极的肯定。不过，在我们看来，《大序》还是存在问题的。比如关于"四始"，以前有几种说法：其一，司马迁《史记·孔子世家》说："《关雎》之乱以为《风》始，《鹿鸣》为《小雅》始，《文王》为《大雅》始，《清庙》为《颂》始。"司马迁将《诗经》中《风》《小雅》《大雅》《颂》的首篇称为"始"。由于司马迁曾师事孔安国，孔安国是鲁诗的传人，所以司马迁的观点可以看作鲁诗的"四始"说。其二，韩诗的说法：以《风》《小雅》《大雅》《颂》中的首篇连着后面若干篇为"四始"。魏源《诗古微·四始义例》考韩诗之说云："韩诗以《周南》十一篇为风之始。《小雅》，《鹿鸣》十六篇，《大雅》，《文王》十四篇，为二《雅》之正始。《周颂》当亦以周公述文、武诸乐章为颂之始。"上引《毛诗》的说法，是以《诗经》中的《风》《小雅》《大雅》《颂》之全体为"四始"。认为四者为王道兴衰之所由。"四始"是诗经学的一个问题。"始"是开端的意思，既是开端，以某一篇开端比较合乎逻辑，所以司马迁之说最为通达。《毛诗》以《诗经》全体作为开端，那便没有开端。若将《诗经》作为"王道兴衰"的开端，这种说法太过牵强。所以《毛诗·大序》的"四始"说，必定是在鲁诗、韩诗等"四始"说之后所提出的一种新说法。

我们再来看《毛诗·小序》。如上所说，《小序》是《诗经》各篇的题解，如说"《关雎》，后妃之德也。风之始也。所以风天下而正夫妇也。故用之乡人焉，用之邦国焉。……是以《关雎》乐得淑女以配君子，忧在进贤，不淫其色，哀窈窕，思贤才，而无伤善之心焉。是《关雎》之义也。""《樛木》，后妃逮下也。言能逮下，而无嫉妒之心焉。""《螽斯》，后妃子孙众多也。言若螽斯不妒忌，则子孙众多也。"我们一看这些内容，就知道这是汉代大一统之后自上而下实施道德教化的产物。因为在先秦时期社会政治问题多而棘手，学者没有太多功夫关心人君的后宫问题。正因为《毛诗序》有许多可疑之点，所以唐代韩愈便提出："察夫《诗序》，其汉之学者欲自显立其传，因藉之子夏。"[①] 朱熹也说："《小序》大无义理，皆是后人杜撰，先后增益凑合而成，多就诗中采撷言语，更不能发明《诗》之大旨。"[②] 朱熹的意见乃受其前辈学者郑樵《诗辨妄》的启发，郑樵一生不应科举，不出仕做官，他是宋代最为博学的学者。1152 年，新任同安主簿的朱熹拜见郑樵，郑樵仅用"豆腐、白盐、白姜、荞头"四种白色食品相待，两人谈诗论文三天三夜。朱熹的书童对此颇有微词，朱熹却诙谐地说："此'四白'，乃山珍海味齐全也。"这是把盐作为"海味"，把荞头作为"山

---

① 转引自朱彝尊《经义考》。
② 《朱子语类》卷八十。

珍"了。那一年，郑樵48岁，朱熹22岁。日后朱熹说："《诗序》实不足信，向见郑渔仲有《诗辨妄》，力诋《诗序》，以为皆是村野妄人所作。始者亦疑之，因质之《史记》《国语》，然后知《诗序》之果不足信。"与朱熹同时而略早的程大昌也说："《诗序》，世传子夏为之，皆汉以后语，本无古据。学者疑其受诸圣人，嗫不敢议。……《荡》之诗以'荡荡上帝'发语，《召旻》之诗以'旻天疾威'发语，盖采诗者摘其首章要语以识篇第，本无深义。今《序》因其名篇以《荡》，乃曰'天下荡荡，无纲纪文章'，则与'荡荡上帝'，了无附着。于《召旻》又曰'旻，闵也。闵天下无如召公之臣也'，不知'旻天疾威'有闵无臣之意乎？凡此皆必不可通者，而其它倒易时世，舛误本文者，触类有之。"（引自程大昌《诗论·九》）在这个问题上，我是赞同韩愈、朱熹、程大昌等人的意见的，所以我在一篇讨论《孔子诗论》（笔者拟称之为"古《诗序》"）的文章中说：

> 以本文拟称之"古《诗序》"与《毛诗序》比较，意旨虽有可通，文句几无相同，因此很难说两者有什么传承关系。……齐、鲁、韩、毛四家《诗》说的所谓"美刺说""本事说"之类是汉儒自己的创造。关于子夏作《诗序》，历史上当有其事。……子夏《诗序》……可能久已失传。汉代经师附会传闻，托称自家《诗》说传自子夏，其实完全可能是新起炉灶，至于此篇《诗序》是否就是失传已久的真本的子夏《诗序》，尚有待证明。①

最近，我看到这个观点遭到了台湾程元敏先生的批评。程元敏先生是当代学术巨擘，其考证类著述以资料详赡享誉于学林。他最近出版了《诗序新考》一书，可以说是近代以来诗经学研究一部力作。他在此书

---

① 姜广辉：《初读古诗序》，《国际简帛研究通讯》第 2 卷第 2 期，2002 年 1 月。

中引述了我上面的话，并批评说：

> 诗三百原具讽谏素质，至孔子极就此点发挥，设科授徒，用匡救国政，经世致用，此即诗教，经卜、孟、高、楚竹《诗论》作者、荀卿下递传毛公，薪火相传，渐次发展为汉代严苛之诗教，以规范人君，至以三百篇当谏书，衍进脉络分明。姜先生谓汉代经师附会传闻，托称传自子夏，而《毛序》等"其实完全可能是新起炉灶"，浅末如鄙人未见其可也。①

程元敏先生于我为老师辈，先生赐教，至为感谢。但愚以为，师承源流同学术思想的继承与创造并不就是一回事。就像程先生是屈万里先生的高足弟子，程先生的学术著述与思想，未必屈先生那里都有。我是侯外庐先生的学生，我的学术著述与思想，也不是侯先生那里都有。事实上每一个时代的学者都有适应其时代需要的新创造，这些新创造无论是优是劣，只能由他们自己承当与负责。同理，《毛诗序》中所呈现的"新创造"，只能视为汉儒的东西。如果说《毛诗序》中所说的"本事"与"美刺"在孔、孟、荀那时已有，为什么孔子不说、孟子不说、荀子不说，而非要等到《毛诗序》的作者来说呢？

八　朱熹所称之二十四篇"淫诗"

朱熹力攻《毛诗序》，打破了《毛诗序》加在《诗经》诠释上的学术枷锁，却又给自己戴上了一个严苛的道德评判的枷锁，从这样一种道德评判标准出发，他提出《诗经》中现有24篇"淫诗"，它们是：

---

① 程元敏：《诗序新考》，台湾五南图书出版公司2005年版，第93页。

1. 《鄘风·桑中》
2. 《郑风·东门之墠》
3. 《郑风·溱洧》
4. 《齐风·东方之日》
5. 《陈风·东门之池》
6. 《陈风·东门之杨》
7. 《陈风·月出》
8. 《邶风·静女》
9. 《卫风·木瓜》
10. 《王风·采葛》
11. 《王风·丘中有麻》
12. 《郑风·将仲子》
13. 《郑风·遵大路》
14. 《郑风·有女同车》
15. 《郑风·山有扶苏》
16. 《郑风·萚兮》
17. 《郑风·狡童》
18. 《郑风·褰裳》
19. 《郑风·丰》
20. 《郑风·风雨》
21. 《郑风·子衿》
22. 《郑风·扬之水》
23. 《郑风·出其东门》
24. 《郑风·野有蔓草》

这 24 篇中，前 7 篇，《毛诗序》认为是讽刺淫乱的作品。朱熹认为是淫者自作的宣淫作品。后17篇，《毛诗序》本指他事，朱熹将它作为淫者自作的宣淫作品。24篇中，《郑风》淫诗的比例最高。孔子曾说："放郑声……郑声淫。"是说应禁绝郑国的音乐，郑国的音乐淫荡。朱熹引用孔子的话说："'郑声淫'，所以郑诗多是淫佚之辞。"[①] 在朱熹看来，郑国不只是音乐淫荡，其诗也多是"淫佚之辞"。

《诗经》是儒家六经之一，一直是一部神圣的经典。朱熹注解《诗经》，公然指斥其中有24篇"淫诗"，这在当时实在是"石破天惊"之语。用现在的话说，那太吸引眼球了。我们来看朱熹注解《静女》为"淫诗"的例子。

原来《毛诗·小序》对《静女》一诗是这样解释的："《静女》，刺时也，卫君无道，夫人无德。"孔颖达疏解说，《静女》三章铺陈静女之美，是说国君夫人无道德，欲以美丽而有道德的静女来取代她为夫人，让这个新夫人来辅佐君主。朱熹认为，《毛诗·小序》是过度解读，《静女》正是男女"淫奔期会之诗"。《静女》首章说："静女其姝，俟我于城隅，爱而不见，搔首踟蹰。"朱熹注："'静'者，闲雅之意。'姝'，美色也。'城隅'，幽僻之处。'不见'者，期而不至也。'踟蹰'，犹踯躅也，此淫奔期会之诗也。"《静女》次章说："静女其娈，贻我彤管，彤管有炜，说怿女美。"朱熹注："'娈'，好貌，于是则见之矣。'彤管'，未详何物，盖相赠以结殷勤之意耳。'炜'，赤貌，言既得此物，而又悦怿此女之美也。"本来，郑玄《笺》已经解释，说"彤管"是女史所用之毛笔，笔管为赤色。朱熹故意说"彤管，未详何物"，这就给人留下了想象的空间，与真德秀同时的叶绍翁著《四朝闻见录》称：朱熹晚年注《毛诗》，"尽去《序》文，以'彤管'为淫奔之具，以'城阙'为偷期之所"。并说与朱熹同时的陈傅良颇不以为然。云云。

[①] 《朱子全书》卷三十五。

朱熹这种对《诗经》的解释，引起了轩然大波。很多学者不赞同他的看法。如元代马端临批评说：同样是"淫佚之辞"，若是淫奔者自作而宣淫，那当然可以删，若是旨在讽刺淫奔，那却可以录下来。如果按照朱熹的说法，那些"淫诗"是淫奔者自己所作，那一部圣经岂不成为收录"淫佚之辞"的载籍了吗？相传孔子曾经删诗，难道淫诗不是最该删的吗？按照朱熹所说，《诗经》中竟有如此之多的"淫诗"，孔子竟然都把它们保存下来，那孔子所删的究竟是哪一等诗篇呢？

清代的尤侗也批评说：孔夫子曾说："诗三百，一言以蔽之曰：思无邪。"若《诗经》尽收淫词，成何道理！有些诗篇，你可以将它看作"刺淫"之作，怎么能认为是淫人自作之诗呢？尤侗并且指出，郑伯如晋，子展赋《将仲子》；郑伯享赵孟，子太叔赋《野有蔓草》；六卿饯韩宣子，子齹赋《野有蔓草》，子太叔赋《褰裳》，子游赋《风雨》，子旗赋《有女同车》，子柳赋《箨兮》。这六篇郑诗，都是朱熹所说的"淫奔之辞"，当时叔向、赵武、韩起等巨公大僚莫不称善。在外交场合，郑国人自己诵本国之诗，若这些是"淫诗"，那不是自暴其丑吗？

《诗经》中到底有无"淫诗"，成了一桩历史公案。那我们今天怎么看呢？朱熹所说的那24篇"淫诗"，在今天有另外一个名称，叫"爱情诗"。以现在的观点看，青年男女自由约会，并把相互爱恋的那种感觉用诗写出来，不仅无可厚非，而且是很美的一件事。不过在旧礼教时代，男女之间未经"父母之命、媒妁之言"，私自约会，就叫"淫奔"。其实，朱熹对《诗经》那些诗篇的事实判定，有些是准确的，那些诗篇不是所谓"刺淫"的道德说教诗，而是约会男女自己所作之诗，只不过朱熹用了一个道德评判的贬义词，称它为"淫奔之诗"。那为什么孔子的时代能容忍这些诗呢？那是因为在上古的时候，男女之防并没有后世那么严苛，《周礼·媒氏》说："中（仲）春之月，令会男女，于是时也，奔者不禁。若无故而不用令者，罚之。司男女之无夫家者而会之。"当男女进入应该结婚的年龄，而还没有结婚时，当时的官方是鼓励青年男女相会的，"奔者不禁"，是容许他们自由结合的。中国西南的一些少数民族，到今天还保留这种习俗。我想中国在上古时期，大部分地区都是这样。礼教到了宋明时期变得更加严苛，这与宋明理学家"存天理，灭人欲""饿死事极小，失节事极大"的道德说教有关。朱熹注解《诗经》的贡献在于，从他开始，已不单纯将《诗经》看作一部经学的书，也同时看作一部文学的书。

《诗经》的原始，本是一部文学的书，它描写了人间百态——各式各样的精神"样态"和情感生活，孔子用"思无邪"三个字来概括它。在"情"与"礼"的张力之间，孔子所采用的是一种"底线伦理"，这与宋代朱熹将《国风》中的许多诗视为"淫诗"的标准相比，显得宽松得多。我们在本节开头就说，朱熹力攻《毛诗序》，打破了《毛诗序》加在《诗经》诠释上的学术枷锁，却又给自己戴上了一个严苛的道德评判的枷锁。是不是这样呢？

九　我们对《诗经》诠释所持的态度

第一，历史上关于诗经学的研究一直较少推进。近年之所以有所推进，是因为有了《孔子诗论》的新发现。今人应学习孔子对《诗经》所采取的那种学习、研究的态度，通过《诗经》篇章来认识当时民众的习俗和性情，阐释《诗经》名言警句中所蕴含的深层哲理。

第二，学习鲁、齐、韩三家诗，以《诗经》的义理分析历史事件，从而阐释《诗经》义理所具有的普遍性意义。

第三，我们不相信《毛诗序》关于《诗经》篇篇皆有美刺功用的说法，但《毛诗序》中的合理意见亦自应采用。董仲舒《春秋繁露》卷三说："诗无达诂。"在对《诗经》原始意义的诠释上，由于可参的资料太少，所以即使是"攻《毛序》"最力的朱熹，在《诗经》具体篇章的解释上，也不能完全撇开《毛诗·小序》。

第四，学习朱熹《诗经集传》，打破《毛诗序》加在《诗经》诠释上的学术枷锁，兼采各家诗说及经史之说。王应麟曾经指出："诸儒说《诗》，一以毛、郑为宗，未有参考三家者。独朱文公《集传》闳意眇指，卓然千载之上。言《关雎》则取匡衡；《柏舟》'妇人之诗'，则取刘向；《笙诗》有声无辞，则取《仪礼》；'上天甚神'，则取《战国策》；'何以恤我'，则取《左氏传》'抑戒自儆'；《昊天有成命》'道成王之德'，则取《国语》。'陟降庭止'，则取《汉书注》。《宾之初筵》'饮酒悔过'，则取《韩诗序》。'不可休思'、'是用不就'、'彼岨者岐'，皆从韩诗。'禹敷下土方'，又证诸《楚词》，一洗末师专已守残之陋。"

但在所谓"淫诗"的问题上，我们大多将其看作爱情诗，而不像朱熹那样持道学家之立场。

第五，历史上，《孔子诗论》、汉代四家诗以外的各家诗说，凡我们认为具有历史合理性的见解都会采纳。

第六，《诗经》原本是文学作品，对其解释有很大的空间。虽然如此，在历代诗说之外，我们并不想自由其说，而作无根之谈。

第七，本书选用《诗经》中的57首诗篇加以说解，在体例上有这样几项内容：

一是对原诗作现代翻译，严复讲翻译需具备信、达、雅三个条件。"信"是讲准确传达原意。"达"是讲意思明白易懂。"雅"是讲语言风格文雅。诗最难翻译，一经翻译，就会失掉原来的韵味。所以我们不敢也无能力求"雅"，只求"信"和"达"而已。之所以要有这样的翻译，是为了大众读者考虑，能在当下即理解原诗所表达的意思。

二是选用某一家或两三家诗说，解释该诗大意。

三是叙述与该诗相关的故事，这是为了增加对该诗的理解，也是为了增加趣味性。中国古人解经缺乏故事性，不利于在人民大众中传播。这是一大缺点，应该努力克服。

四是探索各诗篇的审美情趣和艺术手法。这一点在历史上研究得很不够。我们自觉不一定做得很好，但尝试为之。

国　风

周 南

关 雎

【原文】

关关雎鸠,在河之洲。窈窕淑女,君子好逑。
参差荇菜,左右流之。窈窕淑女,寤寐求之。
求之不得,寤寐思服。悠哉悠哉!辗转反侧。
参差荇菜,左右采之。窈窕淑女,琴瑟友之。
参差荇菜,左右芼之。窈窕淑女,钟鼓乐之。

【译文】

雎鸠关关似对唱,在那河中汀洲上。娴淑美丽好姑娘,哥儿心上的好对象。

荇菜短短或长长,顺水流动变方向。娴淑美丽好姑娘,朝思暮想把她追上。

追了一时没追上,醒着睡着把她想。漫漫长夜难入眠,翻来覆去把她思念。

荇菜短短或长长,选好就把它采上。娴淑美丽好姑娘,我奏琴瑟来诉衷肠。

荇菜短短或长长,选好就把它采摘。娴淑美丽好姑娘,我鸣钟鼓来倾诉爱。

【解说】

先解释几个字词。1."关关"是雎鸠的叫声。雎鸠是一种鸠鸟,究竟是一种什么样的鸠鸟,后世学者说法不一。古人认为这种鸟情感专一,一旦结为夫妻就会相伴到老。2. "窈窕",学者有两种解释:一是指淑女其人娴静美好。一是指淑女所居之处幽闲深远。我们取前说。3. "逑",通"仇"。"仇"在古代不一定指仇人,也可以表示匹配、配偶。如同我们今天说的"对象"。4. "荇菜","荇"音杏,是一种多年生水生草本植物,嫩叶可食。5. "寤寐","寤",睡醒;"寐",睡着。6. "芼",音冒,是采择的意思。

《毛诗序》说:"《关雎》,后妃之德也。"认为这是歌颂后妃德行的诗歌。《后汉书·皇后纪序》又认为这是讽谏周康王的诗歌:"康王晏起,《关雎》作讽。"说周康王贪恋女色,早晨不能按时起来上朝,诗人便作此诗讽谏他。以上都是汉儒的教化性解说,牵强附会,对正确理解《关雎》一诗造成了巨大的障碍,后世经学家解释此诗很难出其窠臼。倒是文学家们对此诗还有清醒的认识,比如,宋代刘克庄的《贺新郎·郡会闻妓歌有感》写道:"妾出于微贱,少年时朱弦弹绝,玉笙吹遍。粗识国风关雎乱,羞学流莺百啭。"云云。词中所说的"《关雎》乱"指的只是男女情爱之事。实际上,《关雎》一诗所写的乃是青年男子的恋爱心理。

全诗第一句"关关雎鸠,在河之洲","关关"是形声字,形容雎鸠的鸣叫声。古人关于鸟鸣的形声字有很多,如啁啁(音周)、鵙鵙(音菊)、喈喈(音吉)、啧啧(音则)、哜哜(音接)、咕咕(音胡)、哑哑(音丫)、楂楂,等等。唯独以"关关"形容雎鸠的鸣叫。这声音类似鹤鸣,应该是比较大、比较热烈的。按传统的解释,这是雎鸠雌雄求偶的和鸣之声。所以诗人用之以起兴,来写青年男女寻姻求偶之事。你可以想象:那是一个春回大地的季节,这时节,春日融融,和风熏熏,飘乱的杨花,轻拂的绿柳,这一切都会在青年人心中撩起一种莫名的惆怅,正如李白在《愁阳春赋》中所写的那样:"春心荡兮如波,春愁乱兮如云。"这时节，对心尚未有所属的青年人来说，正是春心萌动、春愁涌动的时节。

诗中接着写到，在这样一个时节，一个青年男子看到一个娴淑美丽的姑娘，正在那里采荇菜，于是对她产生了爱慕、思念，乃至渴求的情感。男子"寤寐求之"，没白天没黑夜地想：怎么样才能追求到这个姑娘呢？然而，这个姑娘不仅很美丽，品德也很好，一点都不轻浮。这位男子追了一时没追上。在"求之不得"之后，男子的心情既失落又惆怅，以至于在漫漫长夜里睡不着，辗转反侧，思念不已。爱慕如此强烈，却求之而不得。今天的青年人在这种情况下会怎么做呢？有人可能会死缠烂打地强求，有人可能会选择放弃，也有人可能从此消沉，甚至自我堕落，各种可能都有。其实古人也是一样。《左传》中记载了这样一个故事：郑国有个叫徐吾犯的人，他的妹妹很美，已经接受了公孙楚的聘礼。公孙楚的堂兄公孙黑也想娶她，他明知堂弟已经与她有了婚约，还要横插一杠子，硬下聘礼给徐家。徐吾犯惧怕公孙黑的势力，不敢接受也不敢退婚，非常为难，他把这事告诉了当时的执政大臣子产。子产让徐吾犯的妹妹自己选择。徐吾犯让妹妹在房内观看二人，然后做出选择。公孙黑长得很帅，打扮得非常华丽，属于"高富帅"那种，他进了徐家摆上重礼之后，很自信地出去了。公孙楚却是一身戎装，拉动硬弓向左右射箭，然后一跃登车而去。姑娘最后选择了公孙楚，并说："公孙黑确实很美，不过公孙楚才是个真正的男子汉。丈夫就应该有丈夫的样子。"公孙黑强求姑娘接纳他，最后还是没有成功。这是因为他根本不了解对方的心思，也没有对自身进行反思，一味地强求，结果必定不好。事实证明，徐吾犯的妹妹确实很会识人，公孙黑的这种行事方式，导致他最后在政治争斗中死去。

诗的后两章是一个转折。虽然男子开始没有追求到姑娘，在痛苦的思念煎熬中，他重新审视自己的行为和想法，通过审视和反思，把最初那种强烈冲动的好色之愿，升华为追求精神上的相和与喜悦，"窈窕淑女，琴瑟友之"，"窈窕淑女，钟鼓乐之"。古人对这后两章的解说颇多歧解。《韩诗外传》说："此言音乐相和，物类相感，同声相应之义也。"我们认为，此语道出了《关雎》一诗后两章的真意。古人讲"琴瑟和鸣"，以"琴瑟"比喻夫妻的情意和谐，这种和谐关系的基础就是精神上的互相欣赏和喜爱。"钟鼓"也是古人常常对举的两种乐器，而且比较贵重。《荀子·乐论》说："君子以钟鼓道志，以琴瑟乐心。"琴瑟可以愉悦心情，而钟鼓则可以表达志趣。"琴瑟友之""钟鼓乐之"，所表达的就是男子想在精神上与女子情趣相投、志意相合的愿望。

诗中男子的这种转变可以说是由好色转为了好德，由追求外在的美好转为追求内在的美好。《孔子诗论》评论《关雎》就用了一个"改"字。"《关雎》以色俞（喻）于礼……其四章则俞矣，以琴瑟之悦，拟好色之愿，以钟鼓之乐……反内（人）于礼，不亦能改乎？"若翻译成现代语言，意思是："《关雎》之诗用情色来说明'礼'……用琴和瑟相配合的那种精神愉悦，来升华好色冲动的愿望；用钟和鼓的礼乐……将好色冲动纳入礼制的规范，诗中的主人公不是很能改正自己吗？"

《关雎》是《诗经》的第一篇，为什么选择它作为第一篇呢，古人对此多有讨论。《韩诗外传》记载子夏（孔子学生）问孔子说："《关雎》何以为《国风》始也？"孔子回答道："《关雎》至矣乎！……天地之间，生民之属，王道之原，不外此矣。"在孔子看来，《关雎》这首诗之所以好，是好在把天地万物的道理、人类的生存的法则和王道的根源都包含在里面了。中国儒家经典特别重视阴阳、男女的关系，认为其中蕴含着天地人间之大道，比如《易经》讲阴阳、《尚书》讲"厘降二女于妫汭"，《春秋》讥婚礼不亲迎，以及《诗经》以《关雎》一诗为首篇等等，都表现为对夫妇之道的重视。所以汉代匡衡曾评论《关雎》一诗说："匹配之际，生民之始，万福之原。婚姻之礼正，然后品物遂而天命全。"

唐宣宗大中年间，有一位《毛诗》博士，名叫沈朗，上疏称先儒编次不当，《关雎》讲后妃之德，不可以作为三百篇之首。应该"先帝王而后后妃"。因此他向朝廷进献《新添毛诗》四篇，其中自撰二篇作为尧、舜之诗，又取《虞人之箴》作为大禹诗，又取《诗经·大雅·文王》之篇作为文王之诗，请求朝廷以此四诗置于《关雎》一诗之前。唐宣宗对之给予嘉奖。这个人的狂妄无知，成为后世的笑柄。对这种水平的人，唐宣宗还嘉奖他，也够宽宏大度了。

葛覃

【原文】

葛之覃兮，施于中谷，维叶萋萋。黄鸟于飞，集于灌木，其鸣喈喈。

葛之覃兮，施于中谷，维叶莫莫。是刈是濩，为絺为绤，服之无斁。

言告师氏，言告言归。薄污我私，薄浣我衣。害浣害否？归宁父母。

【译文】

葛藤枝蔓真茂畅，深山谷中自生长，葛叶初盛见鲜亮。黄鸟成群来又往，飞来落在灌木上，鸟鸣声音像歌唱。

葛藤枝蔓真茂畅，深山谷中自生长，葛叶繁密见深亮。割下葛茎用水煮，制成细布和粗布，穿在身上真舒服。

告诉我的女师傅，诉说我要回娘家。洗洗我的贴身衣，洗洗我的外裙纱。不忙洗的先不洗，欲见父母眼巴巴。

【解说】

先解释几个字词：1."葛"，音格，藤类植物，也叫葛藤，它的茎皮纤维可作纺织原料。《韩非子》说："冬日麑裘，夏日葛衣。""葛衣"就是用葛制作的衣服。2."覃"，是延长的意思。3."施"，读为绎，是蔓延的意思。4."萋萋"，这里指初夏时葛叶茂盛的样子。5."莫莫"，这里指盛夏时葛叶茂盛的样子。6."刈"，音义，是割的意思。7."濩"，音获，是煮的意思。8."絺"音痴，细葛布。9."绤"音戏，粗葛布。10."斁"，音亦，厌弃的意思。11."师氏"，也称女师，古代贵族女子有女保姆兼教师指导言行，并掌管生活起居。12."污"，搓洗。13."私"，内衣。

这首诗开始便描绘出一片既静谧又充满生命力的景象。浓绿的葛藤在深幽的山谷中四处蔓延，虽然幽静，却又不是死寂，羽色鲜亮的黄鸟叽叽喳喳，飞来飞去，聚集在灌木上。诗人又接着歌唱葛藤，葛藤长得又好又长，把它割下来用水煮，提取纤维纺成线，织成粗布或细布，用葛做成的衣服，穿在身上很舒服。这一章完全是一种铺叙，似乎没有什么可玩味的，但接着往下读，便可明白此章的用意。

最后一章女子以热切的口吻要"言告师氏"，告诉她自己要"归宁父母"。诗的用意是在表达女子想要"归宁父母"的热切心情，那它与采葛制衣的过程有什么关系呢？《内训》解释道："仁人之事亲也，不以既贵而移其孝，不以既富而改其心。"就是说，内在美好而仁义的人，即便是出嫁离开父母家，也不会因为自己的地位比原来高贵或者资财比原来富裕，而改变孝顺父母的心意。

也许读者仍然感到疑惑，觉得看不出二者之间的关系。我们可以援引新近出土的《孔子诗论》中的一段话来点明它们的关系。孔子说："吾以《葛覃》得祗初之诗，民性固然，见其美，必欲反其本，夫葛之见歌也，则以绤絺之故也。"若用现代语言把它翻译出来，意思是：我从《葛覃》的诗中得到崇敬本初的诗意，人们的性情就是如此，看到了织物的华美，一定会去了解织物的原料。葛草之所以被歌咏，是因为绤和绤织物的缘故。这是《孔子诗论》这段话的大意。山中的野葛是华美的衣物之源，没有野葛就没有葛布，就没有葛布制出的衣服，葛布的衣服再怎么华美，没有野葛它就不会存在。人也是一样，子女再怎么有成就，没有父母也不会有他（她）的存在。歌颂野葛，表达的是一种不忘本的情感。

但是，学者对这首诗的解释历来存在很大的争议，根源在于对"归宁父母"的理解不同。对"归宁"的解释有两说：一说是女子之出嫁，一说是出嫁女子回返娘家。主张女子出嫁说者，列举古籍中女子出嫁多用"归"或"于归"、"来归"等。而且以为古代女子出嫁后，没有返归娘家之礼，搜索《左传》，不见诸侯夫人在一般情况下回娘家的例证。而主张出嫁女子回娘家之说者，却举出《左传》中鲁国一个叫伯姬的公主出嫁后回国看庄公的例子。然而，毕竟在《左传》中这种记载非常之少，而且后世学者在解释此事时，认为它正是一种非礼的行为。

作为诸侯的夫人，回国探亲之事确实不常见，这是不可否认的事实。然而，《葛覃》中的女子并不一定是诸侯夫人。古代不同阶层的人遵循着不同的礼制，对于卿大夫或者士一级的夫人，回家探亲就不那么严格。《左传》中记载了这么一个故事：郑国一个叫祭仲的大夫专权，郑厉公很不满，就秘密指派祭仲的女婿雍纠去杀掉他。这件事情被祭仲的女儿，也就是雍纠的妻子知道了，她便回家问母亲："父亲和丈夫哪个更亲近呢？"她母亲说："这世上做丈夫的人选是许多的，然而父亲却只有一个，两者怎么能相提并论呢？"于是雍姬告诉父亲说："你的女婿不在家里宴请您，而把地点设在郊外，这让我感到很疑惑，所以来告诉您这件事情。"其实这就等于告诉了祭仲有事情要发生。最后祭仲杀了雍纠，郑厉公的计划没有成功，不得不逃到国外去。这件事说明，士大夫的夫人回娘家还是比较自由的。另外，在礼制中还有这么一条规定，说出嫁后的女子，回家之后应该只关心姐妹的生活情况，而不应该先去询问兄弟的生活情况。这些都足以说明，出嫁之后的女子回家探亲是被允许的。

　　诗中还有一个地方需要说明。也许读者要问，回娘家为什么要"言告师氏"呢？这与古代贵族女子的生活有关。我们不妨在这里讲个故事，以让大家对古代人的生活有一个了解。春秋时代有一次宋国发生了火灾，宋共姬（鲁国一个叫伯姬的公主嫁给了宋共公）在这次火灾当中丧生。当时的情形是这样的：那天夜晚宫中发生火灾，宫人们来救伯姬出宫避火，但伯姬却不肯走，她说："妇人应该遵守的礼义是，没有保姆和女师的陪同，夜晚就不应该出门，我要等待保姆和女师来。"等到保姆来后，宫人又请伯姬出宫避火，伯姬还要等女师。最后没有等到女师，伯姬丧身于火海。当时的诸侯们很惋惜伯姬的死，相聚于卫国澶渊，共同志哀。后人对伯姬的行为褒贬不一，《左传》的作者认为，伯姬既然已经成为人妇，就应该有妇人一样的行为，可以从权行事，说她这样选择还是一个女孩子的行为，而不是一个成年妇女应该有的行为。实际上当时的伯姬至少也有七十岁了。伯姬采取的行为究竟合不合适，我们不在这里讨论。我们只以此事来证明，那个时代贵族妇女的生活起居，是需要女师的陪同、指引的。所以《葛覃》诗中的女主人回娘家时，要先告知女师，就是可以理解的了。

　　这首诗因为女主人公动容中礼、贵而能俭，备受后世称誉。

樛　木

【原文】

　　南有樛木，葛藟累之。乐只君子，福履绥之。

南有樛木，葛藟荒之。乐只君子，福履将之。
南有樛木，葛藟萦之。乐只君子，福履成之。

【译文】

南方樛木枝垂下，葛藟攀援缠绕它。慈爱乐施的君子，福禄都会降给他。

南方樛木枝垂下，葛藟攀援荫蔽它。慈爱乐施的君子，福禄降下扶助他。

南方樛木枝垂下，葛藟攀援盖满它。慈爱乐施的君子，福禄降下成就他。

【解说】

先解释几个字词：1."樛木"，樛音鸠。木上竦曰"乔"，下曲曰"樛"。因其枝条盘枝屈节，弯曲下俯，故葛藤得以附丽而上。2."葛藟"，葛藤的蔓儿。3."累"，攀援缠绕。4."只"，语助词。5."福履"，即福禄。6."绥"，降下。7."荒"，掩盖。8."将"，扶助。9."萦"，旋绕。

这是一首祝颂诗，此诗全篇重在一个"樛"字，"樛"指树的枝条向下弯垂，以喻君子垂爱于在下之人，由此引发在下之人对他的慈爱乐施表达由衷感谢之意。全诗三章看似反复，却又步步递进。第一章以葛藟缠绕樛木为喻，祝愿福禄降临给慈爱乐施的君子；第二章以葛藟缠满樛木为喻，祝愿福禄扶助慈爱乐施的君子；第三章以葛藟重重缠绕樛木为喻，祝愿慈爱乐施的君子万福齐臻，安享福乐。祝愿者只用"乐只"二字，已包含在下者对君子慈爱乐施的德行有无限感激赞美之情。《诗经》中的其他篇如《南山有台》《采菽》等篇中所称之"乐只君子"，也是同样的意思。所以我们读《诗经》要能体会它字面后面的意味，体会作者内心所要表达的思想情感。

这首诗到底是在什么背景下写的，学者说法不一。最有影响的还是《毛诗序》。《毛诗序》说："《樛木》，后妃逮下也。言能逮下而无嫉妒之心焉。"郑玄《笺》说："后妃能和谐众妾，不嫉妒其容貌，恒以善言逮下而安之。"这些话今人也许不很懂了。我们在这里稍稍介绍一下中国上古社会的制度和习俗。中国上古社会有媵妾制度，《礼记·昏义》记载：周天子的妻妾包括："王后，三夫人，九嫔，二十七世妇，八十一御妻。"即除了王后正妻之外，还有120个妾妃。为什么天子需要有这么多妻妾呢？据说是为了多播"龙种"，以"广其子孙，继世不绝"。那么诸侯一级有多少妻妾呢？按《春秋公羊传》所说，诸侯一级，一娶九女，"娶一国，则二国往媵之。以侄娣从之"。那时诸侯之间讲究政治联姻，门当户对，一国诸侯娶另一国的公主，需有其他两个同姓国选送8位侄娣辈的小妾随嫁，这叫"媵妾"。再往下，卿大夫一级有多少妻妾呢？按《白虎通》所说，卿大夫一级官员，"一妻二妾"。再往下，最低的士一级小吏，"一妻一妾"。至于老百姓呢？"匹夫匹妇"，只能有一个妻子。当然，实际上天子诸侯等的妻妾未必是那么多数目，但人数比较多，却是事实。天子、诸侯妻妾成群，相互争宠，于是便有了后宫之争。近年影视节目中后宫戏很多，都是写后宫中后妃争宠的故事，有时后宫斗争是很残酷、血腥的，那也是让国君很头痛的事。于是便有一个对后宫的后妃所谓道德教化的事。那就是让后妃们注重"女德"的修养。

在古代，所谓"女德"，包括六个方面：一是柔顺，二是清洁，三是不妒，四是节俭，五是恭敬，六是勤劳。后宫中最容易发生的事，就是后妃之间相互嫉妒。所以首先要教育王后或夫人"无嫉妒之心"。能援引地位低的众多姬妾"鱼贯而入"，按次序侍奉国君。这就是《毛诗序》诠释此诗的用意。

后世学者干脆就把《樛木》一诗附会到太姒身上。太姒是周文王的正妻，是女德的典范。文王之所以有"百斯男"，子孙众多，是因为太姒"无嫉妒之心"，能援引众妾进御于文王。众妾感激太姒的引荐之德，作《樛木》一诗来歌颂她。清代傅以渐主撰《御定内则衍义》，其中说："制礼莫详于成周，逮下莫过于太姒，《周南》《召南》所载，无一非仁德厚施所及，而尤大著于《樛木》之章，众妾乐太姒之德，随所触而称愿之。"

《诗》无达诂。每一首诗都可以从不同的角度去体味。《毛诗》一派的解释从后妃的品德去阐释，具有一定的社会历史背景。但不意味这就是正确的解释。宋代杨简《慈湖诗传》对这首诗就有不同的理解，他说："今观是诗，殊无后妃之状，惟言君子尔。"他说从诗文中看不出与后妃有什么关系，这首诗实际上是说"君子"能够礼遇提拔地位低的贤士。诗人于是赞其德说"乐哉君子"，又祝"愿君子常有福而安"。更有人指出，《诗经》三百零五篇中没有将"后妃"称为"君子"的。

朱熹也看到了《樛木》一诗在解释上的矛盾，一方面他信从《毛诗》一派的说法，认为《樛木》是"后妃逮下"的典范之作，另一方面也感到将"后妃"称为"君子"有难通之处。于是解释说：诸侯夫人称"小君"，大夫之妻称"内子"，小妾称正妻为"女君"，后妃若有君子之德，也可以以"君子"目之。朱熹的说法太过牵强。学者多不信从。

明代丰坊伪撰《申培诗说》，他看到了历史上关于《樛木》一诗解释上的矛盾，于是另立新说："《樛木》，诸侯慕文王之德而归心焉，故作此诗。"当时学界一时不知此《诗序》是假，多附会其说，认为文王之德远及南方，如樛木之荫下；小国有所归依，如葛藟之得所系。如《尚书·武成》篇所说："文王克成厥勋，诞膺天命，以抚方夏，大邦畏其力，小邦怀其德。"文王之时，周邦东北面近于商纣之都，西北面近于犬戎之域,其教化只能向南方推行。云云。这种解释从史实上说,有其合理性,但其经说却建立在一部伪书之上。

现代学者多不相信古人的解释,认为这是一首贺新婚的诗,根据是来自西晋文学家潘岳的《寡妇赋》。其中说:"伊女子之有待兮,爰奉嫔于高族。承庆云之光覆兮,荷君子之惠渥。愿葛藟之蔓延兮,托微茎于樛木。"这是对女子初嫁夫家的描写,意思是说:这女子真有福啊,能嫁到这样的高族人家。承受公婆的呵护啊,感受夫君的恩爱。愿葛藟之蔓延啊,托微躯于樛木。实际上,潘岳的《寡妇赋》只是借用了《诗经·樛木》一诗的典故,为己所用,并不是解释《诗经·樛木》一诗的本意。且潘岳的《寡妇赋》是从女子的角度出发的,所言"愿葛藟之蔓延兮,讬微茎于樛木",有自谦之意。若第三者用此诗来贺新婚,岂非故意贬低女方的家族吗?古代社会,虽然在家庭中是男尊女卑,但对男女双方的家族而言,结婚意味着"合两姓之好""结秦晋之好",怎能视为女方家族依附男方家族呢?

新近出土的战国竹简《孔子诗论》说:"《樛木》之持,则以其禄也。"认为此诗讲的是君子如何持守福禄。至于如何持有,《孔子诗论》没说。但《樛木》一诗本身已经说了,那就是对在下之人要能慈爱乐施。在上之人能慈爱乐施,在下之人就会感恩戴德,君子之福禄也自然会长久。我们认为《孔子诗论》的评论是比较朴素而合理的。

我们在前面已经说过,这是一首祝颂诗,以樛木来比喻君子垂爱于在下之人。由此引发在下之人对他的慈爱乐施表达由衷的感谢之意。我们认为,这样理解此诗,或许比较稳妥。

汉　广

【原文】

南有乔木,不可休思。汉有游女,不可求思。汉之广矣,不可泳思。江之永矣，不可方思。

翘翘错薪，言刈其楚。之子于归，言秣其马。汉之广矣，不可泳思。江之永矣，不可方思。

翘翘错薪，言刈其蒌。之子于归，言秣其驹。汉之广矣，不可泳思。江之永矣，不可方思。

【译文】

南方有树高又大，无奈不能息树下。汉上靓女乐玩游，无奈如仙不可求。叹息汉水太宽广，我难游到对岸上；滔滔江水宽又长，我难乘筏来过往。

丛丛草木杂又高，我去割取那荆条。靓女就要出嫁了，正将马儿来喂饱。叹息汉水太宽广，我难游到对岸上；滔滔江水宽又长，我难乘筏来过往。

丛丛草木杂又高，我去割取那蒌蒿。靓女就要出嫁了，正将骏马来喂好。叹息汉水太宽广，我难游到对岸上；滔滔江水宽又长，我难乘筏来过往。

【解说】

先解释几个字词：1."乔木"，树身高大的树木。《淮南子》说："乔木上耸，少阴之木。"树虽然高而美，却因为少阴凉，不适合人在树下歇息。2."永"，长。3."方"，同舫，俗称筏子，用竹或木编成，这里指用筏渡河。4."翘翘"，高高伸出的样子。5."错薪"，杂乱的柴草。6."楚"，一种落叶灌木，可以砍下当柴烧。7."于归"，姑娘出嫁。8."秣"，喂牲口。9."蒌"，一种多年生的草本植物，即蒌蒿。10."驹"，泛指少壮的马。

解释了上述字词后，此诗的内容就变得简单明白了。所以下面我们不再在此诗的内容上着墨，而着重谈一下此诗的写作背景以及历史上学者对此诗的评论。

从字面上看，这是一首情诗。它的意思很明显，写的是一位男子在汉水边上邂逅一位姑娘，并且钟情于她。他可能也去追求她了，但对方并没有接受，而是要嫁给别人了。面对浩瀚的江水，男子唱出了自己的惆怅。

朱熹将《诗经》中的许多诗定为"淫奔"之诗，但并未将这首诗列入其中。然而这又是一首很浪漫的诗。为什么浪漫呢？这是因为，在古代女孩子一般不随便外出游玩。传统文人大多相信女子天性就是水性杨花，经常抛头露面，很容易红杏出墙，发生有伤风化的事情。但是汉水这个地方有个传统习俗，容许女孩子自由外出游玩。而女孩子很喜欢在汉水大堤上游玩。南朝刘宋时代，襄阳郡有一位叫隋王诞的刺史，作了一首《汉水大堤曲》说："朝发襄阳城，暮至大堤宿。大堤诸女儿，花艳惊郎目。"所以朱熹《诗集传》说："江汉之俗，其女好游，汉魏以后尤然，如《大堤之曲》可见也。"女孩子出来游玩，就不免会遇上小伙子，也难免发生青年男女邂逅相遇，一见钟情，然后在一起"拍拖"谈恋爱的事情。但实际也不那么简单，你看上人家女孩子，或者去追那个女孩子，而女孩子未必看上你，未必就接受你的追求。

江汉一带的女孩子这么矜持，这么端庄娴静，让儒家学者们感到很好奇。于是他们要寻求一种解释。《毛诗序》作者看到《汉广》这首诗有个"广"字，于是说："《汉广》，德广所及也。文王之道被于南国，美化行乎江汉之域，无思犯礼，求而不可得也。"意思是说，江汉地区自从受了文王的教化以后，这里的女孩子虽然还是喜爱外出游玩，但她们的举止神情同以前很不一样了，变得端庄娴静，不像以前那样可以轻易求得了。你说，人家江汉地区的传统习俗，与文王的德教有什么关系呢？《毛诗序》这番话明显是牵强附会嘛！

新近出土的《孔子诗论》这样评论《汉广》一诗:"【《汉广》不求不】可得,不攻不可能,不亦知恒乎?""《汉广》之知,则知不可得也。"若用现代语言翻译出来,意思是:(《汉广》之诗讲不追求)不可能得到的爱情,不用心力于不可能做到的事情,这不是很知道常理吗?《汉广》的诗意在于"知",是因为主人公知道人生有不可求得的事情。你看,孔子评论此诗,并不往什么文王教化上联系。他只是说《汉广》一诗给人一种启示:人的一生中有不可求得的事情,你应该知道追求什么,不追求什么。不要在本来追求不到的事情上浪费时间。这是一种"知",一种智慧和聪明,反之就是"犯傻"。

《韩诗外传》记载了一个有些"离谱"的关于孔子的故事,用以说明江汉地区的女子确实是不可求的。故事说孔子南游,路过山谷中的一条小路,看见一位美丽的年轻女子佩带着玉璜,正在水边洗衣裳。孔子说:"那位女子也许可以交谈一下。"于是拿出一只酒杯交给子贡,交代说:"你想想怎么说,看看她心里在想什么。"意思是要子贡去测试一下那女子的为人。子贡走过去对女子说:"我是从大北方来的,想要南行到楚国去。你看这天暑热难挡,我心里火烧火燎的,想向你讨一杯水喝,以解这焦灼难耐之情。"言语间充满了挑逗。女子回答道:"这条路处于幽僻的山谷,溪流弯弯曲曲,有清水也有浊水,都将流向大海,你想喝就喝,何必问我呢?"她接过子贡的杯子,逆着水流舀一下,又泼出去,顺水舀满一杯,坐着将杯子放到沙地上,说:"按照礼法,男女授受不亲,我就把杯子放在这里,您自己取吧。"子贡对女子说自己饥渴难耐,女子说你可以自己解决。虽然如此,出于礼貌还是帮他舀了一杯。

子贡回来向孔子转述了他和女子的对话。孔子说:"我知道了。"他又拿出琴,去掉上面的弦轴,交给子贡说:"再去试着跟她谈谈。"子贡又过去对女子说:"刚才你的话就像那和畅的清风,我听了非常欣悦。我这里有一张琴，但却缺了调弦的轸，我想请你帮我调调琴音。"女子回答："我是乡野之人，见识浅薄，不懂五音，也无心于此，怎么能调琴呢？"子贡的话暗含与女子调情之意，女子对以"无心于此"。子贡又回去向孔子如实报告了。孔子说："我了解了。遇到贤人就应该表达敬意。"于是拿出五两（十匹，就是五对，纳聘的时候也是用布帛五两）葛布，交给子贡说："再去跟她说说。"子贡又去了，说："我是大北方来的人，现在要南行到楚国去。现有葛布五两，这礼物不敢跟你来匹配，希望将它放在水边。"女子说："过路的客人，你的言行一直都很奇怪。你拿出资财，丢弃在这野外。我还很年轻，怎么敢私自接受你的礼物呢？你趁早离开吧，不然被我丈夫知道就不好了。"子贡又回去向孔子如实报告了。孔子说："我已经了解了。这个女子既通达人情，又通晓礼义。"《韩诗外传》讲了这个故事后，援引《诗经·汉广》说："南有乔木，不可休思；汉有游女，不可求思。"认为由孔子和子贡的故事可以证明，江汉之女真的不易求得。

这个故事受到一些儒者的抨击，这些儒者认为这个故事损毁了孔子的光辉形象，使孔子和子贡有调戏妇女之嫌。但这仍然只是少数儒者的抨击。《韩诗外传》能一直流转到后世，并且从未有人提议将此条资料删掉，也说明古代文化也还是有较大的包容度的。

召 南

鹊 巢

【原文】

维鹊有巢，维鸠居之。之子于归，百两御之。
维鹊有巢，维鸠方之。之子于归，百两将之。

维鹊有巢，维鸠盈之。之子于归，百两成之。

【译文】

林鹊的巢儿筑得好，八哥儿飞来就进住了。看那女子今出嫁，有百辆婚车迎接她。

林鹊的巢儿筑得好，八哥儿飞来就占据了。看那女子今出嫁，有百辆婚车护送她。

林鹊的巢儿筑得好，八哥儿飞来就住满了。看那女子今出嫁，有百辆婚车接到家。

【解说】

先解释几个字词：1."鹊"，俗称喜鹊。2."鸠"，鸤鸠，俗称八哥。李时珍《本草纲目》说："八哥居鹊巢。"3."御"，同"迓"，是迎接的意思。4."方"，占有。5."将"，护送。6."盈"，满。

"维鹊有巢，维鸠居之"，亦即成语所说的"鸠占鹊巢"。这是一种自然现象。在自然界中，有些鸟类不会自己筑巢，就偷偷把蛋生在特定鸟类的巢里，或者占据它。我们通常把"鸠占鹊巢"理解为不劳而获。

《毛诗序》说："《鹊巢》，夫人之德也。国君积行累功以致爵位，夫人起家而居有之。德如鸤鸠乃可以配焉。"认为国君创业，积行累功，得到爵位，就像喜鹊辛苦筑巢一样。夫人没有参与创业，一嫁过来就享受现成的荣华富贵，就像"鸠居鹊巢"一样。虽然看起来好像不劳而获，实际上是夫人有其美好的德行，足以配得上国君。旁人没有必要看着眼红，"羡慕嫉妒恨"。

可是在明朝的张元岵看来，此诗只字没有提到夫人的德行，却反复夸耀百辆婚车的气派和场面。可以想象，人心如何为之倾动。他认为这是写道旁看热闹的人艳羡、顾盼的情状。俗人唱叹于口，诗人改编成诗

（参见明朱朝瑛《读诗略记》卷一）。我们认为，张元岵的看法极有见地。《毛诗序》说"《鹊巢》，夫人之德也"云云，不过是经学家的附会之谈。

不过，这首诗也从侧面反映了先秦时期的制度和婚俗。

这是一首描写诸侯婚礼中亲迎场面的诗。诸侯亲迎是怎么回事呢？我们知道，古人正规的结婚有六个步骤：纳采、问名、纳吉、纳征、请期、亲迎。在最后要把新娘娶回家的时候，除了天子之外，包括诸侯在内要按照正规的礼节，亲自迎接新娘到自己家里。如果国君因故实在走不开，也要派国内卿一级的高官去迎接，以示对女方的敬重。不过这一古礼早已遭到破坏。春秋末期鲁哀公对此很迷惑，曾问孔子："国君穿上大礼服，亲自驾车去接新娘，是不是太过隆重了呢？"孔子回答说："婚姻是合二姓之好，承祖继宗，夫人将作为祭祀天地、宗庙和社稷的主人，怎么会太过了呢？""如果天地不合，万物就不会生长；如果男女不结婚，就不会有后代子孙。所以婚姻被看重并不过分啊。"在孔子看来，婚礼中诸侯亲迎，正是彰显国君对夫人的爱敬、尊重之意。

新近出土的战国竹简《孔子诗论》说："《鹊巢》出以百两，不亦有御乎？"意思说《鹊巢》这首诗所反映的，亲迎的时候动用了百辆车子，这不正是体现了亲迎之礼吗？孔子重视亲迎之礼，将《鹊巢》一诗作为宣传亲迎之礼的佐证资料。

《鹊巢》一诗的头两句"维鹊有巢，维鸠居之"，后来凝练成了"鸠占鹊巢"的成语。关于它，历史留下来一些有趣的故事和有益的启示。

鲁诗传人刘向撰有《新序》一书，其中讲了这样一个故事：晋文公打猎，追丢了一只麋鹿，便问一位叫老古的农夫说："我的麋鹿跑哪儿去了？"老古用脚指路说："往那边去了。"晋文公说："你为什么要用脚指路呢？"老古回答说："想不到君王您是这样的。虎豹因为离开栖息地而靠近人类，所以才会被人猎到；鱼鳖离开深水而来到浅水处，所以才会被人捉住；诸侯离开他的民众外出远游，所以才会亡国。《诗经》说：'维鹊有巢，维鸠居之。'国君您外出不归，别人就要取代您做国君啦。"晋文公听后感到恐惧，赶快回宫。他认为老古是一位贤人，也将他一起带回去了。

《晋书》卷二十八记载了另一个故事。魏明帝景初元年，要建陵霄阙，刚竖起构架，便有喜鹊在上面筑巢。魏明帝问大臣，这预示什么？大臣高堂隆回答：《诗》云："维鹊有巢，维鸠居之。"今天吾皇大兴土木，建新宫室，而喜鹊来筑巢。这是上天的一种告诫，宫室未成，将以他姓制御之。吾皇不可不深虑。魏明帝听后为之改容动色，吓得不敢继续建造了。

清人王士禛《池北偶谈》记载了另一个故事，与其说是故事，还不如说是笑话：当时德清有个人叫陈凝，顺治六年中了进士，被选派做新城县令。他性格仁厚，但有点迂笨，是个书呆子。每次审犯人，打板子，他自己都会在那里哭泣。有一个姓王的秀才，家宅被别人占据，很久都不还给他。他于是告到衙门，希望官府出面帮他解决。这个县令左思右想，想不出解决的办法。于是对王秀才说："《毛诗》云'维鹊有巢，维鸠居之'，王秀才你就不能做一回'鹊'吗？"公堂上的人听了此话哄堂大笑。你看他读书都考上进士了，对《诗经》的理解竟是这个水平！死读书，读死书，不谙世事，也真是害人啊！

甘　棠

【原文】

蔽芾甘棠，勿翦勿伐，召伯所茇。

蔽芾甘棠，勿翦勿败，召伯所憩。

蔽芾甘棠，勿翦勿拜，召伯所说。

【译文】

郁郁葱葱杜梨树，莫要摧残砍伐它，召伯路过曾当家。
郁郁葱葱杜梨树，莫要摧残莫敲击，召伯这里曾小憩。
郁郁葱葱杜梨树，莫要摧残弄弯枝，召伯这里曾休息。

【解说】

先解释几个字词：1."蔽芾","芾"，音废，形容树木茂盛。2."甘棠"，杜梨树。3."翦"，毁坏。4."召伯"，召读邵，西周开国时的召公奭。5."茇"，音拔，与憩、说（读税）都是居息之义。6."败"，折枝。7."拜"，屈枝。

《毛诗序》说："《甘棠》，美召伯也。召伯之教，明于南国。"郑玄《笺》补充说："召伯听男女之讼，不重烦百姓，止舍小棠之下而听断焉，国人被其德，说其化，思其人，敬其树。"《甘棠》写的是人们对召伯的怀念和爱戴。为什么人们如此怀念和爱戴他呢？这是因为召伯是勤政爱民的好官。《韩诗外传》记载这样一个故事：召伯在朝做官，有关人员请求营建召伯官邸，让他居住。召伯说："唉！为了我一个人而烦劳百姓，这不是先君文王的想法啊。"于是离开都城走向田野，直接到百姓中去处理纠纷。他的居处设在野外，就在甘棠树下搭了一座简易的茅草房。老百姓被召伯感动了，都勤力于耕桑，当年就获得了大丰收，家家丰衣足食。朱熹在《诗集传》中简单明了地解释《甘棠》这首诗表现的情感："召伯循行南国，以布文王之政，或舍甘棠之下。其后人思其德，故爱其树而不忍伤也。"召伯为人民操劳而又不烦劳百姓，所以得到了大家的拥戴。人们爱屋及乌，甚至连召伯停留休憩过的杜梨树都要保护起来，可见召伯得人心之深。

历史上学者对诗中的"召伯"究竟是谁，有过争论。按《史记·燕召公世家》记载："召公之治西方，甚得兆民和。召公巡行乡邑，有棠树，决狱政事其下，自侯伯至庶人，各得其所，无失职者。召公卒，而民人思召公之政，怀棠树，不敢伐，歌咏之，作《甘棠》之诗。"《史记》以为《甘棠》之诗所歌颂的"召公"，就是与周公旦同时的召公奭。另有一种看法认为是周宣王时代的召伯虎。我们认为当以《史记》的说法为准。其实，读《甘棠》之诗，重要的不在于弄清三千年前的"召伯"究竟是谁，重要的是要理解诗中所表达的人民对贤者、对爱民者的思念，并从这种思念感情中来加深对人性、人情的理解，从而对现实的社会生活进行反思。

新近出土的战国竹简《孔子诗论》说："《甘【棠】（十三）……【思】及其人，敬其树，其保厚矣。甘棠之爱，以召公。"用现代语言翻译过来，其大意是："《甘棠》之诗讲，因甘棠之树而思及召公其人，因为敬爱召公而敬爱其树，是因为召公能保护人民，对人民有厚德。人民对甘棠之树的爱，是因为召公的缘故。"《孔子诗论》还说："吾以《甘棠》得宗庙之敬，民性固然，甚贵其人，必敬其位，悦其人，必好其所为。"用现代语言翻译过来，其大意是：我从《甘棠》的诗中得到了人民尊敬宗庙的道理，人们的性情就是如此，如果特别尊重那个人，必然敬重和保护他曾经活动的地方。喜欢那个人，一定也喜欢那人所有的作为。《孔子诗论》的论断非常符合人性。

《甘棠》这首诗反映了人们敬贤爱贤的心理。春秋时期的人们也是这样理解这首诗的。《左传·襄公十四年》记载：秦伯曾经问士鞅："晋国的卿大夫之家，哪一家将会先灭亡？"士鞅回答说："大概是栾氏家族吧！"秦伯说："是因为栾氏家族太过骄横了吗？"士鞅回答："确实如此。不过还不会马上灭亡。当年栾书施恩于民，人民感戴他的恩德。栾书死了。他的儿子接替了他的位置，儿子虽然骄横，但栾书的恩德还记在人民心中，人民不会推翻栾家。就像周人思念召伯，会爱他停歇过的甘棠树，更何况对待一位贤者的儿子呢！但到了栾书的孙子辈，那就有危险了。那时栾书的恩德会逐渐消失，而孙子还来不及施恩于民，到那时灾祸怕要降临了。"按史书记载，这个预言真的应验了，就在这次对话之后的第九年，栾氏被灭。《周易》讲："积善之家必有余庆，积不善之家必有余殃。"晋国栾氏家族的历史正好验证了这个真理。

《甘棠》一诗除了能够引起人性的思考，它还成为一种仁政的代表。召伯的事迹，历经三千年仍然是勤政爱民的典范。《明文海》卷三一五收入一篇跋文，题目是《跋萧奇士宣平劝农图》，其中讲了大致如下的内容：

明朝政府官员很少到乡间考察，即使有官员偶尔到乡里去，也是由里正事先挨门挨户到农家搜集物品器具，以便供给，一时之间忙碌布置，自夜达旦不休。官员一到，又是敲锣打鼓，又是彩旗飘扬，大摆排场。就好像人们从来没见过官员似的。而人民也都东躲西藏，怕不小心冲撞了官员获罪。所过之处，禾苗踏倒，鸡犬不宁。人们都希望官员赶快离去。不过，朝廷中偶尔也会有勤政爱民的好官出现。明朝初年周忱巡抚江南，只骑一匹瘦马，带一名老仆，自带干粮往来于田间，晚上投宿于古寺。他很了解民情，也很有政绩。其后，在作者的家乡，出了又一位叫萧奇士的官员，他为人俭朴，在春耕的时候去省察农事，从来不扰民。人们觉得这个官员太不一样了，于是有人用绘画的形式来纪念他。

作者于是感慨地说，如果天下的官员都像当年召公那样勤政爱民，就不会流传周忱的故事。如果明朝的官员都像周忱那样勤政爱民，也不会流传萧奇士的故事。其实，这些好官也只是尽了他们应尽的职责，而人们便如此爱戴他们，颂扬他们。官员之行何其薄，而百姓之情何其厚也！

摽有梅

【原文】

摽有梅，其实七兮。求我庶士，迨其吉兮！

摽有梅,其实三兮。求我庶士,迨其今兮!

摽有梅,顷筐墍之。求我庶士,迨其谓之!

【译文】

梅子熟了开始落,果实还剩七成多。想要娶我的男士,趁着吉日莫蹉跎!

梅子熟了渐掉干,果实十成还剩三。想要娶我的男士,要娶何不趁今天!

梅子熟了落满地,拿着簸箕来捡拾。想要娶我的男士,要我何不趁这时!

【解说】

先来解释几个字词:1."摽",音鳔,坠落。2."有",语助词。3."庶士",年轻的未婚男子。4."迨",音待,是趁着的意思。5."吉",吉日。6."顷筐",浅筐,北方称簸箕。7."墍",音细,或音即,是拾取的意思。8."谓",不待礼备而私自相会。

关于这首诗,历来有意思相反的解释:一以《毛诗序》为代表:"《摽有梅》,男女及时也。召南之国,被文王之化,男女得以及时也。"认为这首诗是反映男女能够及时婚配的诗。男女及时婚配怎么就和文王之化联系上了呢?按照周人的礼制,女子十五岁就算成年了,这时女子可以梳髻插簪,待嫁闺中。但如果过了二十还没嫁出去,就不必遵从婚姻的六礼规定,甚至在仲春时节遇到心仪的男人,就可以跟着他回家。但六礼不备,对于女方而言,是很不体面的婚礼。所以,女子怕时光易逝,青春不返,唱出了这首盼嫁歌。召南之地是文王的儿子召公所治之地,由于接受了文王的德化,男女能及时婚配。

另一种解释以欧阳修、杨简等为代表,认为此诗乃是男女失时之诗。欧阳修《诗本义》说:《摽有梅》"自首章'梅实七兮',以喻时衰,二章、三章喻衰落又甚,乃是男女失时之诗也"。杨简《慈湖遗书》说:"《摽有梅》,男女失时,诗章甚明。"但他们又都接受《毛诗序》"召南之国,被文王之化"的说法,认为虽然男女婚姻失时,但又不敢萌发淫奔之意。朱熹的观点与他们接近。有学生问朱熹:为什么女子盼嫁如此急迫?朱熹回答:这也是人之常情嘛。

另外,明清的许多学者则将《摽有梅》视为淫奔之诗,直斥诗中女子不待父母之命,轻易以身许人,脸皮太厚。如明代朱善《诗解颐》说:"《摽有梅》……汲汲于求售者,而岂可以贞信许之邪?尝试思之,男有家,女有室,必有待乎父母之命。今而曰'求我庶士',则是苟有求之者,将不待父母之命,而轻以其身许人也。岂有当圣人之世,轻以其身自许于人,而可以为贞乎?"清人吴浩《十三经义疑》说:"《摽梅》,刺淫奔也。礼:男先乎女。而此之求士者如此其急焉!"陈启源《毛诗稽古编》则说:"后世闺情艳体出,文人墨士笔正与此相类。朱子以为女子自言,闺中处女何颜厚乃尔耶?"在我们看来,明清学者礼教态度之严苛,超过了宋代的道学家们。而《诗经·国风》中的许多作品反映的是人的真性情,其所反映的男女之情多出于自然。《摽有梅》直接唱出了女子的心声,情感真切、质朴,鲜活逼真,毫不做作。《诗经》的编者将其收入进来,也可见当时人们对生命的真诚态度。

历史上也有的学者认为此诗不是女子盼嫁诗,而是国家求贤诗。如明代章潢的《图书编》说:"诗人伤贤哲之凋谢,故寓言摽梅,使求贤者及时延访之耳。"认为诗人看到贤者不为世所用,托言凋落的梅子,希望求贤的人能够及时求访他们。这种解说得到了不少学者的认可。清乾隆时期的《御纂诗义折中》就采用了这种解释,该书将"摽"解释为"择取"。其解释第一章说"摽（取）所有之梅，摽其三而留其七，是择其先熟者而早取之焉。人君求我国之庶士亦当迨宾兴之吉期，择其尤者而早取之也"；其解释第二章说："摽所有之梅，摽其七而留其三，是趁其大熟之时而多取之焉。人君求我国之庶士亦当及今之时，广其途以多取之，不必待吉也"；其解释第三章说："人君求我国之庶士亦当及今之时而有以谓之。谓之者，通其言也，使天下之士皆得尽言以通于上，则嘉言罔伏，而野无遗贤矣。此尽取庶士之道也。"这种解释虽然不合主流，却也言之成理，因为《摽有梅》一首诗，从字面上看并没有出现女子一类的字样，此诗反复出现"求我庶士"的话，"庶士"不一定就是女子所求的男人，也可以是朝廷所求的贤人。所以将此诗解释成"求贤"诗，也未为不可。

　　古人解诗，还有一种传统，就是"赋诗断章"，用今天的话说，就是断章取义。在春秋时期的诸侯国之间的外交场合，《诗经》被经常引用，甚至有滥用的情况，在引用《诗经》某一诗篇的时候，这篇诗的"本事"或"本意"是什么，往往不被考虑，即使其诗有所谓"本事"或"本意"，也往往被过滤掉，只用其中的某一层意思。这需要当时在外交场合的当事人有敏锐的感受力，知道对方所表达的真实意图是什么。比如《左传·襄公八年》记载：晋国的执政大臣范宣子访问鲁国，通报晋国将要向郑国用兵。鲁君设宴招待。席间范宣子赋《摽有梅》，范宣子此时赋《摽有梅》，当然不是表达"女子盼嫁"或"国君求贤"的意思。他只是要表达"及时"或"不失时机"的意思。希望当晋国发兵攻伐郑国的时候，作为结盟国的鲁国也要"不失时机"地派兵同往。这语气中隐含着晋国颐指气使的味道，也包含着对鲁国届时能否积极配合有某种担忧和猜忌。晋国是当时的超级大国，又是主盟国，而鲁国是小国，只有唯唯诺诺的份儿，如果鲁国届时不能积极配合，便可能要承担被惩罚的后果。当时鲁国执政的季武子听后，马上心领神会，回答说：鲁国怎么敢不积极配合呢？我们的国君与贵国国君乃是一体同胞，就像芳香与香草的关系一样。我们只会高兴地等候盟主的命令，不会有错过时机的问题。季武子的回答化解了晋国使臣的担忧和猜忌。在那种情境下，《摽有梅》成了"及时""不失时机"的代名词。

  不过，在我们看来，当时在外交场合这样运用《诗经》，已有滥用之嫌。为什么这样说呢？当时晋国的霸业已经衰落，与楚国争夺郑国，经常发动战争。鲁国畏惧晋国的强势，成了晋国的帮凶。而郑国无端受祸，成了战争的牺牲品。晋国范宣子与鲁国季武子之间这种外交活动，不过是强权与帮凶之间的政治交易，他们这样运用《诗经》，实在是对《诗经》的亵渎，所以说此时他们对《摽有梅》的援引，已有滥用之嫌。

邶风

柏舟

【原文】

泛彼柏舟，亦泛其流。耿耿不寐，如有隐忧。微我无酒，以敖以游。

我心匪鉴，不可以茹。亦有兄弟，不可以据。薄言往愬，逢彼之怒。

我心匪石，不可转也。我心匪席，不可卷也。威仪棣棣，不可选也。

忧心悄悄，愠于群小。觏闵既多，受侮不少。静言思之，寤辟有摽。

日居月诸，胡迭而微？心之忧矣，如匪浣衣。静言思之，不能奋飞。

【译文】

东漂西漂柏木舟，浮在河上任漂流。忧心忡忡人不寐，如有隐痛在心头。并非无酒以解忧，也非遨游能消愁。

我心不是一面镜，不能美丑都包涵。虽有自家亲兄弟，有事难托他照管。一向他们来诉苦，总逢他们怒气满。

我心不是圆石卵，不能任凭人拨转；我心也非软草席，不能任凭人折卷。人有尊严有威仪，不能附和随人变。

忧思重重在廊庙，惹怒群小多争吵。承受痛苦已很多，遇到侮辱也不少。平心静气细思考，醒悟捶胸恨难消。

仰望天上日和月，为何昏暗无光芒？心中忧愤难承当，就像穿着脏衣裳。静下心来细揣想，不能奋飞任翱翔。

【解说】

先解释几个字词：1."泛"，在水面上漂浮。2."隐"，通殷，在这里是疾痛的意思。3."微"，非，无。4."敖"，同"遨"。5."匪"，通非。6."鉴"，镜。7."茹"，容纳。8."据"，依靠。9."薄"，读为破，语助词。10."愬"，同诉。11."棣棣"，"棣"读替，雍容娴雅的样子。12."选"，退让。13."悄悄"，心里忧愁的样子。14."群小"，众小人。15."觏"，音垢，遭受。16."闵"，中伤陷害的事情。17."辟"，用手拍胸。18."摽"，举手捶胸。19."居""诸"，语气助词。20."微"，昏暗无光。

《毛诗序》说："《柏舟》言仁而不遇也。卫顷公之时，仁人不遇，小人在侧。"郑玄《笺》说："不遇者，君不受己之志也，君近小人，则贤者见侵害。"（《毛诗注疏》卷三）他们认为这是伤感贤者不遇明君之诗。诗中的"我"，指的就是贤者。这种见解是与此诗的文意相符合的。下面我们来具体分析一下这首诗。

柏舟是很坚固的船，比喻贤者内心坚贞，行为循礼而不乱，能够承担责任。柏舟泛流河中，无所依傍，比喻可用之才却不用，所以贤者忧思成疾，夜不能寐。忧愁而说如有隐痛在心，让人感觉到忧愁带来的胸口痛闷的感觉。这种忧愁不是饮酒或遨游能消解的，足见忧痛之深。贤者说自己的心不能像镜子一样美丑包容，是因为他嫉恶如仇。"亦有兄弟，不可以据"，说的是关系亲密的兄弟或者僚友，他们也是不能依靠的，如果去向他们诉告求助，反而会遭其怒目相对。贤者不被君上所知，又不被亲人或僚友理解，可谓穷独而困矣。虽然如此，贤者的操守仍然不变，继续保持自己的尊严，这种操守和尊严，不能像鹅卵石那样任人拨转，不能像草席那样任人折卷，不能委屈心志而随便附和他人。然而众小人屡屡对自己污蔑中伤，故而常心怀廊庙而忧思重重。当此之时，唯有仰望日月，企盼有朝一日君心能明。但现实的政治昏乱只能让他倍感压抑窒息，即使捶胸顿足又能如何？

新近出土的战国竹简《孔子诗论》评论这首诗只用了一个字："闷。"你想，群小弄权，加侮于君子，而君子非但不能见知于人君，也不能向亲人朋友倾诉，面对现状无能为力，也无法自我解脱，这种境遇怎能不让人深感郁闷呢？

关于此诗，也有不同的理解。如汉代刘向《列女传》认为此诗为妇人所作，在于表现妇人的忠贞不贰。《列女传》说：齐侯的女儿嫁给卫国国君，婚车走到卫国的城门，卫国的国君却死了。保姆说：既然卫侯已死，我们就回到齐国吧。此女子不听，仍愿留在卫国，并为这位未成婚的夫君守丧三年。卫侯的弟弟继承了君位，请求夫人改嫁于他，夫人拒绝了新卫君的请求。新卫君就派人告诉夫人的齐国兄弟，齐国的兄弟们都希望夫人与新卫君结成夫妻。而夫人却坚持自己的信念，不为外人所动摇，并创作了此诗。君子赞美她坚贞不贰，故将此诗选入于《诗经》之中。

朱熹《诗集传》赞同刘向《列女传》的解释，他说此诗乃"妇人不得于其夫，故以柏舟自比，言以柏为舟，坚致牢实，而不以乘载，无所依薄，但泛然于水中而已。故其隐忧之深如此。……《列女传》以此为妇人之诗"。现代解诗者多采用这个说法。

我们认为，两种解释相比较，以《毛诗序》的解释更为合理。因为夫人与卫君并未合卺成礼，改嫁于新卫君也不会被认为是"失节"。其齐国兄弟劝其改嫁新卫君，是为她的幸福考虑，不能把劝其改嫁的人都说成是"群小"。而且，诗中"静言思之，不能奋飞"的话，也不是安心守节女子的语言，她既然决心在卫国为死去的国君守节，又要"奋飞"到哪里去呢？

此诗中"我心匪石，不可转也。我心匪席，不可卷也"的话，写得很自然，又很精彩，这成为对心志坚贞、情操高尚的最好赞美。古人对这种心志坚贞、情操高尚的人往往不吝笔墨，大加赞扬。

刘向《新序》记载了一个孔门弟子的故事：孔子的弟子原宪住在鲁国，非常贫穷，穷到什么程度呢？房上盖的是茅草，房门用蓬蒿编成，窗子用瓦罐堵着，一下雨屋子就漏水。他的老同学子贡"乘肥马，衣轻裘"来看望他，豪华的轩车进不了原宪家的窄巷子。原宪知道老同学来看他，开门出去，并整理仪容，当扶正帽子时帽绳断了，当舒展袖子时胳膊肘露出来了，当提鞋子时鞋后跟断裂了。子贡惊异地问他：你怎么穷困到这个地步？原宪正色回答说："我这是'贫'，而不是'穷困'。学而不能行，才称为'穷困'。"子贡听了面有愧色，不辞而去。原宪目送子贡走远，高声朗诵《诗经》，声满天地，有金石之音，那劲头真是"天子不得而臣，诸侯不得而友"。刘向评论原宪这种安贫乐道的精神说：这正像《诗经》所说的："我心匪石，不可转也；我心匪席，不可卷也。"

《韩诗外传》记载了另一个故事：秦国攻破了魏国，魏国小公子逃掉了。秦人发布告说："谁捉到小公子，赏金千斤；藏匿者，株连十族。"小公子是由乳母保护着逃跑的。有人见了，对乳母说："帮助捉到公子，能得到很多的赏赐，你应该去告发领赏。"乳母说："我不知道他藏在什么地方。即使知道，死了也不能说。为别人养孩子，却出卖他，是背叛怕死之人。我听说：忠者不背叛，勇者不畏死。凡是为别人养孩子，是让他活，而不是让他死，怎能因为威逼利诱，而做出背信弃义的事情呢？"她遂与公子逃到大泽之中。可是还是被秦军发现了，秦军乱箭齐发，乳母用自己的身体为公子遮挡，身中十二箭而死。秦王听说了，觉得她非常仁义，赐予了她兄长大夫的爵位。韩婴评论乳母这种仁义行为说，这正是《诗经》所说的："我心匪石，不可转也。"

燕　燕

【原文】

燕燕于飞，差池其羽。之子于归，远送于野。瞻望弗及，泣涕如雨。

燕燕于飞，颉之颃之。之子于归，远于将之。瞻望弗及，伫立以泣。

燕燕于飞，下上其音。之子于归，远送于南。瞻望弗及，实劳我心。

仲氏任只，其心塞渊。终温且惠，淑慎其身。先君之思，以勖寡人。

【译文】

燕子离别轻飞翔，忽开忽合展翅膀。女弟归宁回家乡，远远送到郊野上。举首遥望无踪影，泪水不停往下淌。

燕子离别轻飞翔，忽上忽下展翅膀。女弟归宁回家乡，远远送到驿路上。举首遥望无踪影，呆立哭泣泪成行。

燕子离别轻飞翔，上下翻飞呢喃唱。女弟归宁回家乡，远远送到南郊上。举首遥望无踪影，满怀忧伤和惆怅。

二妹为人有担待，心思缜密虑事深。性情贤惠又温顺，仪行美好身严谨。常思先君之训诲，临别嘱我情意真。

【解说】

先解释几个字词：1."燕燕"，燕子。2."差池"，读兹迟，参差不齐。3."之子"，指被送的女子。4."颉颃"：音谐航，上下翻飞。

5. "将"，此字多义，这里是送的意思。6. "南"，南郊，或说同"林"，指野外。7. "仲氏"，仲，排行老二，在此是对女弟的称呼。8. "任"，能担当，可信赖的意思。9. "塞渊"，心思诚实而缜密。10. "终"，既。11. "勖"，音续，勉励。12. "寡人"，寡德之人，通常为国君自谦之词。

今传本《诗经》中的《燕燕》一诗共有四章。不过在新近出土的《孔子诗论》中有"《蟋蟀》知难，《仲氏》君子，《北风》不绝人之怨"之语，《仲氏》是一独立的篇名，而这篇应是《燕燕》的第四章。古人关于《诗经》也有"三百六篇"之说，是不是那多出的一篇即是这《仲氏》一篇呢？这个问题有待进一步研究。不过，这里我们还是将《燕燕》一诗作四章看，将《仲氏》这一章纳入《燕燕》一诗里面。

《燕燕》是一首送别诗，被送者要远离本土，送者恐怕此生相见无日，因而悲从中来。此诗以"燕燕"起句，写出送者和被送者感情之深，有如双燕形影不离。人们总是看到燕子成双成对地相互追逐，可是现在一只燕子飞离而去，另一只燕子却要孤独地留在原地，怀有无限的离别之愁。此诗前三章反复咏唱，渲染依依不舍之离情别绪，"远送于野""远于将之""远送于南"，送了一程又一程。然而送君千里，终有一别，"瞻望弗及，泣涕如雨""瞻望弗及，伫立以泣""瞻望弗及，实劳我心"，被送者渐渐远去，送者仍在企踵遥望。远去的身影早已消失在视线中，送者还呆呆地立在原地，泪水止不住往下淌。这情景如同宋代许颛《彦周诗话》所说"真可以泣鬼神"啊！

清代吴景旭著《历代诗话》，提出《国风·燕燕》是"千古送别之祖"，这是很恰当的评语。后代许多有关送别的诗作，都有《燕燕》一诗的影子，比如，唐代王维的诗句："车徒望不见，时见起行尘。"严维的诗句："日晚江南望江北，寒鸦飞尽水悠悠。"李白的诗句："孤帆远影碧空尽，惟见长江天际流。"宋代苏东坡的《别子由》诗句："登高回首坡陇隔,时见乌纱出复没。"明代的何景明诗句:"城边客散重回首,愁见孤鸿落晚汀。"这些都是有名的送别诗的诗句,虽然意境悠远,句子也很美,但都没有《燕燕》一诗真挚感人。

现在我们需要回过头来讨论一下这首诗的"诗本事",即它是由谁写的,为什么事而写的?

对于这首诗创作缘起,古来有两种说法:一种说法认为是卫国庄姜送归妾之诗。如《毛诗序》说:"《燕燕》,卫庄姜送归妾也。"

关于卫庄姜,有一个很长的故事。据《左传》记载:卫庄公娶齐庄公的女儿为夫人,她就是庄姜。庄姜生得很美丽,但没有儿子。卫庄公又另娶了陈侯之女厉妫(音规),陪嫁的妹妹叫戴妫。戴妫生了个儿子,名叫公子完。作为正妻的庄姜把公子完当作自己的儿子抚养,公子完后来被立为太子。卫庄公另有一个宠妾,也生了个儿子,叫州吁。州吁好武,喜谈兵,卫庄公很宠爱这个小儿子。可是,这个小儿子骄奢淫逸,给后来的卫国带来了大灾难。卫庄公去世,作为太子的公子完即位,就是卫桓公。在卫桓公即位后的第十六年,他的弟弟州吁终于按捺不住,杀了桓公取而代之。

卫桓公应该说是庄姜和戴妫的共同儿子,卫桓公被杀,两位母亲的处境相当恶劣。尤其是作为亲生母亲的戴妫更是痛心,于是回娘家陈国再也不想回来了(陈国正在卫国的南边,所以诗中有"远送于南"之句)。而从此诗的最后一章看,其中可能还掩藏着更深的意思:因为卫桓公的母家是陈国,卫国大臣石碏(音鹊)想要与陈侯商量如何杀了州吁。所以戴妫回国,可能还负有联络的使命。"仲氏任只",指的是戴妫能承担这件大事,而且庄姜相信戴妫一定会成功,因为戴妫心思缜密,虑事周密,行为恭顺谨慎,还常念及先君之恩,是一个能做大事的最佳人选。本来卫国人已经不满州吁的做法和统治,加上庄姜和戴妫能内用谋臣,外结陈国,所以卫国人一举杀掉了州吁。庄姜与戴妫,为卫国讨贼定乱，建立了大功。这首诗应该是戴妫回陈国时，庄姜为她送行之后写的。那时州吁正统治着卫国，她们的谋划成功与否，尚未可卜。所以庄姜这首送别诗包含着非常复杂的思想感情。以上是主流的解释。

另有一种以宋代王质《诗总闻》为代表的非主流的解释。王质不赞同《毛诗序》的说法，理由是：（1）君夫人出远郊送归妾，既违妻妾尊卑之礼，又违妇人迎送之礼。庄姜是识礼者，不应这样做。（2）戴妫既生卫桓公，怎么会离开卫国到陈国，自绝其母子关系呢？（3）其末句"寡人"云云，非妇人称谓之辞。最后王质提出：此诗当是"国君送女弟适他国"之诗，即将此诗看作国君嫁妹之诗。

我们认为，王质的第一点理由，乃是常理。既然庄姜与戴妫共有一子，两人已形同姊妹，尊卑之礼当不甚严。且卫桓公被弑，她们两人的命运已被捆在一起，礼本于人情，庄姜破例送戴妫回国，并非礼教之大防。其第二条理由基本不能成立。因为此时卫桓公被弑，戴妫已经不存在自绝母子关系的问题。其第三条理由似乎可以成立。就一般而言，"寡人"二字通常是国君的自谦之词。庄姜是否可以自称"寡人"呢？古代一些学者认为是可以的。但没有提出理由。以我们的观点看，庄姜是卫庄公的正妻，又是卫桓公的母后，当卫桓公被杀后，卫国没有合法的国君，庄姜于此时自称"寡人"，于理应该是可以的。

综上所述，我们认为，《毛诗序》所代表的主流意见到目前为止还是一种最好的解释。

现代有人将此诗解释为爱情诗，认为是暗自相爱的一对恋人，迫于父命不能成婚，女子出嫁时，男子相送后写下此诗。但此诗末句之"先君之思，以勖寡人"，无论如何是解释不通的。在古代，普通人怎么可以自称"寡人"呢？

凯 风

【原文】

凯风自南，吹彼棘心。棘心夭夭，母氏劬劳。
凯风自南，吹彼棘薪。母氏圣善，我无令人。
爰有寒泉，在浚之下。有子七人，母氏劳苦。
睍睆黄鸟，载好其音。有子七人，莫慰母心。

【译文】

煦风南来路迢迢，吹拂那片枣树苗。树苗渐渐长得好，慈爱母亲真操劳。

煦风南来路迢迢，吹拂长长枣枝条。母亲善良又明理，儿却个个不成器。

甘美寒泉水漾漾，浚邑之人得滋养。娘的儿子有七个，依然劳苦没福享。

小小黄鸟声婉转，听着令人眉舒展。娘的儿子有七个，无人能解母心烦。

【解说】

先解释几个字词：1．"凯风"，和煦的南风，南风吹来，草木欣欣向荣，因而被认为是长养之风。2．"棘"，酸枣树。"棘心"，酸枣的树苗，树苗幼小的时候，颜色赤红，人们称其为棘心。3．"夭夭"，旺盛貌。4．"劬"，音渠，辛苦操劳。5．"棘薪"，已经长大的酸枣树。6．圣，睿智、明理。7．令，善。8．浚，地名。9．"睍睆"，音"献缓"，鸣叫声。

这是一首儿子歌颂母亲并自责的诗。诗中把"凯风"比作母亲，把"棘"比作孩子。凯风也就是南风，它吹拂在身上有一种暖暖的感觉，正像孩子感受到母亲的慈爱和温暖。母亲从儿子刚出生到长大成人，一直为他们辛苦操劳。母亲很伟大，然而儿子们却不成器。儿子们念及母亲的操劳，反躬自责，深感愧疚。后二章以寒泉和黄鸟作比喻：寒泉在浚邑之地，犹能滋养那里的人和物。而母亲的儿子有七个，都已长大成人，却不能侍奉老母，致使母亲仍处在操劳之中；那小小的黄鸟犹能以好音取悦于人，而七个儿子却不能慰悦慈母之心。由这种对比，来衬托儿子自责之深及对母亲的感恩之情。

这首诗语言平实无华，却深切地道出了母亲的慈爱，读之者莫不为之动容。正因如此，"凯风"二字也就成了母爱的代名词。所以后世人为妇女作挽词、诔文，常用"凯风""寒泉"来写其母爱精神。汉魏乐府中有一首游子思念母亲的诗——《长歌行》，此诗多半是从《凯风》一诗化出来的："远游使心思，游子恋所生。凯风吹长棘，夭夭枝叶倾。黄鸟鸣相追，咬咬弄好音。伫立望西河，泣下沾罗缨。"由此可见《凯风》一诗对后世的影响之深。

那么，这首诗的写作背景是什么呢？它只是一首单纯歌颂母爱的诗吗？

《毛诗序》说："《凯风》，美孝子也。卫之淫风流行，虽有七子之母犹不能安其室，故美七子能尽其孝道，以慰其母心，而成其志尔。"孔颖达说："此母欲有嫁之志，孝子自责己无令人，不能安母之心，母遂不嫁。故美孝子能慰其母心也。"这是说卫国这个地方风俗淫逸，一个妇女已经有了七个孩子，丈夫去世后，还想改嫁。儿子们没有因为母亲想改嫁而责怪她，而是反躬自省，认为自己没有尽孝道，所以作了这首诗。母亲被儿子们的诗感动了，最后没有改嫁。

《毛诗序》的说法，并不能从《凯风》一诗本身中看出来。但《毛诗序》的说法，并非空穴来风。因为在先秦《孟子》一书中曾经讨论过《凯风》这首诗。孟子的学生公孙丑问老师说：《凯风》这首诗为什么没有表达出抱怨的情绪？孟子回答说：这是由于这位母亲过错小的缘故。孟子没有说这位母亲究竟是什么过错。而《毛诗序》的作者则明确说：这位母亲想改嫁，并说她是受了卫国"淫风流行"的影响。

关于此诗的创作背景，我们也许应该相信《孟子》和《毛诗序》的看法，其实，这引出一个深刻的社会问题，即一位死了丈夫的妇女到底应不应该改嫁？

按照中国传统道德，妇女要遵守"三从"之德：在家从父，出嫁从夫，夫死从子。女子嫁人，要从一而终。宋明时期，因为道学流行，对妇女思想的束缚更严，程颐曾明确反对寡妇改嫁，提出说："饿死事极小，失节事极大。"所以，宋以后学者解释《凯风》一诗往往以他们的道德标准来衡量。比如，南宋的王质《诗总闻》就不相信《毛诗序》之说，认为《凯风》只是孝子怜爱母亲，见母亲劳作，而责备自己的妻子不能孝敬婆婆，还让她继续操劳。明代季本《诗说解颐》也认为《凯风》就是一首儿子自责不能孝顺母亲的诗，根本没有卫地淫风流行、母欲改嫁之意。孟子说这首诗"亲之过小"，如果母亲有改嫁之意，那"过"还能算小吗？

在我们今天看来，所谓卫国"淫风流行"，实际是卫国文明比较进步，思想比较开化。但传统社会的儒者们不愿意接受这种进步和开化，视之为"淫风流行"。这位女子的丈夫去世了，她想要改嫁，找另一个男人做生活的伴侣。从人性角度考虑，是可以理解的。但是，这位女子已经是七个孩子的母亲了。丈夫死了，还想要改嫁，是不是生理欲望太强了。作为母亲的孩子们也感觉很丢人。其实，这一类问题，直到近现代也还存在。所以我们说，这是一个深刻的社会问题。

一首诗的创作，有其历史文化背景。对一首诗的理解也有其历史文化背景。所以孟子说，对诗的理解要能"知其人，论其世"。我们读一首诗,不仅仅是欣赏一篇文学作品,也是在探询历史,探询社会,探询人性,探询真理。

雄 雉

【原文】

雄雉于飞,泄泄其羽。我之怀矣,自诒伊阻。

雄雉于飞,下上其音。展矣君子,实劳我心。

瞻彼日月,悠悠我思。道之云远,曷云能来?

百尔君子,不知德行。不忮不求,何用不臧。

【译文】

雄雉林中绕树翔,健美优雅扇翅膀。天天怀想那身影,酸辛苦涩独自尝。

雄雉林中绕树翔,忽下忽上高声唱。怀想君子那言笑,让我心劳又神伤。

看那日落月又上,思念不停悠悠长。关山阻隔路途远,何时他回我身旁?

那些大人君子啊,谁把道德真崇尚。若能不忿与不贪,怎有不善害家邦?

【解说】

先解释几个字词:1."雉",野鸡。2."泄泄",泄读义,舒缓貌。3."诒",音义同"贻",遗留。4."伊",此,这。5."阻",阻隔。6."展",确实。7."劳",忧。8."云",在此处为语助词。9."曷",何,何时。10."百尔君子",指众君子。11."忮",音至,忿怒,忿激。12."臧",音脏,善,好。

关于这首诗的写作背景，《毛诗序》认为："刺卫宣公也。淫乱不恤国事，军旅数起，大夫久役，男女怨旷，国人患之，而作是诗。"南宋胡安国指出，"春秋之时，用兵者非怀私复怨，则利人土地耳。不忮不求，然后贪忿之兵止矣。"（引自明朱朝瑛《读诗略记》卷一）"不忮不求"，直译就是"不忿不贪"。正因为春秋时期诸侯们好意气用事、贪得无厌，导致兵戈四起，诗中的"不忮不求"（不忿不贪），正是对当政者的针砭和刺谏。

朱熹《诗集传》不认为此诗是对国家政事的指责，只说："此诗皆女怨之辞。"即认为此诗只是妻子对丈夫的思怨。后来许多的解诗者也信从朱熹之说。比如元代梁寅就认为《雄雉》是"妇人以夫之从役于外而作也"（《诗演义》卷二）。

我们认为，虽然此诗未必是卫宣公时所作，但诗中的"丈夫"确实在比较辽远的地方，而且很长时间没有回家了。联系春秋时期的状况，《毛诗序》说军旅数起，丈夫久役在外，妻子在家思念抱怨，还是可取的。诗的第一章以雄雉起兴，林中雄雉舒缓地展着翅膀，飞止自如，非常惬意。而丈夫久役于外，可能面临各种艰险，竟不如雄雉之悠闲快乐。第二章写雄雉在林中自在鸣唱，反观丈夫的境地，引起她无限的牵挂和惆怅。第三章"瞻彼日月，悠悠我思"之句，既写出思妇的遥望等待和心中深切而悠长的思念，也以日迈月往点明丈夫征役之久。"道之云远，曷云能来"，面对征役之途的遥远漫长，总想丈夫"到底什么时候才能归来"，企盼之中更多无奈。第四章语气一转，指出正是因为当政的君子们过于贪求，才造成了国人的种种苦难。因而责问执政的君子们，"不忮不求，何用不臧"，如果统治者道德高尚，能修心养性，做到不忿不贪，怎会有那么多战争发生，让这些不善的事情危害家邦呢？

《雄雉》一诗，既有思妇的哀怨，也有对社会现实的反思。其中

"不忮不求，何用不臧"之语，已经被人们当作修身进道的法门。《论语·子罕》篇讲了这样一个故事：孔子的弟子子路为人勇敢，但不忿激；家里虽穷，却不贪求。孔子表扬他说：身穿破袍子同穿狐裘的人站在一起，而不以为耻辱，恐怕只有子路才做得到。《诗经》说："不忮不求，何用不臧。"不忿不贪，怎能不善呢？子路听到孔子这样赞扬自己，非常高兴，经常诵读"不忮不求，何用不臧"这两句诗。孔子见到子路这样，又说：修善成德之事，道理无穷，只有日新不已，才能达于至善之地。"不忿不贪"，只是进道的路阶，若只停留在这个阶段，而不再进取的话，那怎么能达于至善之地呢？后来孟子也讲过类似的话。他说：一个人没有害人之心，将这个善心加以扩充，"仁"就不可胜用了。一个人没有偷盗之心，将这种品格加以扩充，"义"就不可胜用了。不害人、不偷盗，这是修善成德的起点。但一个人修身只限于不害人、不偷盗，那标准就定得太低了。

《老子》曾说："胜人者有力，自胜者强。"人若想战胜对手，首先要战胜自己。人要战胜自己，什么最难战胜呢？前人总结出四样：酒色财气。明代大儒刘宗周说："人生大戒：酒、色、财、气四者。"普通人难免此四者，贵为天子也同样难免此四者。明朝万历皇帝长期称病，不理朝政。有个官员叫雒于仁上疏说，听说皇帝贵体欠安，我经过观察，知道您的病根是什么？那就是酒色财气四者，纵酒会伤胃，好色会耗精，贪财会乱神，尚气会损肝。云云。万历皇帝一见此疏大怒，要重治雒于仁的罪，有个大臣暗中保护雒于仁，他对万历皇帝说：雒于仁这个人喜欢沽名钓誉，皇上若从重处治他，正好帮他成名了。天下会认为他奏疏中所言都是真的，这样反而有损皇上圣德，不如让他自己辞职吧。万历皇帝不得不同意了。雒于仁后来辞官为民。而明代顾允成写了《酒色财气四吟》，共四首诗。四首诗的开头分别是"酒不迷人人自迷""色不迷人人自迷""财不迷人人自迷""气不迷人人自迷"，每首诗的最后一句是同样的话:"病多休道药难医。"

我们讲这些内容同《雄雉》这首诗有什么关系呢?《雄雉》这首诗最要紧的就是最后两句:"不忮不求,何用不臧。"用今天的话说,就是不忿不贪,怎有不善。"酒色财气"四者,归纳起来,无非就是"贪"和"忿"两个字。贪酒、贪色、贪财,推而广之。贪名贪利,贪生怕死,等等,总归一个"贪"字。而"气"便是一个"忮"字、"忿"字,也就是忿怒。忿怒是一种逆德,人在忿怒时往往会情绪冲动,失去理智,由此而铸成大错。匹夫忿怒,一句不合,老拳相向。长吏忿怒,不问是非,鞭打无辜。人君一怒,顿起兵戈,伏尸流血。吴伟业《圆圆曲》:"恸哭六军俱缟素,冲冠一怒为红颜。"吴三桂为了一个陈圆圆,开关降清,最后身败名裂,成了千古罪人。所以《易经·损卦》大象传说:"山下有泽,损,君子以惩忿窒欲。""忿"指忿争之心,"欲"指贪欲之事。朱熹《周易本义》指出:"君子修身,所当损者莫切于此。"所以,《雄雉》这首诗,"不忮不求,何用不臧"(不忿不贪,怎有不善)这八个字,真的抓住了君子修身的要点。

匏有苦叶

【原文】

匏有苦叶,济有深涉。深则厉,浅则揭。
有弥济盈,有鷕雉鸣。济盈不濡轨,雉鸣求其牡。
雝雝鸣雁,旭日始旦。士如归妻,迨冰未泮。
招招舟子,人涉卬否。人涉卬否,卬须我友。

【译文】

葫芦熟了叶枯黄,济河水位正上涨。水深你就游过来,水浅你就把水蹚。

盈盈济水泛晨光，树丛野鸡声声唱。水涨尚未没车轴，野鸡鸣唱唤爱郎。

大雁雝雝正飞翔，旭日东升放光芒。男士真想娶新娘，秋天正是好时光。

船夫向岸频招手，别人渡河俺不走。别人渡河俺不走，一心等我小爱友。

【解说】

先解释几个字词：1."匏"，音袍，葫芦。2."苦"，通枯。3."济"，水名。4."涉"，渡口。5."厉"，不揭衣泅水。6."揭"，读气，提起衣裳渡水。7."弥"，水盈满的样子。8."鷕"，音咬，山鸡的叫声。9."濡"，沾湿。10."轨"，车轴头。11."牡"，雄。12."雝"，音拥。"雝雝"，大雁叫声。13."归妻"，娶妻。14."迨"，音待，趁着的意思。15."泮"，音盼，本义为分，此处训为解冻。16."招招"，招手之貌。17."卬"，音昂，俺。18."须"，等待。19."友"，代指爱侣。

这是一首情诗，歌咏的是秋日清晨，一位女子在河边喜悦而焦躁地等候情人。第一章，以"匏有苦叶"起兴，意有双关。古代婚礼在夫妻对饮时，所用的酒器正是剖开的匏瓜，也就是葫芦，一人一半，称为"合卺"。而当葫芦叶子枯黄之时，也是秋季嫁娶之时。姑娘在河边徘徊等候，看到河水渐渐深了，心中不免有些焦急。"深则厉，浅则揭"，既是暗地嘱咐，也是心中对心上人的催促。水深水浅，总有办法过来，你怎么还不来呢？第二章，流动的河水泛着晨光，林中野鸡开始鸣唱。姑娘左等右等，还是不见心上人，不禁有些埋怨，"济盈不濡轨，雉鸣求其牡"，就算河水涨了，也还没有没过车轴，你是怕深不来吗？你没有听见野鸡的鸣唱吗？野鸡的声声鸣唱，正是在呼唤她的爱郎啊！实际这不是野鸡在鸣唱，而是姑娘的心声。第三章，天已大亮，旭日升起，雁儿在空中掠过，"雝雝"地叫着。雁儿南飞，预示着冬日即将来临。而按古代的礼制风俗，秋冬之间为嫁娶之时。所以，女子心中不禁略显焦急，"士如归妻，迨冰未泮"，时节快要过去了，真的想娶我的话怎么还不赶紧呢？焦急之中掺着一丝疑虑。最后一章，等着等着，河上来了渡船，船夫对着岸上频频招手，"快上船吧！"可女孩却"人涉卬否"，她还在翘首以待，她不想上船。她要等待再等待，等待她心中的小爱友。

《匏有苦叶》是《诗经》中情思和意境都很美的一首情歌。诗人描摹女孩的心思非常细腻，却把情投射在所见的景和物之中，一切都那么清新自然。

然而《毛诗序》却认为："《匏有苦叶》，刺卫宣公也。公与夫人并为淫乱。"这种说法居然被绝大多数的解诗者所认同。只是大家的意见还有些分歧。这里所指的"夫人"究竟是谁呢？是"夷姜"还是"宣姜"，或者两者都包括？

这里我们不妨略说一下卫宣公的故事。卫宣公是春秋时代卫国的国君，他一生没有什么政治作为，在婚姻生活方面却是出奇的荒唐。他先是爱上了父亲的小妾，名叫"夷姜"，和她生了个儿子，名叫"伋子"，后被立为太子。太子成年之后，卫宣公为他从齐国娶妻。可是，卫宣公听说这个儿媳妇不是一般的美，于是就动了邪念，派太子出使郑国，让他不能参加自己的婚礼。趁着儿子出国，卫宣公自己把儿媳妇娶了。夷姜听说之后又气又急，万念俱灰，悬梁自尽了。卫宣公上娶父亲的小妾，下夺儿子的妻子，这在当时算是少有的无耻行为了。而且因为他的这一系列行为，直接造成了卫国后来的内乱。所以古人对卫宣公特别憎恶，就把《卫风》中的许多所谓"淫诗"都说成是讽刺他的。

但宋代朱熹就不认为此诗与卫宣公有关，不过他仍认为此诗是"刺淫乱之诗"（《诗经集传》卷二）。而同是宋代的王质则认为，这是隔河而居的一对情人，是女等待男之辞（参见《诗总闻》卷二）。我们认为王质的看法比较合理。

今天大多数的解诗者也认为这就是一首单纯的情诗，与政治美刺毫无关系。

在《匏有苦叶》这首诗中，"深则厉，浅则揭"这句看似挺普通的诗句，后来成为一个典故。这句话的本意是说：若河水深就泅渡而过，若河水浅就提衣蹚过。后来引申为因事制宜、识时达变的意思。《论语》一书中就曾在这个意义上引用过这句诗。《论语·宪问》篇讲了这样一个故事：孔子周游四方，来到卫国，一次偶然在住处击磬，他的忧世之心寓于磬声之中。一个挑筐的隐者路过这里说："听这击磬的声音，有心事啊！"听了一会儿又说："硁硁敲个不停，这是在坚守自己的理想。现在天下无道，世人不接受你的理想，就洁身而退吧。《诗》中不是说'深则厉，浅则揭'，随遇而通吗？你也太不达时务了。"孔子听学生转述他的话之后，叹息说：哎，这个人真的做到忘世了。一个人要想独善其身，置天下于度外，那也没什么难的。但我做不到啊！我不忍看到社会沉沦、人民饥寒交迫啊！

这个故事讲了圣人孔子与隐者处世态度的不同。隐者是独善其身，知其不可为则不为；孔子志在天下，知其不可为而为之，尽自己最大的力量来拯救天下。在这个故事里，"深则厉，浅则揭"具有了一种通权达变的意思。

谷　风

【原文】

习习谷风，以阴以雨。黾勉同心，不宜有怒。采葑采菲，无以下体。德音莫违,及尔同死。

行道迟迟,中心有违。不远伊迩,薄送我畿。谁谓荼苦?其甘如荠。宴尔新昏,如兄如弟。

泾以渭浊,湜湜其沚。宴尔新昏,不我屑以。毋逝我梁,毋发我笱。我躬不阅,遑恤我后。

就其深矣,方之舟之。就其浅矣,泳之游之。何有何亡?黾勉求之。凡民有丧,匍匐救之。

不我能慉,反以我为雠。既阻我德,贾用不售。昔育恐育鞠,及尔颠覆。既生既育,比予于毒。

我有旨蓄,亦以御冬。宴尔新昏,以我御穷。有洸有溃,既诒我肄。不念昔者,伊余来塈。

【译文】

大风呼呼起劲刮,阴雨凄凄不停下。齐心努力只为家,不该乱把怒气发。采摘芥菜和芴菜,不能凭根辨好坏。当初誓言难忘怀:"我们至死不分开"。

走在路上心迟疑,不想从此便离去。盼你多送我一程,你却只送到门庭。谁说荼菜苦无比,比起我心甜似荠。你们新婚如胶漆,恩情好比亲兄弟。

泾与渭比显浊浑,单看也是清粼粼。你们新婚相殷勤,再也不理我旧人。别去我筑鱼坝上,别翻我设捕鱼筐。我今不知该怎样,怎顾离去啥情况。

水深借着船过往,水浅游到对岸上。家中有无如指掌,尽心尽力去操忙。只要邻家遭了殃,滚着爬着也去帮。

好人如我你不爱,反而把我当祸害。将我好意全抛开,就像劣货没人买。你曾穷困又潦倒,唯我伴你同饥饱;如今日子逐渐好,你却视我如毒药。

　　我把好菜来蓄藏，为了冬日度时光。你们新婚多欢畅，却将烦事让我忙。粗声恶气对我嚷，脏活累活让我扛。昔日欢好你不想，你我爱情全都忘。

【解说】

　　先解释几个字词：1."习习"，风声。2."谷风"，大风。3."黾勉"，黾音敏，努力，勤勉。4."葑"，音封，蔓菁，俗名大头菜。5."菲"，芴菜，又名土瓜。6."下体"，指根茎。葑和菲的根叶都可食，然而"其根有美时，有恶时"，"无以下体"，是说"采之者不可以根恶时并弃其叶"，比喻夫妇应该是精神相合，而不能只看容貌。7."及尔同死"，白头到老。8."伊"，语助词。9."畿"，门限。10."荼"，音徒，苦菜。11."荠"，荠菜，味道甘美。"谁谓荼苦？其甘如荠"，荼菜本来很苦，可是比起弃妇心里的苦楚，甜的好像是甘美的荠菜，正如俗语所谓"人人都道黄连苦，我比黄连苦十分"。12."宴"，乐。13."泾""渭"，都是水名，相对而言，泾水浊，渭水清。14."湜湜"，湜音实，水清见底的样子。15."沚"，音义同止。16."梁"，渔坝，用石头阻拦水流，留有缺口以便捕鱼。17."逝"，往。18."笱"，音苟，捕鱼的竹篓。19."躬"，自身。20."阅"，容。21."遑"，何。22."恤"，顾及。23."就"，遇到。24."慉"，音续，喜爱。25."雠"，音义同"仇"。26."贾"，读古，卖。27."育"，经营。28."鞠"，读菊，穷。29."颠覆"，谓困穷颠簸。30."既生既育"，家业富足。31."蓄"，储藏过冬的菜。32."洸"，音光，原意是水势冒涌，引申为动武之貌。33."溃"，音愧，原意是水势横暴，引申为盛怒之色。34."既"，尽。35."诒"，给。36."肄"，音义，劳苦。37."来"，是。

38. "塈"读戏，或读季，这里指"爱"。

　　这是一首弃妇诗，从诗文来看，女子和丈夫本是贫贱夫妻，通过婚后的辛勤劳作，尤其是妻子的努力操持，家境渐好。可是当家有余财之后，丈夫却喜新厌旧，迎娶了更年轻的妻子，不但不顾念原来的情分，还对她拳脚相加，呼来唤去地奴役她。誓言的背叛，丈夫的转变，身心的折磨，使得妻子实在忍受不了了，最终带着伤痕累累的心，黯然地离开了这个家。从诗中看，女主人公的德行非常美好，丈夫却只重色相不重德义。女主人公可谓"遇人不淑"。新近出土的战国竹简《孔子诗论》说："《谷风》悲。"《谷风》这首诗读起来，令人感到悲怆。

　　男人喜新厌旧，无论在古代还是现代，都是很普遍的社会现象。汉武帝时，陈皇后阿娇被弃，司马相如很同情他，为她写了一篇《长门赋》。可是到后来，司马相如的妻子卓文君人老色衰，司马相如也想讨小妾。其实此时司马相如也已经老了，但人老心不老，他还想娶一个小妾。卓文君听说后感到很伤心，就写了一首《白头吟》说："皑如山上雪，皎若云间月。闻君有两意，故来相决绝。……凄凄复凄凄，嫁娶不须啼。愿得一心人，白头不相离。"司马相如见了这首诗，答应不再娶小妾了。

　　在古代，男人于正妻之外，可以娶妾，或休妻另娶。现代婚姻法规定一夫一妻制，可还是解决不了男人喜新厌旧的问题。男人离婚再娶，或者婚外情，"包二奶"，"小三"，"小四"已是司空见惯的事情。夫妻能够精神默契、相伴到老，在现实的社会生活中，快要变成童话了。这种情况不是没有，只是非常之少。

　　古代的男人，并不都像《谷风》诗中的那个男人一样喜新厌旧，也有许多好男人、好丈夫。《后汉书·宋弘传》记载：东汉光武帝刘秀的姐姐称湖阳公主，湖阳公主的丈夫死了，光武帝想从朝臣中给姐姐选一个新夫君。湖阳公主说："宋弘仪表德行都好，群臣都赶不上他。"光武帝说："我来想想办法。"皇帝召见了宋弘，让湖阳公主坐在屏风后面。皇帝对宋弘说："谚语说：'人高贵了就要换朋友，富裕了就要换妻子。'这是人之常情吗？'"宋弘回答："臣闻之：'贫贱之交不可忘，糟糠之妻不下堂。'"光武帝回头对湖阳公主说："看来这事不成了。"男人若都像宋弘这样，那《谷风》这首诗也就用不着作了。所以在选择结婚伴侣的时候，很重要的一条，就是要注重人的内在品质。

《谷风》这首诗中有一个句名言："凡民有丧，匍匐救之。"古人将此语当作至美之德。《韩诗外传》记载：春秋时期，宋人杀了国君昭公。晋国的执政大臣赵宣子请晋灵公发兵讨伐。晋灵公说："这不是晋国的事啊。"赵宣子说："不对。宋人杀掉国君，是以臣弑君，违反了天道，必有天灾。我们晋国是盟主，怎么能不救呢？《诗》云：'凡民有丧，匍匐救之。'何况是一国之君呢。"于是晋灵公出师宋国以救宋乱。宋人知道后都感激赵宣子的大德。也正是因为赵宣子的"凡民有丧，匍匐救之"的精神，晋国也日益昌盛强大起来。

"凡民有丧，匍匐救之"中之"丧"，指的是祸殃，并不实指"丧事"。可许多解经之人，把它和丧礼联系起来。北宋时，福州人陈烈被当地人尊称为"先生"，可他也常有怪异之举。他同宋代四大书法家之一的蔡襄曾是同学，也是相知，蔡母去世，陈烈率领弟子们前往吊唁。一进蔡家大门，陈烈和二十几位弟子往地上一趴，然后由陈烈领头，大家边往前爬边号啕痛哭。别人觉得很奇怪，问他"你们这是干什么？"陈烈说："《诗》曰：'凡民有丧，匍匐救之。'我们正在身体力行呢。"孝堂上的妇人们看了，都忍不住笑了起来。就连哀恸之中的蔡襄本人，也被他这一怪异的行为给逗笑了。这种对《诗经》的理解，真可谓"以辞害意"啊！

鄘 风

相 鼠

【原文】

相鼠有皮，人而无仪。人而无仪，不死何为？

相鼠有齿，人而无止。人而无止，不死何俟？

相鼠有体，人而无礼。人而无礼，胡不遄死？

【译文】

看那老鼠也有皮，作为人却无容仪。一个人若无容仪，不死让人鄙弃你？

看那老鼠也有齿，作为人却无廉耻。一个人若无廉耻，不死等人唾骂你？

看那老鼠也有体，作为人却无礼仪。一个人若无礼仪，何不识相早点死？

【解说】

先解释几个字词：1."相鼠"，相，看。有人说相鼠是一种见人拱手而立的老鼠，又被称为"礼鼠"。此种老鼠后世未见。所以多数解诗者多将"相"释为看。2."仪"，容仪。3."止"，通"耻"。4."俟"，等待。5."遄"，音传，是快速的意思。

这首诗的诗义很好理解。《毛诗序》说："《相鼠》，刺无礼也。"此诗从外表、内心和行为三个方面，痛斥没有礼义廉耻的人。明代季本说："鼠之为物，窃食穿塪，欺人不见。如在位者，窃禄营私，闭藏邪秽，故以起兴。"（《诗说解颐》卷四）老鼠穿洞毁物，偷窃成性，为人憎恶。此诗以老鼠起兴，意谓丑恶的老鼠尚且有皮有齿，无礼之人却连老鼠都不如。像这样的人活在世上干什么呢？还不如早早去死，免得伤风败俗。诗中充满了厌恶和愤恨的情感。

为什么诗人如此厌恶无礼之人呢？这首先要从礼的功用说起。自从有了人类社会，礼就产生了。它本质上是人的内在尊严和外在和谐关系的反映，中国古代非常重视礼仪，因而有"礼仪之邦"的美誉。《礼记·曲礼》说："道德仁义，非礼不成；教训正俗，非礼不备；分争辩讼，非礼不决；君臣上下父子兄弟，非礼不定；宦学事师，非礼不亲；班朝治军，莅官行法，非礼威严不行；祷祠祭祀，供给鬼神，非礼不诚不庄。是以君子恭敬撙节退让以明礼。"对于个人而言，礼已经内化为一种道德修养；对社会而言，礼维护着日常生活的正常运转。礼更多的时候是公共道德的反映，违反了礼，就违反了当时的公共道德准则，因而被人厌恶。

春秋时代，礼崩乐坏。《左传》记载了很多因违礼而遭祸之事。即使周礼坠废的时代，无礼之人也不会有好的结局。小者失位，大者杀身。

这里，我们讲一个当时因无礼而最终失位的故事。据《左传》记载：鲁襄公二十七年，齐国庆封来鲁国访问，鲁国叔孙豹宴请他，庆封很不恭敬。叔孙豹不高兴，赋《相鼠》一诗来讽刺他，庆封竟懵然不知。叔孙豹预言，庆封将来不会有好结局。果然，在第二年，庆封因为骄横伪诈，招致齐国国君和同僚们的厌恶，不得已而逃亡。

再讲一个当时因无礼而引来杀身之祸的故事。据《左传》记载：鲁定公八年，晋国要同卫国订立盟约。从礼制而言，盟约的双方应该是地位相同的人，两个国家订立盟约，应该在国君与国君之间进行。然而当时晋国非常强大，而卫国非常弱小。晋国的执政大臣赵简子有意以订立盟约之事来矮化卫国，想派卿大夫一级的大臣去与卫国国君订立盟约。所以他问晋国的卿大夫们："谁敢去跟卫君订立盟约？"涉佗（读射拖）与成何两人踊跃应答："我能去。"春秋时期，诸侯盟会有"歃血为盟"的仪式，卫侯请晋大夫抓住牛耳朵取血，成何不屑地说："你们卫国就像是我们的温县、原县一样，怎么能用诸侯的礼仪呢？"而将要歃血盟誓的时候，本来应该卫侯为先，涉佗为了让成何先来，就强行按住卫侯的手，致使卫侯手指上的牛血流到手腕上。涉佗这个人有勇力而无礼仪，他的行为对于卫国和卫君而言，是一种严重的侮辱。卫君非常愤怒，卫国上下皆因晋国的无礼而愤慨万分，卫国大夫中原来有很多人是亲晋派，现在反过来支持卫君脱离晋国。卫国于是叛离了晋国。晋国派军队前来讨伐，问卫国为什么背叛盟约？卫国人回答："就是因为涉佗和成何两个人太过无礼。"晋国人于是把涉佗杀了，以向卫国人谢罪。成何吓得逃跑了。当时的君子评论这件事情就说："《诗》曰：'人而无礼，胡不遄死？'"涉佗死得这么快，真是活该啊！其实，何止是涉佗应了这句话，晋国也因为自己的傲慢无礼，而让盟国寒心。

相反，一个人懂得尊重别人，讲求礼义的话，事情往往就会有好的结果。据《左传》记载，鲁昭公二年，郑国国君到晋国去，由公孙段随从辅佐。在双方交往当中，公孙段辅佐郑君，表现得十分恭敬谦卑，在礼数上无可挑剔，得到了晋君的赞赏。晋君授予策书给公孙段说："你的父亲曾为晋国立下大功劳，我没有忘记。现在我赐给你晋国州县的土地，以报答你的家族过去的功勋。"公孙段再拜叩谢，接受了晋侯的赏赐。君子评论道："礼，应该是人最需要的吧！公孙段平时很骄傲，一朝为礼于晋国，尚且能获得福禄，何况终身都讲求礼义的人！"

礼仪并不是一种权力意志的主观规定，礼者，理也。义者，宜也。它是人们在长期社会生活中所形成的一种共识，是一种约定俗成的合适行为。刘向《说苑》记载了这样一个故事：有一次，鲁哀公问孔子："聪明而有才智的人会长寿吗？"孔子答道："是的。聪明而有才智的人会长寿。人若不聪明，缺乏才智，就可能死于非命。这种情况大约有三类：第一类是起居无定时，饮食无节制，过度逸乐或者过度劳累。这样的人最终会被疾病夺去性命。第二类是居下位的人忤逆其君，犯上作乱，贪求无止。这样的人最终会被刑罚夺去性命。第三类是好犯众怒，以弱小挑战强大，不懂得克制忿怒，不自量力地采取行动，这样的人最终会被刀兵战事夺走性命。这三种死于非命的情况，都是咎由自取。"刘向讲完这个故事，评论说：《诗》云："人而无仪，不死何为？"说的就是这个道理啊！

卫 风

淇 奥

【原文】

瞻彼淇奥，绿竹猗猗。有匪君子，如切如磋，如琢如磨。瑟兮僴兮，赫兮咺兮。有匪君子，终不可谖兮。

瞻彼淇奥，绿竹青青。有匪君子，充耳琇莹，会弁如星。瑟兮僴兮，赫兮咺兮。有匪君子，终不可谖兮。

瞻彼淇奥，绿竹如箦。有匪君子，如金如锡，如圭如璧。宽兮绰兮，猗重较兮。善戏谑兮，不为虐兮。

【译文】

淇水岸湾深深处，绿竹迎风舞婆娑。文采斐然美君子，白似象牙经切磋，润如美玉经琢磨。气宇轩昂有气魄，地位显赫人磊落。文采斐然美君子，看过如何能忘却。

淇水岸湾深深处,绿竹滴翠显婀娜。文采斐然美君子,垂耳美玉透光泽,帽上宝石如星烁。气宇轩昂有气魄,地位显赫人磊落。文采斐然美君子,看过如何能忘却。

　　淇水岸湾深深处,绿竹茂密枝叶多。文采斐然美君子,如金如锡德纯粹,如圭如璧志不夺。为人宽厚又温和,出门乘坐豪华车。言谈风趣而幽默,从不伤人显刻薄。

【解说】

　　先解释几个字词:1."淇",淇水。2."奥",读玉,隩的假借字,水岸深曲处。3."猗猗",美盛貌。4."匪",通"斐",有文采貌。5."切磋",治象牙或骨角,既切之而复磋之。6."琢磨",治玉石,既琢之而复磨之。7."瑟",庄严貌。8."僩",读县,威武貌。9."赫",光明貌。10."咺",读选,威仪容止宣著在外之貌。11."谖",读宣,忘记。12."充耳",古人冠冕上垂在两侧的饰物,下垂至耳,一般以玉石制成。13."琇",音秀。宝石。14."莹",光泽晶莹。15."会弁",读快变,皮帽。16."箦",音义同积。17."金""锡",皆从矿物中提炼之金属,此处喻精纯。18."圭""璧",皆玉制礼器。"璧"以象天,"圭"以示信。此处喻如向天盟誓,心志不变。19."宽",宽宏。20."绰",温柔貌。21."猗",同倚。22."重较",重读崇,古代车上的横木。23."戏谑",开玩笑。24."虐",粗暴,刻薄伤人。

　　《毛诗序》说:"《淇奥》,美武公之德也。有文章又能听其规谏,以礼自防,故能入相于周,美而作是诗也。"认为这是一首赞美卫武公的诗。卫武公是一位有名的贤君。他在整个执政期间,能复修康叔之政,强化国防,发展农牧业,可谓政通人和。卫武公贵为国君,非常谦虚和宽容,喜欢接受别人的批评。《国语·楚语》记载:卫武公已经九十五岁了，还向国人征求意见，他说：自卿大夫到一般官员，只要在朝中的，都不要因为我年老而迁就我，大家都要秉公行事，早晚规正我。卫国原来是侯爵国家。直到卫武公即位时都是如此。西周的爵位制度，分公、侯、伯、子、男五等爵位。侯爵是第二等爵位。卫武公即位四十二年，犬戎攻周，周幽王被杀。卫武公听说后，亲率军队辅佐周平王平定犬戎，因为功勋卓著，周平王赐武公为"公"。卫国的地位也因此得以提升。卫武公获得了卫国上下的爱戴。按《毛诗序》说，这首诗就是歌颂卫武公的。《毛诗序》的说法，是获得大家认同的。因为诗中所描写的并不是一般的贵族，而是诸侯一级的人物。此诗出于《卫风》，通观春秋时期的历史，非卫武公，他人不足以当之。

此诗共有三章，反复歌颂。诗的开始歌咏绿竹的美盛，用来比喻卫武公文采斐然。"有匪君子，如切如磋，如琢如磨"，刻画了一位积学渐修，不断自我磨砺，而文采斐然的君子形象。这样有文采的君子，怎么会被人忘却呢？第二章，"有匪君子，充耳琇莹，会弁如星"，他仪表高雅，服饰华美，悬挂在帽子两旁的玉石晶莹光泽，帽子上镶缀的宝石如繁星闪烁。这样高贵的君子，怎么会被人忘却呢？诗的第三章，"如金如锡，如圭如璧"，形容他的道德像反复冶炼提纯的金和锡那样纯粹，他的志向和信誉像代表神圣的礼器圭和璧那样无比高尚。这位君主不仅道德修养很高，性格也宽厚温和，而且谈吐巧妙，喜欢开玩笑又不伤别人的自尊。这样的君子，怎么不让人爱戴呢？

此诗中的"如切如磋，如琢如磨"诗句，后来化为名言、典故，被引申为对学问和道德的讨论和修为。《孔丛子》记载，（孔子）曰："于《淇奥》，见学之可以为君子也。"指的就是由切磋琢磨，而使学问、德业渐进而成为君子的过程。正如《荀子》所说："人之于文学也，犹玉之于琢磨也。《诗》曰：'如切如磋，如琢如磨。'谓学问也。和之璧，井里之厥（石）也，玉人琢之，为天子宝。子赣、季路，故鄙人也，被文学，服礼义，为天下列士。"

　　曾子曾说："富润屋，德润身。"《韩诗外传》就讲了一个闵子骞"以德润身"的故事。闵子骞是孔子的学生，他刚拜孔子为师的时候，面有菜色。"面有菜色"是古人的习惯说法，一个人严重营养不良，气血严重不足，或有重病在身，脸上就会泛绿，这就是"面有菜色"的意思。闵子骞刚入孔子之门的时候，脸上就是这种颜色。可是他后来面色逐渐红润起来。他的同学子贡问他："为什么你的脸色会有这样的变化呢？"闵子骞回答说："我原本是鄙野之人，我刚入师门的时候，老师教育我们讲求道德，又陈说了具体修德的五种方法，我听了很喜欢。可是当我走出书斋，看到外面精彩的世界，华美的事物，这些东西又对我产生很大的诱惑，我对这些东西也很喜欢。追求道义和追求荣华的两种想法，在我心中斗来斗去，心思很疲累，所以脸上总有菜色。后来老师的教育对我的影响越来越深，又有同门学友的相互切磋，心里知道了什么才是人应该追求的。再到外面看那精彩的世界、华美的事物，我心已经不为之所动了。心安则体悦，所以面色变得红润起来。"韩婴讲完这个故事之后，评论说：《诗》曰："如切如磋，如琢如磨。"闵子骞的故事不就是一个很好的例证吗？

　　切磋琢磨，会让人的思想境界不断提高。《论语》记载了子贡和孔子的一次对话：子贡问：虽然贫穷却不巴结奉承，虽然富有却不骄傲自大，这样的人如何？孔子说：好是好。但还不够。虽然贫穷却自得其乐，虽然富有却遵守礼义，这样的人更值得尊重。子贡说：《诗》云："如切如磋，如琢如磨。"说的就是这种精益求精的过程吧。子贡的领悟得到了孔子的赞赏，认为他得到了《诗》的真义。

　　在道德修养上，朱熹非常肯定"如切如磋，如琢如磨"的功夫。他说：这句话对于求道而言，好比剥了一层又一层。学者在消磨旧习、去除偏见之时，恰似这类磨研的功夫。磨研再磨研，雕琢再雕琢。学者最怕的就是，好像眼前的道理懂了一些，便以为足够了，再也不去精益求精、琢磨钻研，如此下去，怎么能到达至善的境界呢？

木 瓜

【原文】

投我以木瓜，报之以琼琚。匪报也，永以为好也。
投我以木桃，报之以琼瑶。匪报也，永以为好也。
投我以木李，报之以琼玖。匪报也，永以为好也。

【译文】

赠我一只香木瓜，我拿美玉来报答。莫把此事当报答，是想情义永结下。

赠我一只鲜木桃，我拿美玉来回报。莫把此事当报答，是想情义永结下。

赠我一只甜木李，我拿宝石当回礼。莫把此事当回礼，是想永远结情义。

【解说】

先解释几个字词。1."投"，赠送。2."木瓜"，一种落叶灌木的果实，长椭圆形，色黄而香。但并非现在所见的一般木瓜。3."琼琚"，琚音居，美玉。下面的"琼瑶""琼玖"也都指美玉。4."木桃"，也是一种落叶灌木的果实，果实圆形或卵形，又名"楂子"。5."木李"，一种落叶灌木的果实，又名木梨，果实圆形或梨状。

这首诗非常简短，诗义也很明白。三章反复都在说同一件事：你赠给我果子，我回赠你美玉，虽然回赠物品的价值远在前者之上，但它并不仅是一种回赠，而代表了自己对对方情意的珍视。

古代学者对这首诗有不同看法。《毛诗序》说："《木瓜》，美齐桓公也。卫国有狄人之败，出处于漕，齐桓公救而封之，遗之车马器物焉。卫人思之，欲厚报之，而作是诗也。"《毛诗序》作者认为这首诗是赞美齐桓公的。当年，卫懿公喜爱仙鹤，聚敛民财供养仙鹤，还给仙鹤封爵位，乘轩车，朝政因而大坏。这引起了国人的极大不满，当北方狄人攻打卫国时，卫国人非但不听卫懿公的征兵号召，反而群情激愤，认为卫懿公应该率领群鹤去战斗。卫懿公最后只好率领人数很少的军队去抵抗狄人。结果卫国军队大败，卫懿公被杀死。狄人紧接着攻进卫国国都，烧杀抢掠，可怜卫国国都内只有几百人死里逃生，逃到与宋国接壤的黄河边上。先是，宋桓公派人来救援卫国人，将他们安置在宋国境内的漕邑，并派兵守卫。后来齐桓公也来救难，不但带来了车马器物等大批物资，还派来三千士兵保护卫国人。齐桓公还以其霸主的地位，动员各诸侯国出钱出力，帮助卫国人重建家园。卫国人对齐桓公感激涕零。(《左传·闵公二年》)《木瓜》是卫地之诗，《毛诗序》就是依照这个历史背景来解说的。这一说法被古代大多数解诗者所信从，认为卫国人出于一种感恩的心理，写下了这首诗。

但历史上也有解释者反对《毛诗序》的意见，如南宋杨简就认为，齐国对卫国人有莫大的恩惠，这么大恩惠怎么可以用"木瓜""木桃""木李"等小物来比拟呢？

在杨简之前，朱熹提出了另外一个说法，可是他自己又不敢十分肯定，他说此诗"疑为男女相赠答之辞"(《诗经集传·卷二》)。这一说法并没有得到多少人认同，因为诗中并没有出现男或女的字样。因此有人又提出此诗或许只是朋友之间的馈赠往来之辞，诗中所表达的只是"人敬我一尺，我敬人一丈"的生活哲理。

《诗经》中的诗篇，在让人领略美的同时，总是给人以各种启发。《孔丛子》对《木瓜》的认识是："于《木瓜》，见苞苴之礼行也。"什么是"苞苴之礼"呢？郑玄《笺》解释说："苞苴"指馈赠鱼肉瓜果等物品时，用茅草等加以包裹。"苞苴"实际是礼物的代称。"苞苴之礼"说的是人们之间相互馈赠礼品。古代贵族们交往要互相馈赠礼物，馈赠的意义并不在于物品本身，而在于确立各种关系，如君臣关系、师徒关系等，或者起着调节、和谐这些关系的作用。所以诗中说"匪报也，永以为好也"，正是通过回报的礼物，来表达对馈赠者的深情厚谊。

人们通过礼尚往来，传达情谊，这是一种基于人性的做法。新近出土的战国楚简《孔子诗论》说："【吾以】[《木瓜》]【得】币帛之不可去也，民性固然，其[隐]志必有以喻也。其言有所载而后人，或前之而后交，人不可干也。"翻译成现代语言，大意是这样的：孔子说：我从《木瓜》这首诗中得到币帛之礼不可去除的道理。人们的性情就是如此，他们内心的志愿需要有表达的方式。他希望结交的心意要先有礼物的承载传达而后再去拜见，或直接前去拜见而后送上礼物。由此可见，人际交往中馈赠之事是不可或缺的。《孔子诗论》又说："《木瓜》有藏愿而未得达也，因《木瓜》之报，以抒其怨者也。"《木瓜》一诗中有深藏的心愿而没有得以达成，因而要对给他木瓜的人大大的回报，以此表达他深藏的心愿。以上是《孔子诗论》对《木瓜》这首诗的理解。

如果人人都能如《木瓜》这首诗所说的那样，薄来而厚往，那人世间就会少了许多纷争。然而在人际交往中，常常出现锱铢必较，厚来而薄往的事情，甚至经常有忘恩负义、落井下石的事情发生。卫国人虽然受了齐桓公的再生之恩，可是十几年之后，齐桓公一死，五子争立，发生内乱，卫国人却趁齐国丧乱之时攻打它（《左传·僖公十八年》）。这与《木瓜》所述的人情就相差太远了。

不过，历史上还是有许多知恩图报的人。《吕氏春秋》和刘向的《说苑》记载了这样一个故事：秦穆公出行时，跑丢了一匹心爱的骏马。秦穆公亲自去找，发现这匹骏马被岐山脚下的山野之人捉住杀了，并分给三百人吃了。秦穆公的手下欲将这些人治罪。秦穆公说：君子不因为牲畜害人。我听说吃马肉而不喝酒，会伤及身体。于是给他们酒喝，杀马的人非常惭愧。过了三年，秦国和晋国交战，晋兵把秦穆公围困住了。那三百人听说之后便自发组织起来，冲锋陷阵，以死相救，不仅帮助秦穆公解围，还把晋惠公抓住了。这三百人报答了秦穆公的恩德。秦军反败为胜，班师回国。这个故事正好是《木瓜》一诗的注脚。

《汉书·韩信传》记载：韩信起初不得志，家贫，自己又不会谋生。常常寄食于别人家，别家主人都很烦他。他经常四处流浪。有一次他到城外垂钓，有一漂母可怜他，给他饭吃，他在漂母家一住就是几十日。韩信对漂母说：以后我一定重重地报答你。漂母发怒说："大丈夫不能自己养活自己，我看公子可怜才供你饭吃，哪里期望你报答呢？"后来韩信帮助刘邦打天下，被刘邦封为楚王。韩信访求到漂母，赠给她千金。这个故事也是《木瓜》一诗的很好的注脚。

我们中国人教人向善，常常讲"善有善报"。教人要知恩图报，常讲"受人滴水之恩，当以涌泉相报"。其思想源头，便来自《木瓜》一诗"投我以木桃，报之以琼瑶"的感恩报恩精神。

王 风

中谷有蓷

【原文】

中谷有蓷，暵其干矣。有女仳离，嘅其叹矣。嘅其叹矣，遇人之艰难矣。

中谷有蓷，暵其脩矣。有女仳离，条其啸矣。条其啸矣，遇人之不淑矣。

中谷有蓷，暵其湿矣。有女仳离，啜其泣矣。啜其泣矣，何嗟及矣！

【译文】

山谷长着益母草，久旱不雨要枯槁。有个女子遭遗弃，良久长吁又叹息。良久长吁又叹息，嫁个好人不容易。

山谷长着益母草，久旱不雨要干燥。有个女子遭遗弃，放声大哭空悲号。放声大哭空悲号，嫁的这人真糟糕。

山谷长着益母草，久旱不雨要干掉。有个女子遭遗弃，伤心无奈徒哭泣。伤心无奈徒哭泣，事到如今悔莫及。

【解说】

先解释几个字词：1."蓷"，音推，益母草。2."暵"，音汉，晒干。3."仳离"，仳音劈，离别，离散。在这里特指女子被丈夫抛弃。4."嘅"，音义同慨。5."脩"，音修，本义为干肉，这里形容干枯。6."条"，长。7."啸"，号。8."不淑"，不善。9."湿"，音其，借字，晒干。

这是一位女子遭到丈夫遗弃的哀叹之诗。"中谷有蓷，暵其干矣"，中谷就是谷中，谷中本是湿润之地，益母草喜生其中，而今连谷中之草都干枯了，这是说当年遇到了严重的干旱。此诗的背景即是干旱饥荒之年。诗中女子遇人不淑，择偶不慎。在大灾面前，丈夫不是与她共度时艰，而是将她像包袱一样抛弃了。女子横遭此难，只有哀号痛哭，即便后悔，也无益于事了。

这首诗读起来让人有一种无奈的心痛，它既让人对女子的遭遇产生深切的同情，也启发人们对生活的警醒，特别是对众多女子的警醒：在选择伴侣时，要选择好心善良之人，不要被各种假象所迷惑。否则，在人生遇到重大变化的时候，对方很可能是靠不住的。

《毛诗序》作者从一种政治角度来解读此诗："《中谷有蓷》，闵周也。"说它是哀叹周朝的衰落。这是为什么呢？周朝的衰落首先是由道德风俗反映出来的。我们知道，《易经·恒卦》是讲夫妇之道的。夫妇之道本在恒久，相携共度人生。当遇到凶年饥荒之时，夫妇二人正应当患难与共，丈夫怎么能抛弃妻子不管呢？这虽说是一个家庭问题，但却反映出一个社会的大问题。这正像《孟子》所说的："未有仁而遗其亲者也。"人之所以不善，是因当政者不能很好教化的缘故，它反映了社会价值观的缺失。我们觉得，古人的这种理解是非常深刻的。今人解诗往往只看儿女情长，不能体会经典中所承载的道德价值理想。

此诗中最后一句说："啜其泣矣，何嗟及矣！"这是一句带有哲理性的诗句。它劝告人们在做人生重大选择时，应慎于其初，莫悔于其后。《韩诗外传》和《说苑》都讲了这样的意思：高墙如果根基瘦削，虽然平时不一定倒塌，一旦遭遇暴雨山洪，一定会最先倒下；大树的根如果没有深扎在土地之中，即使平时不一定倒下，一旦遭遇狂风暴雨，一定会被连根拔起。引申而言，君子们治理国家，如果不崇尚仁义道德，不礼遇贤人，平时尚不至于亡国，一旦遭遇非常之变，便会人人危惧以自保，亡国灾祸会立刻显现。到这时你再呼吁大家起来扭转亡国的结局，那不是为时已晚了吗？所以孔子说："不慎其前，而悔其后，虽悔无及矣。"（《说苑》卷三）这正是《诗经》所说的"啜其泣矣，何嗟及矣"的意思。

这个道理虽然很简单，但人们往往做不到。历史上诸如此类的教训太多了。这里我们讲两个故事以为历史镜鉴。

先讲梁武帝的故事，梁武帝萧衍起初没有儿子，便过继亲侄子萧正德来当儿子。后来萧衍做了梁朝的皇帝，有了许多皇妃，也有了好几个儿子，便册立大儿子为太子。萧正德心中充满了怨愤，绞尽脑汁想篡夺皇位，一直没有合适的机会。终于有一天，他忍无可忍，叛逃到了北魏。可是北魏并不待见他，没给他任何礼遇，无奈他又逃回梁朝。梁武帝并没有追究他的叛国之罪，仍将他官复原职，留在都城。梁武帝此举并没有感化他。后来在一次抗击北魏的战争中，萧正德不知是何居心，居然中途弃军而逃。这次梁武帝震怒了，说："狼心不改，包藏祸胎，志欲覆败国计，以快汝心！"可见梁武帝早知萧正德的心思。即便如此，梁武帝仍对他怀有父子情分，并不想真治罪于他，两年后，又恢复了他的官爵。梁武帝的宽容并不能消解萧正德心中的仇恨。他自此之后"阴养死士，常思国衅"，当侯景造反联络他的时候，他二话不说便应允了。他和侯景攻入国都，自立为国君。不久之后，侯景便出卖了他。梁武帝反攻回来，恢复了统治。当他被武帝质问之时，"拜且泣"，梁武帝说："啜其泣矣，何嗟及矣！"说他不知悔改，以至于今日。其实，梁武帝才正应了这句话，明知萧正德恶行多端，心怀不轨，不去制止，反而纵容他，终致成为国害，父子也反目成仇。这样的结局，对于梁武帝来说，岂不正如诗中所说："啜其泣矣，何嗟及矣！"

再讲一个唐明皇的故事。安禄山最初以范阳偏校的身份入朝奏事。他当时的态度颇为狂慢。宰相张九龄很会识人，认为此人将来必会成为祸乱之首。于是在开元二十四年，借着安禄山讨伐契丹失利，张九龄支持张守珪的奏请，建议朝廷将安禄山斩首。张九龄说："安禄山狼子野心，貌有反相，现在杀他，以绝后患。"可是唐玄宗非常喜欢安禄山，不但看不出安禄山的品性，还认为张九龄蓄意陷害。他没有听从张九龄的建议，赦免了安禄山。安史之乱爆发后，唐玄宗避难蜀中，每一思念张九龄的忠心，便为之落泪。如果当初听从张九龄的建言，又何至于后悔呢？《诗经》说："啜其泣矣，何嗟及矣！"唐明皇也应了这一诗句。

兔 爰

【原文】

有兔爰爰，雉离于罗。我生之初，尚无为；我生之后，逢此百罹。尚寐无吪！

有兔爰爰，雉离于罦。我生之初，尚无造；我生之后，逢此百忧。尚寐无觉！

有兔爰爰，雉离于罿。我生之初，尚无庸；我生之后，逢此百凶。尚寐无聪！

【译文】

狡兔人模狗样走，山鸡呆作网中囚。回想当年小时候，天下无事乐悠悠。我渐长大成人后，总有灾难在当头。宁愿睡死不再愁。

狡兔人模狗样走，山鸡呆作网中囚。回想当年小时候，没有纷扰少争斗。我渐长大成人后，总有烦闷在心头。宁愿睡死不再忧。

狡兔人模狗样走，山鸡呆作网中囚。回想当年小时候，没有战争少杀殴。我渐长大成人后，总有凶祸在前头。宁愿睡死死便休。

【解说】

先解释几个字词：1."爰爰"，"爰"音原，大模大样，逍遥自在的样子。2."离"，遭，陷。3."罗"，罗网之意。4."为""造""庸"，统指政治上的纷扰和由此引起的战争等，读者不必拘泥于一解。5."吪"，吪音俄，动，或说话。6."罦"，音浮，一种装设机关的网，能自动捕获鸟兽，又名覆车网。7."罿"，音冲，或读童，一种捕鸟网，鸟入网后，能自动将鸟罩住。

此诗分三章，三章意思基本重复，只改易几个字而已。各章首二句以兔、雉作比较，兔狡猾而难获，所谓"狡兔三窟"。雉文采鲜明，秉性介直，容易被人抓到。狡兔以喻小人，雉以喻君子。苏辙说："世乱则轻狡之人肆，而耿介之士常被其祸。"（《诗集传》卷四）此诗前两句道明了诗的写作背景，乃是君子罹祸、小人恣意的黑暗社会。中间四句，以"我生之初"与"我生之后"作对比。我年少时候，天下太平无事；我成年之后，频频遭遇灾祸。在今昔对比之中，表达了诗人对现实的失望而又沉痛的心情。君子本应有所作为，可世道之乱，已经让他无可奈何，无力回天，与其经历这许多痛苦，宁愿沉睡不醒以至死去，可见他已是失望至极，沉痛至极。新近出土的战国楚简《孔子诗论》说："《有兔》不逢时。"《兔爰》诗首句是"有兔爰爰"，古人常以诗篇首句作为篇名，《有兔》就是《兔爰》。《孔子诗论》认为《兔爰》这首诗所表达的是一种生不逢时的情绪。这是一种直观的概括。

《毛诗序》说："《兔爰》，闵周也。桓王失信，诸侯背叛，构怨连祸，王师伤败。君子不乐其生焉。"周桓王是周平王的孙子，是东周的第二位君王。周朝先后经历厉王、幽王之乱，不得已而迁都洛阳，此时国势已衰。虽然如此，诸侯在礼节上还会表示对周天子的尊重。郑庄公因为扶立周桓王有功，周桓王赐田给他，还让他在周朝廷担任卿士，委以大权。

郑国与周王室本是同姓国，郑国建国较晚，其第一代国君郑桓公是周宣王的弟弟，所以郑国对于此后的周天子而言，可以说是血缘最近的同姓国。在周平王东迁洛阳之后，郑国的后继国君郑武公和郑庄公都对保卫周王室起了重要的作用，所以他们先后在周王朝中担任卿士。为了保护各自的利益，周平王时曾与郑庄公订立盟约，并相互以太子作为人质，来作为一种信用的保证。周桓王即位后，鉴于郑庄公专权，遂用虢公代替郑庄公的位置，这等于剥夺了郑国国君在周王朝的政治地位，也就构成了背盟失信。郑庄公为此很生气，回郑国后接连五年不去朝见周天子，这使周天子很没面子。周桓王不顾臣下劝阻，出兵讨伐郑庄公，而郑庄公也起兵迎战。两军在繻葛相遇，作战期间，郑国将领祝聃射中周桓王左肩，天子之军大败，周桓王逃归。这一战使天子的威信几乎荡然无存。自此之后，诸侯越来越不将周天子放在眼里。《毛诗序》认为《兔爰》一诗就是在种历史背景下写的。

但也有学者认为，从诗文来看，并不像周桓王时候的诗。朱熹《诗经集传》说："为此诗者，盖犹及见西周之盛，故曰方我生之初，天下尚无事，及我生之后，而逢时之多难如此。"崔述《读风偶识》则更明确地说："其人当生于宣王之末年，王室未骚，是以谓之'无为'。既而幽王昏暴，戎狄侵陵，平王播迁，室家飘荡，是以谓之'逢此百罹'。故朱子云：'为此诗者盖犹及见西周之盛。'可谓得其旨矣。若以为在桓王之时，则其人当生于平王之世，仳离迁徙之余，岂得反谓之为'无为'？而诸侯之不朝，亦不始于桓王，惟郑于桓王世始不朝耳。其于王室初无所大加损，岂得遂谓之为'百罹'、'百凶'也哉？窃谓此三篇者（按：指《中谷有蓷》《葛藟》及本篇）皆迁洛者所作。"我们认为崔述分析得很有道理。

以上所讲，只涉及这篇作品的创作年代和历史背景问题。但诗中所表达的思想情绪则是更重要的问题。这篇作品表达了一种什么思想情绪呢？统治者不知用贤，群小弄权，政治纷乱不已，从而导致贤者对于国家政治前途极度失望的思想情绪。宋代张耒说："国家之患，莫大于有君子而不能知，小人在位而贤人在下也。其小人不为尽心未害也，至于君子不尽心以求苟免，熟视其祸而不肯救者，国必亡。"小人在上，即便是不用心于国事，也不致有大害。最可怕的就是君子已经不肯用心，眼看着国家遭灾遇祸，不能及时匡救时弊，这样的话，国家就真的会灭亡了啊！

《左传》里就有个活生生的例子。我们在前面讲过卫懿公喜爱养鹤而导致亡国的事。当时，狄人来攻打卫国，卫懿公召集国人抵抗，可是由于平时卫国政治太过昏乱，已经让大家感到失望而又愤慨，最终很少有人参战保国，卫国几近灭亡。这个教训是非常惨痛的。如果贤人们连匡救时弊的愿望都没有了，甚至不愿意活在这个世上了，你说，这个世道成了什么样子？国家一旦有难，结果不是很可怕吗？在上的统治者，读到这首诗，不应该加以深思吗？

后世历史上，与《兔爰》一诗所描写的情境相似的，有蔡文姬的《胡笳十八拍》。蔡文姬本是东汉大文学家蔡邕的女儿，精于天文数理，博学能文，兼善诗赋音律。她有一个幸福的童年。可惜时局的变化，彻底打破了这种幸福生活。东汉末年由于政府的腐败，先后发生黄巾起义、十常侍弄权、董卓倒行逆施、军阀混战等众多事变。此一期间羌胡番兵掠掳中原，蔡文姬与许多被掳的妇女，一齐被带到南匈奴，饱尝人生的变故和痛苦。我们来看蔡文姬《胡笳十八拍·第一拍》所写："我生之初尚无为，我生之后汉祚衰。天不仁兮降乱离，地不仁兮使我逢此时。干戈日寻兮道路危，民卒流亡兮共哀悲。烟尘蔽野兮胡虏盛，志意乖兮节义亏。对殊俗兮非我宜，遭恶辱兮当告谁。笳一会兮琴一拍，心愤怨兮无人知。"诵读这首诗，读者莫不为之哀痛叹息，这与《兔爰》这首诗的思想情绪不是很一致吗？

葛 藟

【原文】

绵绵葛藟，在河之浒。终远兄弟，谓他人父。谓他人父，亦莫我顾。

绵绵葛藟，在河之涘。终远兄弟，谓他人母。谓他人母，亦莫我有。

绵绵葛藟，在河之漘。终远兄弟，谓他人昆。谓他人昆，亦莫我闻。

【译文】

葛藟枝蔓相牵连，枝蔓绵延满河边。骨肉亲人皆离散，喊人"阿爸"以乞怜。喊人"阿爸"以乞怜，人也不把你顾念。

葛藟枝蔓相牵连，枝蔓绵延满河岸。骨肉亲人皆离散，喊人"阿妈"以乞怜。喊人"阿妈"以乞怜，人也不把你照管。

葛藟枝蔓相牵连，枝蔓绵延满河滩。骨肉亲人皆离散，喊人"阿哥"以乞怜。喊人"阿哥"以乞怜，人却假装没听见。

【解说】

先解释几个字词：1."绵绵"，枝蔓牵连绵延的意思。2."浒"，音虎，水边。3."终"，既、已。4."远"，读院，远离。5."顾"，顾念、照管的意思。6."涘"，水边。7."有"，亲、爱。或通"佑"，释为帮助。8."漘"，音纯，水边、河岸。9."昆"，兄。10."闻"，读问，存问，恤问，也是相亲爱之意。

关于这首诗的诗旨，主要有两种解释：首先是汉代《毛诗序》的解释。《毛诗序》解诗往往不从个人的感受来解读，而是着眼于时代、政治的社会大背景。《毛诗序》说："《葛藟》，王族刺平王也。周室道衰，弃其九族焉。"认为这首诗是讽刺周平王的。周道衰微，正是周平王不能团结王族本身，而依靠母族的缘故。

周平王是周室东迁之后的第一位君王，他的父亲是周幽王。周幽王先是娶了申国的公主为王后，生了儿子，立为太子，就是后来的周平王。可是周幽王后来又娶了褒姒，褒姒也生了个儿子。褒姒是一位冷美人，周幽王完全被褒姒迷住了，对她宠爱有加。为了博得褒姒轻轻一笑，周幽王不惜烽火戏诸侯，后来还废了申后和太子，而立褒姒为王后，立褒姒的儿子为太子。这下惹恼了申侯，他愤恨这个昏庸的天子，居然敢把自己女儿和外孙都给废了。于是联合缯侯和犬戎，一起攻打镐京。周幽王败走，最后被杀死于骊山之下。原来的太子即位，就是周平王。周平王即位之后，感念申侯之恩，封赏甚厚。

古人就认为，周平王只记得申侯的扶立之恩，依靠母族；却忘了杀父之仇，忽略王族。明代张次仲说："汲汲图报，所谓'谓他人父'也。'谓他人父'，实望他人之我顾，不知亲疏倒置。"（《待轩诗记》卷二）古人这样评论周平王，是有历史文化背景的。传统社会非常重视血缘关系。在所有的社会关系中，父母与子女之间是直系血缘关系，是最亲近的关系。而父族又高于母族。由父系和母系血缘关系的远近而有亲疏差等。同一宗族之人，有相互援助、庇护的责任。

孔子说过："不爱其亲而爱他人者，谓之悖德；不敬其兄而敬他人者，谓之悖礼。以顺则逆，民无则焉。"孔子认为，该相亲近爱护的，不去亲近爱护，是违背人情的。违背人情的教化，人民是不会遵从的。

古人对宗族相互庇护的作用非常看重。《左传》记载：宋昭公害怕宗室其他子弟同他抢夺君位，想要除掉他们。乐豫说：不能这样做啊，公族好比是公室的枝叶，如果去掉了这些枝叶，那公室就没有庇护者了。连葛藟都知道要庇护本根，所以君子都从中体会"以枝护根"的道理，何况是国君呢？你如果以仁德亲近他们，他们就会成为你的手足臂膀，谁还会想着背叛你呢？你为什么一定要除掉他们呢？宋昭公不听乐豫的劝告，一意孤行，被国人视为无道，不亲附于他，结果最终死于政治内乱之中。

以上所讲，都是从《毛诗序》的观点出发来看问题的。

其实，关于《葛藟》这首诗，还有另外一种重要的看法，这就是南宋朱熹《诗经集传》的解释。朱熹并不认同《毛诗序》的看法，他认为："世衰民散，有去其乡里、家族而流离失所者，作此诗以自叹。"（《诗经集传》卷二）他将此诗只是看作某个流民的个人经历与感受。朱熹的解说，普遍为后世学者所接受。

从诗文本身来看，这确实是一首孤苦无依的流民之歌。此诗以河边生长的葛藟起兴，葛藟是藤类植物，它的枝蔓牵连绵延。诗人见到葛藟枝叶茂盛，相互牵连，绵延生长，而自己竟流落异乡，远离亲人，无依无靠。相形之下，竟不如葛藟之有所依护。为什么诗的作者有如此强烈的感觉呢？后面几句揭示了答案。流浪异乡后，在处境艰难，非常需要别人帮助的时候，即便厚着脸皮，尊事别人为父、为母、为兄，也未能博得人家的一丝怜悯，得不到丝毫援助。短短三章，反复咏叹，道尽了流浪者的孤寂和凄苦，让人心酸。

即使尊事别人为父母兄长，别人也不帮忙，为什么人们如此无情呢？元代刘玉汝说："其所以然者，或以世道衰而情义薄，或以家荡析而财力微。"（《诗缵绪·卷五》）他给出了两种解释，一是可能是世风日下，人情薄恶，人们少了同情心；二是可能大家同罹于难，家家财力微薄，自顾不暇，无力帮助别人。后一种解释，显得有些牵强。即便各家财力微薄，难道就不肯尽一点心力去帮助特别需要帮助的人吗？这与《谷风》中所说的"凡民有丧，匍匐救之"形成了鲜明的对比。所以诵读这首诗，让人在同情这位流浪者的同时，也免不了对世情冷漠慨叹不已。在这首诗里，流民的人生固然是个悲剧，可放眼来看，世风日下，人情恶薄，难道不更是社会的悲剧吗？

郑　风

缁　衣

【原文】

缁衣之宜兮，敝，予又改为兮。适子之馆兮，还，予授子之粲兮。
缁衣之好兮，敝，予又改造兮。适子之馆兮，还，予授子之粲兮。

缁衣之席兮，敝，予又改作兮。适子之馆兮，还，予授子之粲兮。

【译文】

黑色朝服真合适，破了，我就给你重缝起，你到馆舍去治事，回来，我把新衣试给你。

黑色朝服真神气，破了，我就给你重补起。你到馆舍去治事，回来，我把新衣试给你。

黑色朝服布有余，破了，我就给你重缝制。你到馆舍去治事，回来，我把新衣试给你。

【解说】

先解释几个字词：1."缁衣"，缁音资，黑色衣服。2."敝"，破。3."改"，更。4."为""造""作"，在这里都是缝制的意思。5."适"，往。6."馆"，官舍。7."粲"，鲜明的样子。8."席"，音席，宽大有余。

当你读到这首诗，可能会想起20世纪六七十年代所倡导的节俭精神：一件衣服长期穿在身上，"新三年，旧三年，缝缝补补又三年"。这不是说的普通老百姓，这说的是做官的，当官的有这种节俭精神，那他在人民心中，便是一位好官。

在《诗经》的时代，这首诗也是用来歌颂一位好官的。《毛诗序》说"《缁衣》，美武公也，父子并为周司徒，善于其职。国人宜之，故美其德以明有国善善之功焉。"朱熹评论说："此未有据，今姑从之。"《毛诗序》认为这是赞美郑桓公、郑武公父子贤德的诗。郑桓公是周宣王的弟弟，宣王封他于郑，成为郑国第一代君主。他勤政爱民，很快就得到了人民的爱戴，还被召到周王朝担任卿士。当时，并不是所有的诸侯都能到周王朝中任职，只有德行和功业都非常好的人，才能被选进去做官。郑桓公忠于职守，在世时一直是周王朝的卿士，他死于阻止犬戎进攻镐京的战斗中。郑桓公死时，郑武公尚未成年，他顾不得擦干眼泪，戴孝上战场，护送周平王迁都洛阳。周平王感念郑桓公父子的忠诚，继续让郑武公做王朝的卿士。

缁衣就是黑色的衣服。《考工记》说：布匹染三次为"纁"，为浅绛色；染五次为"緅"，为青赤色，染七次为"缁"即黑色。按周代礼制，卿大夫朝天子时，要穿皮弁之服，白衣白裳白帽，一身都是白色。退朝回到自己的治事之所，就要换成"缁衣"来处理公事了。

旧说，郑武公作周平王卿士，住在周王朝接待宾客的馆舍中，周地人民感戴郑武公勤政爱民，故作此诗。《礼记·缁衣》引孔子之语说："好贤如《缁衣》。"认为《缁衣》表达了一种好贤之情。《孔丛子》也记载孔子说："于《缁衣》，见好贤之心至也。"这个"好贤"的主体是谁呢？后人解释不一。但多认为是人民爱贤、好贤而不知厌倦。就是说，周地人民热爱郑武公父子，看到他们穿的缁衣破了，愿意为之缝补改制，希望他们更长久任职。

现代学者多认为此诗中的第一人称"予"，指的是穿缁衣人的妻子，她见到丈夫的衣服破了，要重新缝补改制，使之常新，体现的是妻子对丈夫的体贴和关爱。反衬做官的丈夫勤勉和俭朴。从此诗的辞气来看，的确像是妻子对丈夫的口气，试想一想，一个做官的衣服破了，无论是人民或者国君，谁会为他"改为""改造""改作"衣服呢？这些缝补、改制的针线活，当然是自己的妻子做的。但是，如果是妻子为自己丈夫改制破衣服，那还可能是一首"好贤"之诗吗？我们认为是可以的。即便此诗是以一个妻子的口吻写的，也不一定就否认其中所蕴含的"好贤"之情。因为古人写诗，诗中之事未必是一种写实，它可以是一种借喻和拟托。比如，大家都熟悉唐代《闺意》这首诗。我们先引诗文如下："洞房昨夜停红烛，待晓堂前拜舅姑。妆罢低声问夫婿，画眉深浅入时无？"我们知道，这首诗是唐代朱庆馀在科举前呈给张籍所作之诗。朱庆馀在这首诗里描写的是新婚夫妻的爱情生活，实际上他别有所指。新妇是自比，新郎比张籍，公婆比主考官，"入时无"，这是征求张籍的意见，看自己能否踏上仕途。之所以用此拟托，是因为当时朱庆馀的心理情态与新娘子的心理情态相仿佛。既然我们能理解这类诗歌的拟托现象，为什么不认为《诗经》中也存在这个手法呢？

其实，在春秋时期诸侯国之间相互赋诗的外交活动中，在引用《缁衣》一诗时，已经用夫妻关系来形容两国关系了。据《左传》记载，鲁襄公二十五年，卫国的宁喜杀卫侯剽，迎卫献公复国。鲁襄公二十六年，卫献公到晋国访问，晋侯听从卫国叛逃大臣孙文子之言，将卫献公扣押在晋国。齐国和郑国两国国君听说后相约来晋国访问，欲救出卫侯。晋侯以礼接待齐、郑国两国国君。齐国的国景子代表齐君赋《蓼萧》一诗，这本是诸侯朝见天子之诗，诸侯自称贱如萧蒿，天子推恩以接之。既见天子，莫不思尽其心之所有以告。而郑国的子展代表郑君赋《缁衣》，隐喻郑国爱戴晋国，正像《缁衣》一诗中妻子尽忠心于贤达的丈夫一样。晋国的叔向听了两国的赋诗，就让晋君拜谢，感谢齐、郑两国的情谊，特别感谢"郑君之不贰"。开始这两首诗是拉近关系的一套款叙，目的是为了下一步营救卫侯。再后来，齐国的国景子又赋《辔之柔矣》，其中说："马之刚矣，辔之柔矣。"劝告晋君能宽柔以安诸侯。郑国的子展又赋《将仲子》，其中说："岂敢爱之，畏人之多言。"潜台词是说，如果晋侯长期扣押卫侯，恐怕其他诸侯会说闲话了。最后晋君同意释放卫侯了。在这次外交斡旋中，郑国子展的赋诗中，正好有《缁衣》一诗，表面上看，《缁衣》这首诗的诗文没有一句能与晋、郑两国的外交扯上关系，也与营救卫侯不搭界。其实里面暗含的话是：晋侯如《缁衣》主人公之贤达，而郑君则如晋侯之妻子，忠心不贰。所以晋侯才感谢"郑君之不贰"。

所以，我们以为，将此诗中的第一人称"予"，理解为穿缁衣人的妻子，还是合适的。这与《缁衣》诗之"好贤"并不矛盾。

将仲子

【原文】

将仲子兮，无逾我里，无折我树杞。岂敢爱之？畏我父母。仲可怀也，父母之言，亦可畏也。

将仲子兮，无逾我墙，无折我树桑。岂敢爱之？畏我诸兄。仲可怀也，诸兄之言，亦可畏也。

将仲子兮，无逾我园，无折我树檀。岂敢爱之？畏人之多言。仲可怀也，人之多言，亦可畏也。

【译文】

求你啦我的好二哥，别再翻越我家院墙，别再把我家杞树弄伤。哪敢吝惜这些树墙？是我父母看见不让。我心里怎不把二哥想，但父母一训斥，我怕有脸没处放。

求你啦我的好二哥，别再翻越我家围墙，别再把我家桑树弄伤。哪敢吝惜这些树墙？是兄长们看见不让。我心里怎不把二哥想，但兄长一责怪，我怕有脸没处放。

求你啦我的好二哥，别再翻越我家园墙，别再把我家檀树弄伤。哪敢吝惜这些树墙？是别人看见会张扬。我心里怎不把二哥想，但别人一张扬，我怕有脸没处放。

【解说】

先解释几个字词：1."将"，音枪，请求。2."仲子"，古代兄弟排行称谓依次为：伯、仲、叔、季。仲是排行老二。称"仲子"相当于称"二哥"。3."逾",翻越。4."里",里居,"逾里",越过居处之外墙。5."杞",杞柳,落叶乔木,木质坚实。树杞,倒文以协韵。树桑、树檀下同。6."爱",吝惜。7."怀",想念。

此诗首句便言"将仲子兮,无逾我里,无折我树杞",刻画了一个翻墙折树的"二哥"形象。读者不禁好奇,这个"二哥"为何要翻院跳墙?主人公为什么阻止他?诗接着说:"岂敢爱之?畏我父母。"主人不是怕仲子损坏墙和树,而是惧怕自己的父母。"仲可怀也,父母之言,亦可畏也。"最后一句话,解决了前面所有的疑惑。"仲可怀也",说明主人公和仲子是一种恋爱关系。原来仲子是在情欲驱动下,不顾一切地翻越墙垣、穿过树障,以期能与姑娘相会。姑娘虽然对他心中爱恋,还是劝小伙儿别再这样做,这样让父母、兄长、别人看见多不好啊,表现了女孩儿的羞涩与矜持。

按照周代礼制,"男女非有行媒,不相知名;非受币,不交不亲"(《礼记·曲礼》)。孟子也说:"不待父母之命,媒妁之言,钻穴隙相窥,逾墙相从,则父母、国人皆贱之。"(《孟子·滕文公下》)而诗中的仲子,却不管那么多,从"逾里""折杞"到"逾墙""折桑",再到"逾园""折檀",很能折腾,读了令人发笑。但姑娘还是比较理智,以怕父母、诸兄及旁人的责骂和议论为由,委婉地表达了希望他能通过合乎礼仪的形式达成心愿。

《孔子诗论》评论道:"《将仲》之言,不可不韦(畏)也。"肯定了诗中姑娘的态度,既然人言可畏,人言能杀人,那就要有所顾忌,不可不畏。

但是《毛诗序》还是把这首诗扯到政治上来,《毛诗序》说:"《将仲子》,刺庄公也。不胜其母,以害其弟,弟叔失道,而公弗制。祭仲谏而公弗听,小不忍以致大乱焉。"认为这是讽刺郑庄公的诗。信从这种说法的人不少。读过《古文观止》的朋友们知道,该书的第一篇就是《郑伯克段于鄢》，郑伯就是郑庄公。郑庄公是郑国的第三代国君，名寤生，传说是在母亲睡梦中生下来的，使母亲受到了惊吓，一直不为母亲所喜欢。母亲后来又生了一个弟弟叫叔段，非常宠爱他。当郑武公还在世的时候，母亲曾要求郑武公立叔段为太子。郑武公没有答应，还是立长子为太子。在郑庄公即位之后，母亲仍然帮助叔段弑兄夺权。这个母亲当的实在有问题，都是自己的儿子，却一点儿也看不上大儿子，对小儿子特别偏心。结果害了小儿子。郑庄公明明知道母亲和弟弟的心思，却不动声色，假意退让，以助长他们的野心。在这期间，祭仲曾劝郑庄公制裁叔段，郑庄公说了一句著名的话："多行不义必自毙，子姑待之。""多行不义必自毙"，你老先生慢慢等等看吧。最后时机成熟，郑庄公假意去周地朝王，实际却到郑国另外一个地方，安排围剿叔段。浅陋的叔段完全被假象所蒙蔽，与母亲合谋，准备里应外合，袭郑篡权。结果可想而知，叔段大败，被迫逃亡。

　　古人不喜欢郑庄公，认为他虚诈不仁。叔段虽然叛逆，却是郑庄公的亲弟弟，郑庄公以这种方式除掉亲弟，在古人看来，太不厚道了。何况郑庄公以前对叔段的纵容，实际上是故意助长他的骄慢，以便在他罪恶昭著的时候将其铲除，这样就会使舆论有利于自己，由此可见他的阴狠和虚伪。由于当时劝谏他的人叫"祭仲"，有个"仲"字，《毛诗序》就把这首诗安在了郑庄公身上，说这是郑庄公回答祭仲的一首诗：请求你啊祭仲，"无逾我里"，你别管我的家事了；"仲可怀也"，你要及早制裁叔段的想法，我不是没有，只是"畏人之多言"，我怕太早动手会招惹国人的议论。认为这首诗反映的是郑庄公当时的心理。这是对《将仲子》这首诗的一种完全政治化的解释。唐代以前的人都这么看。

　　可是，到了宋代，郑樵提出，这与郑庄公的事没什么关系。诗中全是"淫奔者之辞"。朱熹表示赞同郑樵的见解（《诗经集传》卷三）。后世的解诗者不一定认可这是"淫奔"之诗，但却大多肯定它是男女之辞。

这首诗中的最后一句"人之多言，亦可畏也"，后来凝结成"人言可畏"的成语，成为生活的箴言和哲理。

在春秋时期的诸侯之间的外交活动中，已经开始用这种箴言来相互劝诫了。据《左传·襄公二十六年》记载，由于卫国政治内斗，卫国大臣孙文子，到诸侯盟主晋国那里去告卫献公的状，并献上自己管理的城邑，希望晋国主持正义。晋国同意了孙文子的请求，趁着会同诸侯结盟的机会，把卫献公扣押在晋国。卫国人请求齐国和郑国出面说情，为此齐侯和郑伯到了晋国来交涉。趁着晋侯宴请他们之际，齐、郑的君臣们通过赋诗来请求晋侯释放卫侯。开始几个回合的赋诗，晋国君臣还有话对付，后来郑国子展赋《将仲子》，意思是晋侯为了一个卫国的臣子，而扣押卫国的国君，难道不顾忌"人言可畏"吗？间接劝诫晋侯应该释放卫君。最后晋侯不得不做出妥协，释放了卫侯。

在古人心中，"人言可畏"，并不意味是胆小怯懦的表现，而是告诫人要有所敬畏，有所畏惧，借以端正自己的行为。《国语·晋语四》记载：当晋文公流亡到齐国时，齐国为他提供了丰足的财物，齐桓公还把美丽的女儿齐姜嫁给他。晋文公觉得很满足，就想在齐国长期安家，不想再过动荡的生活了。这可急坏了他的臣子们，他们就密谋如何把晋文公弄走。不巧，他们的谈话被蚕妾听到了。蚕妾告诉了齐姜。没想到，齐姜不但不怪罪他们，还反劝晋文公要继续奋斗，认为晋文公应该争取晋国的君位。并说贪图安乐是会坏大事的，她引《将仲子》说："仲可怀也，人之多言，亦可畏也。"齐姜引这首诗劝晋文公，别忘了上天降给他的重任，以及晋国人民和各国诸侯对他的厚望，不要让人们把自己看成眼光短浅、贪图安乐的人。齐姜的这段话因为很有哲理，被详细地载入《国语》之中。晋文公后来回晋国继承了君位，成为春秋五霸之一。

有女同车

【原文】

有女同车，颜如舜华。将翱将翔，佩玉琼琚。彼美孟姜，洵美且都。

有女同行，颜如舜英。将翱将翔，佩玉将将。彼美孟姜，德音不忘。

【译文】

姑娘男子同车上，颜如木槿花绽放。车子轻快似飞翔，女佩宝石闪闪亮。那位孟姜大公主，天仙一般好模样。

姑娘男子同路行，颜如槿花水灵灵。车子轻快似飞翔，女身佩玉响叮当。那位孟姜大公主，德行声誉人难忘。

【解说】

先解释几个字词：1."同车"，《毛诗传》：同车，亲迎也。古代男女结婚时，新郎去女方家亲迎，接新娘回男方家的时候，新郎要先登上新娘的车子，为新娘驾车。在车轮转动三周后，新郎下车，再登上自己的车，驾车在前作先导，直至把新娘接回家。2."舜"，木槿花，花色有红、粉、白等。3."华"，花。4."琼琚"，美玉。5."孟姜"，作为专名，指齐国大公主。孟是女子排行老大的称呼，而齐为姜姓国。因为齐国女子高贵而美丽，所以"孟姜"又成为美女的通称。6."洵"，确实。7."都"，美好。8."同行"，"行"读航，同路。新郎之车在前，新娘之车在后，所以为同路。9."英"，花。10."将将"，同"锵锵"，玉石相互碰击发出的声音。11."德音"，一说言语，一说德行声誉。

《毛诗序》说:"《有女同车》,刺忽也。郑人刺忽之不昏(婚)于齐。"《毛诗序》把这首诗同郑国的太子忽扯到一起。古代信从者不少,今天也还有人承续此说。太子忽是郑庄公的嫡子,生母为邓国公主,邓国在诸侯中影响微小。而郑庄公其他几个儿子都有实力与太子争君位,其中以母家为宋国的"突"最有实力。在这种情况下,太子忽如果与大国联姻,获得政治后援,将对争夺君位极为有利,然而太子忽却没有这样做。开始,齐僖公看到太子忽很能干,人也长得好,想把美丽的女儿文姜许配给他。太子忽拒绝了,别人感到很奇怪,问其原因。他说:"人各有耦,齐大,非吾耦也。诗曰'自求多福',在我而已,大国何为?"他不是不知大国为援的政治道理,但他认为大国终究是外在的力量,不如在自己身上下功夫实在。后来,齐国遭到北戎攻打,请郑国帮忙。郑庄公派太子忽去救援,太子忽率军打败了北戎。齐僖公见到太子忽,又提出要嫁女儿给太子忽。太子忽又拒绝了。当时支持他的祭仲极力劝他:"你一定得答应。你父亲的内宠太多,如果没有后援,即便将来你即位了,恐怕也难保安稳。"太子忽不听。果然,郑庄公死后,太子忽即位没多久,便就被别的公子赶下台了。过了几年,他又有机会继承君位,但两年后,还是被臣下给杀死了。这不只是太子忽的个人悲剧。更要紧的是,由于太子忽保不住君位,导致几个兄弟之间争来争去。本来郑国经营了三代,已经算是诸侯中的小霸了,经过这一代的政治内斗,再也没有恢复元气,后来不得不在各大国之间的夹缝中喘息。

后来人们总结郑国衰落的原因,认为如果当初太子忽能够与齐国联姻,有强大的政治后援,他自己不至于君位不保,死于非命,郑国也不会衰落得那么快。所以,解诗者认为这首诗是借赞美齐国女子的德行容貌,讽刺太子忽只有小的节操,没有大的胸襟谋略,错失了与齐国政治联姻的机会。

到了宋代,朱熹著《诗经集传》,认为这首诗"疑亦淫奔之诗",

同太子忽没有一点关系。此说受到了学者的质疑，如王质的《诗总闻》认为此诗描写的是"亲迎之礼"，诗中并无狎昵之意，不能定性为"淫奔之诗"。而且在春秋时期的外交活动中，当时士大夫赋此诗是被赞赏的。

据《左传》记载，鲁昭公十六年，晋国执政大臣韩宣子到郑国访问。临别时，郑国六卿在为韩宣子饯行。韩宣子说："请诸位赋诗一首，以让我学习郑国的哲理。"郑国六卿依次赋诗，韩宣子每听完一首，都加以点评。轮到子旗，就赋了《有女同车》，然后子柳又赋了《萚兮》。韩宣子听了很高兴，说："郑国将要富强了吧！各位以国君的名义赏赐我，赋的都是郑国的诗，表达了我们亲近友好的志愿。各位都是邦国栋梁，郑国可以没有忧惧了。"杜预注《左传》此处时，认为子旗赋《有女同车》，是"取其'绚美且都'，爱乐宣子之志"，表达的是对韩宣子言语威仪的喜爱。其实，从当时的情境来看，子旗赋此诗更可能取的是"德音不忘"之义，在赞美韩宣子的德行之余，希望他履行与郑国交好的诺言。

我们从汉代引用这首诗的情况，可以看出它的重点在于赞美女子的美德。刘向《列女传》讲了两则与此有关的故事：一则是关于贞姬的故事。贞姬是白公胜的妻子，长得很美。白公胜死后，她靠纺绩为生，没有改嫁。吴王听说她很美而且有德行，就派人以重礼聘娶。贞姬说丈夫生前，夫妇关系很好。丈夫死了就背叛他，是不义的行为。如果为人不义，只靠容貌侍奉别人，不是女子应该有的行为。她最终没有答应吴王。刘向写到这里，评价道："《诗》云'彼美孟姜，德音不忘'，说的就是有此美德的人啊！"

另一则是关于张汤母亲的故事。张汤是汉武帝时人，为人好胜，气势凌人。他的母亲经常训导他，他最终也没有改过来。因为这个性格让他得罪了不少人，包括丞相严青翟和三长史等大臣。当赵王给皇帝上书，说张汤有罪时，这些人就一起罗列他的罪行。张汤因此自杀了。张汤家族里的人想要厚葬张汤，张汤母亲说："张汤为天子大臣，因为受不了恶言就自杀，不配厚葬。"就用牛车拉着一副棺材草草而葬。汉武帝知道了这件事，说："有如此深明大义的母亲，儿子就不会差。"重新审查张汤的案子，丞相严青翟畏罪自杀了。君子们都说：张汤的母亲能用自己的行动来让主上感悟。《诗》云"彼美孟姜，德音不忘"，说的就是这样的女子吧？

从此诗本文和后世人们的运用来看，此诗既和郑太子忽没关系，也不是"淫奔之辞"。我们以为，这首诗与《鹊巢》一诗有相近之处，是写贵族女子出嫁的。诗作者并不是亲迎新娘的新郎，而是一位旁观者，"彼美孟姜，德音不忘"，"彼"是"那个"的意思，这是旁观者的语气。此外，诗中虽然极力赞扬女子的美貌，但诗的结句却落在"德音不忘"上。清代《御纂诗义折中》解说此诗最近原意：《有女同车》，劝好德也。……《同车》之诗虽"颜如舜华"，而所不忘者专在"德音"，能轻色而重德，故圣人有取焉。《诗经》中的许多诗篇，描摹女子都忘不了写上一笔德行。可见，德行在君子看来是更为重要的。孔子曾说："吾未见好德如好色者也。"这大概就是针对当时人重色轻德现象而发出的慨叹。

子　衿

【原文】

青青子衿，悠悠我心。纵我不往，子宁不嗣音？
青青子佩，悠悠我思。纵我不往，子宁不来？
挑兮达兮，在城阙兮。一日不见，如三月兮。

【译文】

你的衣领色青青，我心全是你身影。纵然我没去找你，你咋也没问一声？

你的佩带色青青，害我得了相思病。纵然我没去找你，你咋也没来探听？

东张张啊西望望，在这高高城楼上。与你一日未相见，好像时隔三月长。

【解说】

先解释几个字词：1."子"，此诗中指思念的那个人。2."衿"，音金，衣领。3."悠悠"，思绪不断的样子。4."嗣音"，传递音问。5."佩"，佩带。6."挑""达"，是挑目、达远的省文，即张望的意思。7."城阙"，城门两边的观楼，今名城门楼，是登城候望的地方，也是古代男女幽会之地。

这是一首爱情诗，描写了一个女子在城楼上等候情人的焦灼心理。首章先以女子的口吻自述心怀。这是一个陷入痴恋的女子，情人的样子不断浮现在脑海，她的心充满了思念的忧愁，可见她对情人的爱恋有多深。因为某种原因，她没去和男子见面，可令她失望的是，心上人既没来找她，也没来问为什么她没去，"纵我不往，子宁不嗣音"，不免生出些许怨望和惆怅。第二章接着写女子虽然有些懊恼，心中还是不停地思念。懊恼中带有猜疑，思念中带有抱怨。纵然我没有按约定去找你，你怎么就不能来探问一下呢，是我病了，还是别的什么原因？"纵我不往，子宁不来？"难道你就一点不在意我、不想念我吗？第三章写女子在城门楼候望、等待她的恋人。思恋、猜疑、埋怨……这些情绪全都搅和在一起，涌在心头，让人焦灼不安，以至于她不能静下心来慢慢等，"挑兮达兮，在城阙兮"，她不时眺目达远，四处张望，让混乱的情绪有所缓解。最后一句："一日不见，如三月兮。"一日没和情人见面，时光竟如三个月那么漫长，写出了女子对情人的无限思恋。

这首诗只有十二句，却道尽了女子在那苦候恋人的心态，情感非常真实，诗句也非常优美。写得太好了！

这么优美的情诗，在《毛诗序》作者看来，也是用来讽刺时政的。《毛诗序》说："《子衿》，刺学校废也。乱世则学校不修焉。"《毛诗序》怎么把它和学校扯上关系了呢？这是因为诗中被思念的那个人是"青青子衿"。古代人的服饰很有讲究，不同年龄段、不同身份地位的人会有不同的打扮。青衿就是青色衣领，《毛诗传》说："青衿，青领也。学子之所服。"认为是当时学子的着装。诗中又有"嗣音"一词，诗乐是古代学校教学的主要内容之一，诗乐的教习分为"诵之、歌之、弦之、舞之"，统称为"音"。"嗣"也有习的意思。"纵我不往，子宁不嗣音？"这首诗中所说的那个"子"，就成了一个旷课的学子。在古代，强调师道尊严，"礼闻来学，不闻往教"，学生旷课，老师不能强去学生家里授课。所以，老师就在那里感叹：我不能去你家里授课，你就不知道来学校练习诗乐吗？经《毛诗》这么一解释，"子衿"和"子佩"变成了学生的代称，诗中的思念就变成了老师对学生的思念（或者说是同学、好友之间的思念）。这是《郑风》中的诗篇，解诗者推测，学生不来上学，是因为郑国的学校废坏了。这是《毛诗》一派对此诗的解释。

《毛诗序》的这种解释为古代大多数解诗者所认同，并把郑国学校废坏的原因安到了郑国执政大臣子产的身上。实际上，史料中非但没有子产废坏乡校的记载，相反，子产倒是乡校的维护者。据《左传·襄公三十一年》记载：郑国人好到乡校集会，议论国家政策的好坏。这使郑国的一些大臣感到麻烦和头疼，有大臣建议子产说："不如把乡校毁了。"子产说："为什么要毁掉乡校呢？这是人们早晚聚会的地方，人们来这里议论国家政策的好坏,大家以为方便有好处的政策,我就推行;大家以为不方便而厌恶的政策,我就改正。大家都是我的老师啊,为什么要毁掉乡校呢?我听说尽心把事情做好就能减少怨恨,没听说要依仗权势来阻止怨恨。……我们不如把这些议论当作治病的良药。"你看,子产在政治上这么开明,怎么会毁坏乡校呢?不过说郑国毁坏乡校的人也另有解释。他们认为,子产太热衷于政治,他只把乡校当作议政的地方,而没有把学校当作教学的地方,以致学校荒废了它原有的职能。而且孔子就曾评论过子产能惠民而不能教民,所以后世学人便把毁坏学校的罪过安在了子产身上。

到了南宋,朱熹著《诗经集传》,已经不相信《毛诗》一派的解释了。他提出诗中所称的"子",是指男子。"我"是指女子自我。诗中所写是女子候望、思念男子,因而判断此诗是"淫奔之诗"。朱熹点明了此诗是写男女情感的,在事实判断上是正确的,但他将之贬低为"淫奔",在价值判断上是错误的。以今日的价值观看,这是一首优美的爱情诗。

《子衿》这首诗对后世影响是很大的,由于《毛诗序》的解说,"青衿"成了学子的代名词。三国时曹操作《短歌行》,引用此诗时也是用《毛诗》之意,今录之如下:"对酒当歌,人生几何?譬如朝露,去日苦多。慨当以慷,忧思难忘。何以解忧,唯有杜康。青青子衿,悠悠我心。但为君故,沉吟至今。""青青子衿,悠悠我心"在这里表示的就是对那些学子的思慕。

由于《子衿》最后一句"一日不见,如三月兮",写出的悠悠思念,令人印象极深,成为后世用来表达思念的名句。如明代魏校在写给好友何子时的信开头便说:"故人远在万里,《诗》云:'一日不见,如三月兮。'刬别已数载,我思当如之何?"(《庄渠遗书》卷四)云云。表达了魏校对何子时的深刻思念。后世人们在表达对亲人、好友的思念时,常常这样引用，把《诗经》的语言直接变成自己的语言，似乎千言万语，只有此语最能说出自己的心声。

野有蔓草

【原文】

野有蔓草，零露漙兮。有美一人，清扬婉兮。邂逅相遇，适我愿兮。

野有蔓草，零露瀼瀼。有美一人，婉如清扬。邂逅相遇，与子偕臧。

【译文】

野田蔓草色青青，叶上露珠好晶莹。有个人儿出奇美，目秀眉扬又温情。偶然相遇心欢喜，适我心愿慰平生。

野田蔓草势茂畅，叶上露珠闪闪亮。有个人儿出奇美，温情盈目眉轻扬。偶然相遇心欢喜，与你共度好时光。

【解说】

先解释几个字词：1."漙"，音团，露多之貌。2."清扬"，本指眉目清明，在这里指眉目之间反映的人之气韵神情。3."婉"，温婉美好。4."邂逅"，音泄厚，偶然相逢，不期而遇。5."瀼瀼"，瀼音瓤，露珠浓厚。6."如"，而。7."臧"，音脏，善、好的意思。

这是一首非常惬意的描写邂逅相遇的诗。朝日初升的林间野外，青草蔓延，露珠凝挂在草叶上，晨曦中亮闪闪的一片。多么幽静而又清新的环境啊！在这样的情景下，居然能够遇见一位出奇的美人，真是令人惊喜。诗人没有具体描摹其相貌，不说其穿戴，也不说其仪态，只用"清扬婉兮"四字来形容。翻查古训，"清扬"，多解释为眉目之间；

"婉"取温柔美好的意思。眼睛是心灵的窗户，"清扬婉兮"，写出了一个人的气质神韵，多么美的一个人啊！见了令人心情无比舒畅。"邂逅相遇，适我愿兮"，有此奇遇，足慰平生啊！短短六句，就把环境、情节和心情写得这么饱满。第二章是第一章的回旋反复，但情感上又进一层，不但"我"觉得与对方相遇是一件乐事，对方见到我也感到快乐。"邂逅相遇，与子偕臧"，双方都有好感，愿意共度美好时光，这比当神仙还快活啊！

《毛诗序》说："《野有蔓草》，思遇时也。君之泽不下流，民穷于兵革，男女失时，思不期而会焉。"其意是说，在兵荒马乱的年代，男女不能依照礼俗婚配嫁娶，未婚的男女们就想着能在乡间野外，遇上心仪的对象，成家立室。这也就是说，《毛诗序》把相遇的两人认定为一男一女。顺着这个思路，宋代很多学者都将此诗视作"男女淫奔"之诗，如欧阳修作《诗本义》说："此诗文甚明白，是男女婚娶失时，邂逅相遇于野草之间尔。"朱熹作《诗经集传》则说："男女相遇于野田草露之间，故赋其所在以起兴。"在解释诗文的时候，他把"偕臧"解为"言各得其所欲也"，不但认为相遇的是一对男女，他们之间还发生了一些事情。因此他认为这也是"淫奔"之诗，而且还是"淫奔"者自己作的。在他之后的王质更有想象力，凭空加上了一个时间因素："'野有蔓草，零露溥兮'，当是深夜之时，男女偶相遇者也"（《诗总闻》卷四）。

其实，先秦时期的人们对这首诗所作的是另外一种解读。我们从《左传》的记载中可以看到，在春秋时期各国卿大夫之间的外交场合，常常赋《野有蔓草》，以示对贵宾的友爱和敬重，酬酢双方都没有将它视为淫诗。他们并未将诗中的"有美一人"理解为"有美色的女人"，而是理解为"有美德的贤人"，例如，鲁襄公二十七年，郑国国君燕享晋国执政大臣赵文子于垂陇之地，伯有赋《鹑之贲贲》，赵文子很不客气地抢白他说:"床笫之言不踰阈,况在野乎!非使人之所得闻也。"而子太叔向贵宾赋《野有蔓草》,赵文子则说:"吾子之惠也。"子太叔通过赋《野有蔓草》,表达了自己见到赵文子的喜悦,所以,赵文子回答表示感谢子太叔的惠爱。若《野有蔓草》一诗果有淫媟之词,赵文子同样会抢白子太叔的。

其后昭公十六年,晋国韩宣子聘问郑国,临走郑国六卿相送,韩宣子请他们赋诗,其中子齹就赋了《野有蔓草》,用这首诗夸赞韩宣子之贤,表达自己见他的欢乐心情。韩宣子听了之后,说:"孺子善哉,吾有望矣。"韩宣子也从本诗取意,取"与子偕臧"回赞了子善。可见,在当时人看来,这是一首写与时贤相遇的诗。

汉代的《韩诗外传》也承续着这种解释。《韩诗外传》中有一则讲孔子与贤人程本子相遇的故事。孔子在于郯之间,遇到了贤人程本子,两人相见甚欢,以致双方的车盖都倾倚到了一起。交谈结束,孔子对子路说:"由,去取束帛十匹,赠给先生。"子路没反应。过了一会儿,孔子又对子路说:"取束帛十匹,赠给先生。"这次子路忍不住了,冲口便说:"以前我听老师您讲过,士人不应该在路上相互拜赠,这样就像无媒而嫁的女子一样,不是君子之所为。"孔子说:"《诗》中不有:'野有蔓草,零露漙兮,有美一人,清扬婉兮,邂逅相遇,适我愿兮。'况且程本子是天下的贤士,我现在见到他而不馈赠,以表达我的尊重和喜爱,以后就没机会再见到他了。"

显然,韩婴是将《野有蔓草》中的"有美一人"理解为"贤人"的。《韩诗外传》属西汉今文经学三家诗之一,《毛诗》后起,并没有考虑前人对《野有蔓草》的理解,而将其解释为男女之事。对此苏辙《诗集传》提出了质疑的意见:"毛氏由此故叙以男女失时,思不期而会,信如此说,则赵文子将不受,虽与伯有同讥可也。"苏辙说,如果这首诗是写男女思不期而会的,那赵文子就不会欣然接受子太叔赞扬的。苏辙很鲜明地反对将此诗解释为男女相会之诗。

造成这种解释纷争的主要原因，是对诗中"有美一人"的不同理解。《毛诗序》和后来的朱熹等，显然把"有美一人"理解为女子了。然而他们却忽略了词语的发展变化，在先秦时代，"美人"并不一定是女子。杨简看出了这一点，他说："凡《诗》言美人，皆称其贤。"（《慈湖诗传》卷六）的确，《诗经》中的"美人"不全指女子，比如《简兮》描写的是一位健壮的武士，用的是"彼美人兮"；《汾沮洳》写一位具有贤德的男子，夸他"美无度""美如英""美如玉"，等等。从先秦对"美人"一词的运用，以及当时人对这首诗的引用来看，我们还是应该将此诗看作"思遇贤"或者"朋友期会之诗"，这样会更近诗的本意。

溱洧

【原文】

溱与洧，方涣涣兮。士与女，方秉蕑兮。女曰："观乎？"士曰："既且。""且往观乎，洧之外，洵吁且乐。"维士与女，伊其相谑，赠之以勺药。

溱与洧，浏其清矣。士与女，殷其盈矣。女曰："观乎？"士曰："既且。""且往观乎，洧之外，洵吁且乐。"维士与女，伊其相谑，赠之以勺药。

【译文】

溱水涨，洧水漾，三月春水涣涣淌。帅小伙，俏姑娘，手拿兰草传幽香。靓女邀："去逛逛？"帅哥回说："已玩狂。"女再邀："陪我往，洧水那边真的爽。"男伴女，女伴男，尽情嬉笑喜洋洋，互赠勺药情意长。

溱水清，洧水凉，三月春水浏浏淌。帅小伙，俏姑娘，熙熙攘攘河边上。靓女邀："去逛逛？"帅哥回说："已玩狂。"女再邀："陪我往，洧水那边真的爽。"男伴女，女伴男，尽情嬉笑喜洋洋，互赠勺药情意长。

【解说】

先解释几个字词：1."溱"，音真，郑国水名。2."洧"，音伟，也是郑国水名。3."涣涣"，河水流淌貌。4."秉"，持、拿。5."蕳"，音坚，一种香草，或曰兰草。6."既且"，"且"音义同徂；"既"为已经的意思。已经去过了。7."且"，再。8."洵"，确实，诚然。9."訏"，读需，通"旴"，喜悦貌。10."谑"，调笑戏谑。11."勺药"，一种香草，不同于今日之芍药。12."浏"，清澈貌。13."殷"，盛多，众多。14."盈"，满。

这是一首与传统节日有关的诗篇。描写的是郑国三月上巳节男女游春相会的情形。《艺文类聚》卷四引《韩诗》说："三月桃花水下之时，郑国之俗，三月上巳，于溱、洧两水之上，执蕳招魂续魄，拂除不祥。"按照郑国当时的风俗，每年三月桃花水下之时，人们于上巳日（即后世所说的三月三日）在溱水与洧水之滨举行"招魂续魄"的活动，以袚（音拂）除不祥。士人与女子于此日会邀请平时所喜爱的人同往，一路游玩，相互戏谑。《溱洧》一诗即是记当时的情景。诗中说：溱水与洧水，正涣涣然流淌，男士和女子，手里拿着香草徜徉。女子邀请男士："去逛逛？"男士答道："已经去过了。"并未回应一同前往。女子又邀请道："何不到洧水那边，那里真的很爽啊！"男士接受了女士的邀请。男士和女子，相互戏谑，玩得很开心，临别相赠以勺药。诗人只是直叙其事。韩诗也只是介绍了当时的风土人情，并没有加以道德的褒贬。以今日的观点看，郑国当时男女之间是比较开放的。而当时的多数士大夫也并没有觉得有什么不好，至少从韩诗的观点看是这样的，而韩诗在汉唐时期并未因此遭人非议。

但是毛诗一派在解释《溱洧》之诗时，却横添了许多情节。首先，《毛诗序》作者讲了一个他所认为的背景："《溱洧》，刺乱也。兵革不息，男女相弃，淫风大行，莫之能救焉。"郑玄进一步解释诗义，认为《溱洧》诗中之男女已经发生了"淫佚之行"，他说："男女相弃，各无匹偶，感春气并出，托采芬香之草，而为淫佚之行。……士与女往观，因相与戏谑，行夫妇之事，其别则送女以勺药，结恩情也。"到了宋代，朱熹《诗经集传》则说："此诗淫奔者自叙之辞。"又说："郑卫之乐，皆为淫声。……卫犹为男悦女之辞，而郑皆为女惑男之语。"朱熹此说，实由《毛诗序》和郑玄《笺》有以启之。

其实，上巳节并不是郑国特有的节日，而是有着古老的传统。《周礼·春官·女巫》："女巫掌岁时祓除衅浴。"郑玄注说："岁时祓除，如今三月上巳，如水上之类；衅浴谓以香熏草药沐浴。"《论语·先进》也有类似的记载：孔子问弟子之志，其中曾点就希望过"暮春者，春服既成，冠者五六人，童子六七人，浴乎沂，风乎舞雩，咏而归"的生活，得到了孔子的赞许。蔡邕说："《论语》'暮春浴乎'，自上及下，古有此礼，今三月上巳祓于水溪，盖出于此也。"（《月令章句》）可知并不是因为郑国男女特别开放，上巳节本就是来源于上古的习俗。

汉代应劭对上巳节祓除水上的习俗做出了解释，他说：三月上巳之际，正当季节更替，阴气未尽，阳气萌动。这样的时节，人很容易生病，所以应到水边清洁以消弭致病因素。而且"巳者，祉也"，在此日清洁，既能除掉致病因素，又能祈求福祉降临。（《风俗通义·祀典·禊》）当然，应劭的解释只是一种说法，上巳节的真正成因我们目前已经无法判断，学界主要有"群婚遗俗""生殖崇拜""巫术遗留"等说法。

《溱洧》所记的三月上巳习俗，不但是先秦时期重要的民俗节日，在后世也颇为重要,而且,在原来的基础上,渐渐发展出新的习俗内容。《后汉书·周举传》载:"六年三月上巳日,(梁)商大会宾客,宴于洛水。"后汉时,三月上巳日有了水边宴饮的新节目。后来,更发展出"曲水流觞"之雅俗。《荆楚岁时记》说:"三月三日,士民并出江渚池沼间,为流杯曲水之饮。""流杯曲水"也称"曲水流觞",即置杯水上,任其漂流,杯子到谁面前谁就将它一饮而尽,然后赋诗一首,以为戏乐。著名的王羲之《兰亭集序》所记即是当时名士于上巳节时,在会稽山阴的兰亭聚会,曲水流觞,赋诗咏怀,成为流传千古的雅事。

然而,上巳节终究还是以男女游春相会为主要内容,毕竟生命是鲜活的,追求浪漫也是人的本性。东晋葛洪《西京杂记》载:"三月上巳……士女游戏,就此祓禊(音拂细)登高。"由于三月上巳,多值三月初三,魏晋以后,为了方便,就把上巳节改为三月三。(《晋书》卷二十九《礼志》)杜甫《丽人行》有:"三月三日天气新,长安水边多丽人。态浓意远淑且真,肌理细腻骨肉匀。绣罗衣裳照暮春,蹙金孔雀银麒麟。"这一天女子们打扮得非常美丽,于水边聚会游玩。

在讲究男女交往要符合礼法的时代,上巳节男女于水边相会,却在文人笔下演绎出一幕幕的浪漫邂逅。元代白朴在《墙头马上》的剧本中,就安排了未婚青年裴俊到洛阳城,于上巳节与李小姐相遇的情节。剧中前面部分裴俊便说出:"今日乃三月初三日,上巳节令,洛阳王孙士女,倾城玩赏。张千,咱每也同你看去来。"为他遇到李家小姐制造了条件。而李家小姐也有:"今日是三月上巳,良辰佳节,是好春景也呵!"然后感慨春闺之愁,女大不中留,已经自己发愁找如意郎君的事了。之后,李家小姐趴着墙头往外看,裴公子骑着马儿正欲观赏春园,四目相遇,一段恋情便展开了。

白朴让裴俊和李家小姐于上巳节邂逅相遇,成就姻缘,反映着三月上巳节男女相会的历史文化渊源。这一习俗,至今在不少地区尚有余韵可寻。如每年农历三月三、苗族的对歌、布依族的抛绣球等活动皆是。

由此可见,《溱洧》一诗还有记载和继承传统民族习俗的意义。

齐 风

东方未明

【原文】

东方未明,颠倒衣裳。颠之倒之,自公召之。

东方未晞,颠倒裳衣。倒之颠之,自公令之。

折柳樊圃,狂夫瞿瞿。不能辰夜,不夙则莫。

【译文】

东方还未露晨光,衣服错套腿脚上。颠三倒四这么慌,高层召他去一趟。

东方还未放光亮,裳裙错套头颈上。颠来倒去这么慌,高层命他去一趟。

防我出轨编柳篱,我那疯汉太无趣。没个良辰和好夜,没早没晚被叫去。

【解说】

先解释几个字词:1."晞",太阳将出。2."樊",篱笆,此处作动词用,编篱笆。3."圃",园圃。4."狂夫",女子骂她的丈夫。5."瞿瞿",瞿读具,瞪视的样子。6."夙",早。7."莫",音义同暮。

《毛诗序》说:"《东方未明》,刺无节也。朝廷兴居无节,号令不时，挈壶氏不能掌其职焉。"根据诗文，《毛诗序》的解说是有道理的。

这首诗是以一个当朝臣的妻子的口吻写的，讽刺朝廷办事没个章法节奏。这位朝臣经常在夜间被紧急叫去办事，为赶去应付公事，以致慌里慌张，颠倒衣裳，十分滑稽。因为没有时间陪妻子过夜，这位朝臣又疑神疑鬼，怕妻子耐不住寂寞，红杏出墙，所以又抽空折柳枝编篱笆。难道扎上篱笆，就可以防止妻子红杏出墙吗？这又显得十分愚蠢可笑。这位丈夫没早没晚地被叫走，公事太辛苦，生活太无趣。妻子经常独守空房，感到辜负了无数良辰和好夜。这首诗巧妙的地方在于，通过一个妻子的视角来述说朝臣颠倒衣裳、折柳编篱的愚蠢可笑行为，以此来影射朝廷无事忙、瞎折腾的荒谬不合理。读之令人喷饭，可谓妙绝！

我们来具体分析一下这首诗。诗的开头就交代了时间：凌晨时分，天还没放亮，一个人颠颠倒倒地乱穿衣裳，情形十分慌乱！为何如此慌乱？"颠之倒之，自公召之"，原来穿衣裳的人是个朝臣，现在是君主传唤他，他要赶去朝见办事。第二章只改易了首章的几个字，与首章连读起来，更显见君令的急遽，在这种情形下朝臣更是忙个不迭，颠倒错乱。第三章写朝臣另一种怪诞行为，他怕自己没时间陪妻子，妻子寂寞因而有出轨行为，"折柳樊圃"，平时抽空折柳枝编篱笆。编篱笆的时候，"狂夫瞿瞿"，瞪视妻子的屋子，满眼疑虑和不放心。所以女子骂她的丈夫是狂夫疯汉，埋怨道："没个良辰和好夜，没早没晚被叫去。"

诗中人如此慌乱狼狈，根本的原因就是朝廷"兴居无节，号令不时"。为什么这么说呢？因为人们的日常起居应该有规律，而按照当时的礼制规定，群臣上朝当"别色始入"，也就是天光由黑转白之际的黎明时分。而诗中说"东方未明"，"自公召之"，天还没见亮呢，公侯就派人来传召朝臣，不合常法。而作为臣子，"君命召，不俟驾行矣"。国君派人传唤召见，臣子应该立刻动身前往，如果没有备好车马，就直接先步行而去。诗中的朝臣本来还在睡梦中,听到君主召见他,立即要动身前往,情急之中不免颠来倒去,胡乱穿衣服,在妻子面前出乖露丑。如果这种情况偶尔发生,那可能是国家有紧急之事,还可以理解。但诗中说,"不能辰夜,不夙则莫",说明这种情况很频繁,丈夫经常不能好好在家过一个晚上,不是早出就是晚归,已经习以为常了。也正因为这样,身为丈夫的朝臣,才会担心自己不在家时,妻子会不会做出啥事情来。在这种心理的驱动下,丈夫才做出折柳编篱之事。

《孔子诗论》说:"《东方未明》有利词。"说这首诗有尖锐讽刺的话。的确如此,这首诗以诙谐、挖苦的语言,讽刺了朝廷的兴居无节。朝廷兴居无节,为害是非常大的。苏辙论道:"为政必有节。及其节而为之,则用力少而事举;苟为无节,缓急皆所以害政也。"为政不节,不按常法,或缓或急,都是非常有害的。"夫苟不知为政之节,则或失之早,或失之莫,常不能及事之会矣。以为尚早者为之常缓,以为已晚者为之常遽。缓者不意事之已至,而遽者不知事之未及,故其所以备患者常出于仓卒而不精。"(《诗集传·卷五》)该急的不急,则事到眼前就不能很好应对;该缓的不缓,过早地进行应对,情况很可能另生他变。应对失宜,措置无方。长此以往,国家能不乱吗?

春秋时期,君王和朝臣平日的作息,除了有"朝礼,别色始入"等礼制规定外,还有"一日四时"之说。据《左传》记载:鲁昭公元年,晋平公生病了,郑国派子产去聘问,顺便探问一下晋平公的病情。晋国大臣叔向问子产,晋平公的疾病是不是神灵作祟?子产回答说:"贵国君主的疾病,并不是由于神灵作祟,而是由于他自己的日常生活没有节制。我听说,君子一天的生活分为四个时段:朝以听政,昼以访问,夕以修令,夜以安身。这样才不会使身体衰弱。如果不明白这个道理,就会使百事昏乱。君王恐怕就是这样,因而才生病的。"子产的议论,虽然是就晋平公的病因而说的,却也反映出君王和朝臣所应遵循的、有条不紊的"一日四时"作息法。

　　从另一个角度看,诗中"东方未明,颠倒衣裳",虽然写的是朝臣狼狈穿衣上朝的情形,但正是由于这种不敢怠慢的态度,也反映出了臣子对君主的尊敬,以及对国事、公事的敬业精神。《说苑》卷十二记载了这样一个故事:魏文侯喜爱少子挚,想让他将来接位,就把太子击封到中山这个地方。三年之间,都没有派遣使者慰问。后来太子舍人赵仓唐,作为太子的使者去见魏文侯。魏文侯问了问太子的生活情况后,又问太子平时都在学什么,赵仓唐说:"主要的课业是学《诗》。"魏文侯就问:"那太子喜欢哪首诗呢?"回答说:"喜欢《晨风》《黍离》。"(《晨风》里有"未见君子,忧心钦钦,如何如何,忘我实多",暗示魏文侯把太子给忘了;《黍离》有"行迈靡靡,中心摇摇。知我者,谓我心忧;不知我者,谓我何求",表达太子的忧念。)魏文侯有所感动,就赐给太子一袭衣服,令赵仓唐在鸡鸣的时候赐给太子。赵仓唐回到中山,当鸡鸣时把魏文侯所赐之衣送给太子。太子打开装衣服的盒子一看,衣裳全是颠倒的。太子赶忙说:"赶紧备车,君侯召我回去呢。"赵仓唐说:"我见君侯时并没有得到这个命令啊。"太子说:"君侯赐我衣裳,不是为了御寒,而是为了传达召我回去的命令啊,所以让你到鸡鸣时再给我,《诗》曰:'东方未明,颠倒衣裳,颠之倒之,自公召之。'"这是国君在召见我啊!太子赶回了魏国国都。魏文侯见了大喜,认为太子贤明,于是就把太子留在国都,作为自己的继承人,而让少子挚出守中山。

　　这是一个正面理解《东方未明》这首诗的例子,它说明什么呢?尽管朝臣的妻子不能完全理解丈夫的行为,以为他愚笨可笑。但从臣子的角度讲,以国事为重,忠于职守,这是责无旁贷的,不能有丝毫的懈怠。从这个角度看,这样才是一位好朝臣。

魏 风

伐 檀

【原文】

坎坎伐檀兮，寘之河之干兮，河水清且涟猗。不稼不穑，胡取禾三百廛兮？不狩不猎，胡瞻尔庭有县貆兮？彼君子兮，不素餐兮。

坎坎伐辐兮，寘之河之侧兮，河水清且直猗。不稼不穑，胡取禾三百亿兮？不狩不猎，胡瞻尔庭有县特兮？彼君子兮，不素食兮。

坎坎伐轮兮，寘之河之漘兮，河水清且沦猗。不稼不穑，胡取禾三百囷兮？不狩不猎，胡瞻尔庭有县鹑兮？彼君子兮，不素飧兮。

【译文】

伐檀声音响满山，伐倒堆在河两岸，河水清清泛漪涟。不耕种来不收割，你怎储禾三百间？不出狩来不打猎，怎见你院挂猪獾？那些大人老爷们，不能白白吃闲饭。

车辐打造不间断，造好摆放在河畔，河水清清水路远。不耕种来不收割，你怎储禾千千万？不出狩来不打猎，怎见你院挂兽腱？那些大人老爷们，不能白白吃闲饭。

车轮打造不间断，造好摆放在河边，河水清清波光闪。不耕种来不收割，你怎储禾百仓满？不出狩来不打猎，怎见你院挂鹑雁？那些大人老爷们，不能白白吃闲饭。

【解说】

先解释几个字词：1."坎坎"，伐木声，拟声词。2."寘"，音义同"罝"。3."干",岸。4."稼",耕种。5."穑",音色,收获。6."廛",音蝉,一廛相当于一家上缴的收获物。7."三百",非实数,很多的意思。8."狩",本指冬猎,这里泛指打猎。9."貆",音环,兽名,指猪獾(音欢)。10."素餐",不劳而食。11."辐",车轮中集于轮毂上的辐条。12."直",水平流直。13."亿",禾把的数目。14."特",大兽。15."漘",音唇,水边。16."沦",微波。17."囷",音逡,圆形粮仓。18."飧",音孙,熟食。

此诗三章,其意略同。诗开篇即说,"坎坎伐檀兮,寘之河之干兮",叮叮当当砍伐檀树,将檀树放倒后,再将它弄到河边。古人很会利用周边的自然条件,通常会利用河水的流动来运输木材原料或木材制品。"河水清且涟猗",河水清澈流淌,微波荡漾,伐木的疲劳暂且得到了缓解。清爽的河风,泛泛而流的河水,让人感觉着大自然的美好。在享受这美好的同时,也引起了对生活的思考:"不稼不穑,胡取禾三百廛兮?不狩不猎,胡瞻尔庭有县貆兮?"都是人,为什么自己每日辛苦劳累仅能糊口,另一些人不劳动,却丰衣足食?回答说:"彼君子兮,不素餐兮。"

可是,后世由于对"彼君子兮,不素餐兮"的理解不同,造成了对整首诗诗旨的争议。这大体可以分为两派意见:

一派以汉代《毛诗序》为代表,认为此诗意在"刺贪",《毛诗序》说:"《伐檀》,刺贪也。在位贪鄙,无功而受禄,君子不得仕进耳。"认为诗中每章的最后一句是讽刺那些所谓的"君子"们白吃饭,不干事。我们认为,从诗文本身来看,《毛诗序》的意见是可取的。因为相对而言,讽刺诗在《诗经·魏风》中比重较大,讽刺可以说是魏地诗风特点之一。

但是,以孟子为代表的另一派,则秉持一种社会分工说,认为此诗是赞美君子们"不素餐"(不白吃饭)。《孟子·尽心上》载:公孙丑曾问孟子说："《诗》曰：'不素餐兮！'君子之不耕而食，何也？"从公孙丑的问话看，公孙丑提出的观点代表了当时一般人的看法，即认为此诗是抨击"君子之不耕而食"的。而与孟子同时而略早的农家许行，尊崇远古神农，主张"贤者与民并耕而食""种粟而后食"。他的思想主张受到了孟子的批评。孟子认为他不懂社会分工的重要性。在这个当口，公孙丑又提出类似的问题。所以，孟子便巧妙地转移话题。他不回答《伐檀》本意是不是指斥君子"不素餐"（不能白吃饭）的，而是强调君子的社会分工是"不素餐"（不是白吃饭的）。他说："君子居是国也，其君用之，则安富尊荣；其子弟从之，则孝悌忠信。'不素餐兮！'孰大于是？"孟子的意思是说：的确，君子们一般是不直接参与耕作的，但不等于他们是"素餐"（白吃饭）的。君子以其道德才智帮助国君治理好国家，对社会的贡献非常之大，理所应当得到更多的俸禄。

汉代的《孔丛子》也说："于《伐檀》，见贤者之先事后食也。"至宋，朱熹也赞同孟子之说，其《诗序辩说》谓："此诗专美君子之不素餐。"

《毛诗序》的"刺贪"说与朱熹所说的"美君子之不素餐"，又是一事之两面。二者并不构成实质的对立。因为所谓"刺贪"，是讽刺"素餐"（白吃饭）；所谓"美君子之不素餐"，是赞美君子"不素餐"（不白吃饭）的。但两者因为侧重点不同，也还是有所区别。区别便落在"彼君子兮，不素餐兮"的前一句上。强调此诗是"刺贪"，是讽刺"素餐"（白吃饭）的，那"彼君子"便是"假君子"了。强调赞美君子"不素餐"（不白吃饭）的，"彼君子"便是"真君子"了。

就一般而言，在将孟子与《毛诗序》的作者相比较时，我们会认为孟子"亚圣"更具权威性。但在此诗的解释上，应该说《毛诗序》的解释更符合《伐檀》一诗的本意。《伐檀》一诗反映了劳动人民对

"不劳而食"者一种带有讽刺性的感性情绪,这种情绪,可能不够理性,但这就是原始的诗歌。孟子的分析虽然很合乎理性,也很正确。但可能已经改变了此诗的本意。

讨论了以上两派意见后,我们再来看看其他家对《伐檀》"彼君子兮,不素餐兮"一句的理解。

作为鲁诗的传人,刘向在《列女传》卷一中记载了"齐田稷母"的故事。田稷担任齐宣王的相国,收受了下属官吏贿赂给他的大量财物。田稷要把这些财物送给自己的母亲。母亲说:"你出任相国三年,俸禄不应该有这么多,这些财物是恐怕是别人贿赂你的吧。"田稷回答说:"确实是收受属下的。"母亲说:"我听说,士大夫要洁身自好,不能随便收受人家的东西。应该诚心诚意地做事,不弄虚作假。不符合道义的事情,不要在心里盘算。不合理的利益,不要带回家里。应该言行一致,表里如一。当今国君给你高官厚禄,你应该以忠诚报答国君才是。臣子辅佐君主,就像儿子孝敬父亲。尽心竭力,忠诚不贰,效力国家,廉洁公正,这样才不会有祸患。而你却与此相反,做臣子不忠,就等于做儿子不孝。不义的财物,不是我应该拥有的,不孝顺的儿子,不是我的儿子。你走吧。"田稷羞愧地走出家门,退还了财物,并主动向齐宣王认罪,请求处罚。齐宣王听后,对田稷母亲深明大义大加赞赏,于是免除了田稷的罪责,并且拿出国家的钱财奖赏给田稷的母亲。

刘向讲完这个故事后,评论说:"君子谓稷母廉而有化。《诗》曰:'彼君子兮,不素餐兮。'无功而食禄,不为也。况于受金乎?"在刘向看来,所谓"素餐",就是食君之禄,不任君之事。用今天的话说,就是"白吃饭,不干事"。刘向认为,无功而食禄,已经是不对的。更何况收受下属的贿赂呢!

作为韩诗的代表,韩婴在《韩诗外传》卷二也讲了一个故事:李离是晋文公时期掌管刑狱的官。有一次断狱，李离听错了意见，错杀了人。当他知道后，就把自己捆绑起来，到晋文公面前请罪。晋文公说："官爵有贵贱，罪罚有轻重，是下属的罪过，不能怪你啊。"李离说："臣下身为官长，职位没让给下属；得到的俸禄很多，也没与下属分享。现在我错杀了人，却让下属替我担当，我从未听过这样的道理啊！"李离不接受晋文公的赦免。晋文公说："如果你认为自己有罪，那么同样，我也是有罪的。"李离说："违法就应受到惩处，惩处不当，就应该受死。您认为我能明辨是非，所以让我掌控刑狱，如今我因为偏听而错杀了好人，应当去死。"晋文公又劝解道："放弃官位职守，伏法背离职责，不是我所希望的。快回去吧，别再让我烦忧了。"李离说："政治昏乱国家就有危难，这是君主所担忧的；军队打败了而士兵又不听指挥，是将帅所担忧的。如果没有能力为君主做事，昏庸不明却还霸着官位不放，是无功而食禄。我不能这样做啊。"说完，就自刎而死。韩婴评价道："真是忠啊！《诗》曰'彼君子矣，不素餐兮！'说的就是李先生啊。"

由上面的引录看，各家对《伐檀》"彼君子兮，不素餐兮"这句话的理解，并没有本质的不同。但如果我们若将这两句话翻译成现代白话诗，那就要注意一些微妙之处的差别了。我们可以有两个翻译方案：（1）批评"彼君子"的翻译方案："那些大人老爷们，不能白白吃闲饭。"（2）表扬"彼君子"的翻译方案："那些真正的君子，不是白白吃闲饭。"我们认为，第一种翻译方案似乎更符合此诗的本意。

硕　鼠

【原文】

硕鼠硕鼠，无食我黍！三岁贯女，莫我肯顾。逝将去女，适彼乐土。乐土乐土，爰得我所。

硕鼠硕鼠,无食我麦!三岁贯女,莫我肯德。逝将去女,适彼乐国。乐国乐国,爱得我直。

硕鼠硕鼠,无食我苗!三岁贯女,莫我肯劳。逝将去女,适彼乐郊。乐郊乐郊,谁之永号。

【译文】

大老鼠啊大老鼠,不要再吃我种的黍。多年血汗把你喂足,我的死活你却不顾。我发誓从此离开你,去寻找快乐的所在。到那快乐的所在,才能让我留下来。

大老鼠啊大老鼠,不要再吃我种的麦。多年血汗让你气派,却从未得你好对待。发誓从此将你甩开,去寻找快乐的所在。找到快乐的所在,才能承载我未来。

大老鼠啊大老鼠,不要再吃我栽的苗。多年血汗把你喂饱,千辛万苦有谁慰劳。我发誓从此离开你,去寻找快乐的所在。那个快乐的所在,到底它在哪一块?

【解说】

先解释几个字词:1.“硕鼠”,大老鼠,此处指剥削无度的统治者。2.“三岁”,言其久也。3.“贯”,宦的假借,侍奉,养活。4.“逝”,通“誓”。5.“去女”,离开你。6.“爰”,乃,就。7.“所”,安居之处。8.“德”,感激。9.“直”,合宜之地。10.“劳”,慰劳。11.“永号”,长叹。

古今学者对这首诗的理解基本上是一致的,认为它是讽刺在上位者的贪取重敛。《毛诗序》说:“《硕鼠》,国人刺其君重敛,蚕食于民,不修其政,贪而畏人,若大鼠也。”朱熹的意见只是略有不同。他说:“此亦托于硕鼠以刺其有司之词,未必直以硕鼠比其君也。”(《诗序辨说》)

朱熹认为此诗是讽刺所有贪官的，未必专讽刺国君一人。朱熹的意见更为可取。在我们看来，此诗讽刺贪官，入木三分，是古今讽刺贪官最好的一首诗。正因为如此，后世人们将大贪官比作"硕鼠"。

老鼠贪婪而丑陋，又喜欢偷食，是人人都厌恶的动物。厚聚重敛的在上位者，同老鼠的这种行为类似。用"硕鼠"比喻在上位的贪官，表达了人们对他们的憎恶之情。那些贪官贪得无厌，对于下层人民没有任何恩德："三岁贯女，莫我肯顾。"我多年辛苦地养活你，你却一点都不顾念我。你既然如此不顾我的死活，我还留恋你什么，"逝将去女，适彼乐土。乐土乐土，爰得我所！"我要离开这里，去寻找另一个安身的地方，那里是个幸福的所在，不会让我服繁重的劳役，不会把我的收获全部夺走。一家老小，其乐融融。只有在这样的地方，人们才愿意永久居住下来。此诗分三章，反复咏叹，意思相近。最后一章末句，"乐郊乐郊，谁之永号"，乐郊令人无限向往，但现实中却并不存在，怎能不长叹悲号？读来令人唏嘘。

在上位者贪取暴敛，下面民众虽然暂时不一定反抗，但早已离心离德。如果得到机会，就会离开，不再为他们服务，甚至还会推翻他们。据《左传》记载，晋灵公就喜欢聚敛，他不断增加人民的赋税，以满足自己的种种奢侈，甚至连宫墙都是雕饰过的。他的暴政，搞得民怨沸腾。所以当他被大臣杀死的时候，并没有引起多少人的同情。

《左传·襄公十四年》记载了这样一段话：师旷陪侍在晋悼公旁边。晋悼公说："卫国人驱逐了他们的国君，不是太过分了吗？"师旷回答说："应该说是他们的国君太过分。一个好的国君，应该奖善罚恶，爱民如子，像天地一样庇护和包容人民。这样，人民对于国君，就会像爱父母一样来爱他，像敬日月一样来敬他，像崇拜神一样来崇拜他。如果是这样，人民怎么会把他驱逐出去呢？反之，如果国君使民众的生活困乏，百姓看不到希望，国家没有像样的主宰，那他还有什么用呢？不驱逐他，还留着他干什么呢？"师旷这段话，是针对卫国人驱逐卫献公而发的议论，从中可见当时人对暴敛之君的态度。

唐代曹邺在出任洋州刺史时，看到吏治腐败、官员内贪外刮，百姓挣扎于困苦之中。曹邺非常愤慨，写下了有名的《官仓鼠》："官仓老鼠大如斗，见人开仓亦不走。健儿无粮百姓饥，谁遣朝朝入君口。"他用这首诗谴责了大大小小的贪官污吏。这是继《硕鼠》之后，又一篇有名的讽刺贪官的诗。

历代都有暴敛之政，通达事理的人都知晓暴敛之害，所以每每朝廷敛赋过重，都会有贤者站出来陈说利弊。元代陆文圭有一篇《流民贪吏盐钞法四弊》，就深切地谈到这个问题，他在此文中引《硕鼠》为说。今摘其大意如下：现在天灾流行，国家虽有措施，但首要的还是选用合适的官员。过去的好官治理地方，实行许多惠民、利民政策，如通畅河流，修筑堤防，课业农桑，增储社仓，所以民众能够安居乐业，不会流离他乡。即便遇上水旱之灾，也没什么大害。所以选择地方父母官能不慎重吗？"本固邦宁"，只有老百姓的日子好了，国家才能真的安定富强。如果能够减轻人民的负担，让人民安居乐业，谁又会背井离乡，流离失所呢？而现在国家的情况是，前面的赋税还未减免，后面的赋税项目又在增添，不顾及眼前应该解决的农民吃饭问题，专兴起无关痛痒的工程项目。对于人民来说，真可谓是"此邦之人，莫我肯穀"。如果这样，将来势必会"逝将去女，适彼乐郊"。为政要体恤人民，体恤人民要抓住根本。这根本之一就在于减轻人民的负担。（《墙东类稿》卷四）陆文圭此论鞭辟入里，可是终元一代，都没有被实际采纳。元代很快就被推翻了，这同赋税过重有很大的关系。

唐　风

蟋　蟀

【原文】

蟋蟀在堂，岁聿其莫。今我不乐，日月其除。无已大康，职思其居。好乐无荒，良士瞿瞿。

蟋蟀在堂，岁聿其逝。今我不乐，日月其迈。无已大康，职思其外。好乐无荒，良士蹶蹶。

蟋蟀在堂，役车其休。今我不乐，日月其慆。无已大康，职思其忧。好乐无荒，良士休休。

【译文】

蟋蟀进堂来避寒，一年转眼到年关。今我再不去行乐，整年时光便过完。娱乐该有莫过度，需想自己的职务。玩乐不能废事业，良士自警不松懈。

蟋蟀进堂来避寒，一年转眼要过完。今我再不去行乐，时光一去不回返。娱乐该有莫过度，需想该学的事物。玩乐不能废事业，良士勤奋不松懈。

蟋蟀进堂把寒避，外出车马已止息。今我再不去行乐，大好时光要逝去。娱乐该有莫过度，需忧竞争的残酷。玩乐没有废事业，良士成功心喜悦。

【解说】

先解释几个字词：1."蟋蟀在堂"，《豳风·七月》篇说："七月在野,八月在宇,九月在户,十月蟋蟀入我床下。"周代建子,建子就是以农历十一月为次年正月。所以蟋蟀登堂入户,指的是农历九月,时已接近岁暮。2."聿",音玉,语助词。3."莫",通"暮"。4."除",去。5."已",甚,过度。6."大康","大"读"太";"康",安乐。7."职",常、尚。8."居",担任的职责。9."荒",荒废。10."瞿瞿",瞿,读惧,惊顾的样子,这里是警惕的意思。11."迈",行,逝去。12."外",苏辙《诗集传》:"既思其职,又思其职之外。"13."蹶蹶",动作勤勉之貌。14."役车",服役的车子。15."慆","滔"的借字。滔滔是江水流行之貌,这里指时光流逝。16."忧",可忧之事。17."休",美也,又有喜悦之意。

  《蟋蟀》是《诗经·唐风》的第一篇。唐地相传是唐尧的故地。周成王十年,封其弟叔虞于唐。朱熹在《诗经集传》中指出:"(唐)其地土瘠民贫,勤俭质朴,忧深思远,有尧之遗风。"此诗所反映的正是这种风格。"蟋蟀在堂,岁聿其莫",堂屋之内听到了蟋蟀的鸣叫声,转眼已到了年末。"今我不乐,日月其除",一年来劳作不休,没有出去游乐过。我现在若再不出去游乐,这一年过得也太苦了,因而有了想出去玩一玩的念头。然而,转念一想,又自己教育自己,不要忘记自己的职责,不能因为玩乐影响和荒废事业。二章、三章与首章相比,虽只变易几个字词,但层次渐深。说良士的思考,从首章的职务之内,扩大到职务之外,以及将来的忧患。这样良士才能由"瞿瞿"的自警(首章),经"蹶蹶"之的自勉(二章),而得"休休"之愉悦(三章)。三章反复劝勉,既可自儆,亦可儆人。

  《孔子诗论》评论此诗说:"《蟋蟀》知难。"《蟋蟀》的诗意在于知生活的艰难。因为人之性情莫不好乐,如果因为追求快乐而荒废事业,必将有忧患之事。此诗劝人思其业内之事,也思其业外之事,并能怀忧思远。如果诗人不知生活之艰难,便不会有此劝勉之辞。此诗作为

《唐风》，写于唐尧故地，亦可知唐尧的文化遗风了。据《左传·鲁襄公二十九年》记载，当时的音乐理论家吴国公子季札来鲁国访问，在鲁国欣赏周乐，当他听到演唱《蟋蟀》时，便说："思深哉！其有陶唐氏之遗民乎？"汉代的《孔丛子》一书也记载孔子之语说："于《蟋蟀》，见陶唐俭德之大也"。

然而，《毛诗序》却说："《蟋蟀》，刺晋僖公也。俭不中礼，故作是诗以闵之，欲其及时以礼自虞乐也。"按《毛诗注疏》，晋僖公应是晋僖（厘）侯之误，名司徒，是晋国第七任国君，时未称公。史籍中并没有关于他的生平事迹的记载，不知《毛诗序》此说由何而来。

其实，从诗文本身并不能看出讽刺的意味来，所以南宋的王质又提出，此诗是士大夫交相警诫之辞（《诗总闻·卷六》)，但也没有确凿的证据。

《蟋蟀》一诗所表达的对待生活的态度，向来为人们所称许，并以之为教诫。《左传·鲁襄公二十七年》：郑伯享晋国大臣赵文子于垂陇，郑国大夫们赋诗，其中印段赋了《蟋蟀》一诗。赵文子听后赞叹道："真是好啊。印段可谓保家之主啊。我在你身上看到了希望。"赵文子通过印段赋《蟋蟀》，断定印段家族将来会兴盛很久。

古代皇帝常常欲乐无度，上有所好，下必甚焉，风俗往往坏堕。这时，《蟋蟀》便可成为温婉的谏言。据《旧唐书》记载：唐中宗多次举办宫廷宴乐聚会，一次他令参加的近臣和修文的学士们模仿乐伎，以为笑乐。当时，官为工部尚书的张锡模仿谈容娘舞，官为将作大匠的宗晋卿模仿浑脱舞，官为左卫将军的张洽模仿黄麕舞，官为给事中的李行言模仿歌伎演唱《驾车西河曲》，还有的近臣学和尚诵经、学道士祝祷，等等。众人都很愉悦欢快。（我们现在的电视文艺节目中有"模仿秀"，唐中宗当时的娱乐方法，就有一点像"模仿秀"。）这场"模仿秀"再往下进行就轮到了郭山恽那里，郭山恽当时是国子司业，是当时最高学府国子学的管事。他说：我不会什么技艺，就赋两首诗吧，于是赋了《诗经》中的《鹿鸣》和《蟋蟀》。《鹿鸣》是讲君臣燕饮的，虽然也是其乐融融，但其中自有礼仪风度。而《蟋蟀》一诗却是劝诫"好乐无荒"的。所以，他的诗还没有赋完，官为中书令的李峤就出面制止说：得，得。这也太煞风景了。圣上要大家娱乐一下，你却出来教训我们，你是有意忤旨吧？这下弄得大家不好收场了。唐中宗也觉得没面子。所以第二天便下诏大大表彰郭山恽，说他"业优经史，识贮古今，八索九丘，由来遍览。前言往行，实所该详。昨者因其豫游式宴，朝彦既乘欢洽，咸使咏歌，遂能志在匡时，潜申规讽，謇謇之诚弥切，谔谔之操逾明，宜示褒扬，美兹鲠直，赐时服一幅"。就这样，唐中宗通过表彰郭山恽，给自己找了一个台阶下。

直到清代，康熙皇帝的《圣祖仁皇帝庭训格言》中也还引《蟋蟀》一诗作为对儿孙的训诫。其"训曰：尝谓四肢之于安佚也，性也。天下宁有不好逸乐者？但逸乐过节则不可。故君子者，勤修不敢惰，制欲不敢纵，节乐不敢极，惜福不敢侈，守分不敢僭，是以身安而泽长也。《书》曰：'君子所其无逸。'诗曰：'好乐无荒，良士瞿瞿。'至哉，斯言乎！"乾隆皇帝在《题九阳消寒图》中也写了一首诗，发扬《蟋蟀》之意说："《唐风》读罢岁云休，好乐无荒共酢酬。腊鼓喧鸣春草发，分阴谁惜白驹流？"（《御制诗集·初集》卷二十三）足见《蟋蟀》一诗影响之大。

古今中外，因为逸乐无节而毁灭的君王太多了，这样的教训在古代中国有很多，如商纣王、唐明皇、隋炀帝等都是这样的人。这些都是大家熟悉的例子，这里就不多说了。这里我们讲一个公元前三千年西亚地区的亚述帝国的最后一位君王，这位君王的名字叫萨丹纳帕路斯，早年英武有为，后来却骄奢淫逸。他感慨生命苦短，在他活着的时候，就替自己写下了这样的墓志铭："我曾为王，只要在我还能见到阳光之时，我就得吃喝玩乐。须知人生短暂，变幻莫测。须知别人将在我身后留下的位置上获得益处，所以我一天都不能放弃寻欢作乐。"最终，他为自己的荒乐无度付出了巨大的代价，他被民众杀死，国家也灭亡了。

所以，《诗经·蟋蟀》是以诗的语言讲出了"生于忧患，死于安乐"的道理。

有杕之杜

【原文】

有杕之杜，生于道左。彼君子兮，噬肯适我。中心好之，曷饮食之？

有杕之杜，生于道周。彼君子兮，噬肯来游。中心好之，曷饮食之？

【译文】

孤伶伶杜梨一棵，生长在道路左侧。那个贤良的君子，不知肯否来见我？既然心中喜爱他，何不请他吃饭么？

孤伶伶杜梨一棵，生长在道路右侧。那个贤良的君子，不知肯否来会我？既然心中喜爱他，何不请他吃饭么？

【解说】

先解释几个字词：1."有杕"，杕音第，"有杕"相当于"杕杕"，孤独特立的样子。2."杜"，杜梨，果小而酸。3."道左"，道路左边。4."噬"，音是，发语词。5."适"，之，到。6."曷"，何不。7."饮食"，饮之食（音四）之，以酒食款待。8."道周"，道右。《释文》："周，《韩诗》作右。"9."游"，到访。

此诗共两章，每章六句，意思相同。开头均以杕杜为比兴。"有杕之杜，生于道左"，看那道路外面的杜梨树，孤独特立，就那么一棵。在此以杜梨喻诗人自己。"此人好贤而恐不足以致之，故言此杕然之杜生于道左，其荫不足以休息，如己之寡弱不足恃赖。"（《诗经集传》卷三）"彼君子兮，噬肯适我"，那个贤良的好君子，可否会到我这里做客？充满了对贤者来访的期待。然而转念一想，自己对贤者的切盼，那位贤者未必知道，既然真心喜爱他，为何不主动备宴来邀请他呢？

此诗所表达的是对贤者的喜爱之情。目前可见最早的对这首诗评论的是《孔子诗论》，其中说："吾以《杕杜》得雀（爵）【服之不可轻也，民性固然，】……如此可，斯雀（爵）之矣，御其所爱，必曰：吾悉舍之，宾赠是已。""《杕杜》则情，喜其至也。"《孔子诗论》所说的《杕杜》就是这首诗。我从《杕杜》的诗中得到爵（位不可轻视的道理，人们的性情就是如此。）……如果这样可以的话，那就给他爵位，他在迎接他所爱重的人的时候，一定会说："我愿意把一切都舍掉，全赠送给你。"又说，《杕杜》这首诗，表达的是贤者来访时的快乐心情。

《孔子诗论》从人的性情出发认为：平常人接待他所喜爱的人，会拿出美酒美食来款待他；那在上位的统治者喜爱贤者，就应该给予贤者以爵禄，以彰显对他的敬重。只有贤者得到了敬重，才能真正留下来辅佐他。由此诗得出爵禄不可轻视的道理，即爵位不可不与人，也不可轻与人。

为君之道，重在用人。人君首要之事就是选择和任用贤者，如果不选贤以辅己，刚愎自用，难免因虑事不周而犯下错误。《毛诗序》在解读此诗的时候，是从相反的这一面看的："《有杕之杜》，刺晋武公也。武公寡特，兼其宗族，而不求贤以自辅焉。"认为这首诗讽刺的是君主的寡特，并将它落实在晋武公身上。为什么以晋武公为典型呢？这里有一个很长的故事。

西周灭于周幽王，其后周平王宜臼东迁洛阳，与此同时，王子余臣也自立为周王，史称"携王"，此时周二王并立。晋文侯杀携王，为帮助周王室平定内乱立下了大功。周平王给予晋文侯很厚的赏赐。《尚书·文侯之命》即说此事。晋文侯有个弟弟叫成师，也是一位优秀的人物。晋文侯去世，其子即位，为晋昭侯。晋昭侯封他的叔叔成师于曲沃，号曲沃桓叔。当时曲沃比晋国的都邑翼城还要大，由此埋下了日后动乱的伏笔。曲沃桓叔就是晋武公的祖父。这一分支，对于晋宗室而言，是小宗。晋武公先是继承父祖之业，成为曲沃君，后率军攻伐晋国，以小宗攻大宗，最后吞并了晋国，取而代之，是为晋武公。在吞并晋国的过程中，晋武公以臣子和小宗的身份，杀死了三个身为大宗的晋国国君，所以有"兼其宗族"的说法。至于他是不是"不求贤以自辅"，史无明文，不得而知。

清代《御纂诗义折中》就不完全赞成《毛诗序》的说法，认为："《有杕之杜》，美好贤也。武公以篡得国，诸侯不与也。然以逆取之，能以顺守，知立国在于得人，故欲君子见辅而饮食之。虽其心未必一出于正，而其迹则与中心好贤者无异。盖亦有足多者，故诗人美之也。厥后晋之卿材辈出，如狐、赵、栾、郤（音细）、荀、范、韩、魏之祖，皆起于武、献之间。文公、悼公借众贤之力以相继，为伯于天下，武公启之也。以逆取国，故卒有瓜分之祸；以顺守之，故递主中夏之盟。"我们以为，这个论说有史事可以佐证，比较合理。

"求贤以自辅"，是君主的治国良方。唐太宗李世民就根据自己的治国经验，写了《帝范》一书，"求贤"就被列在卷一的第三条，而它前面的是"君体第一""建亲第二"。在"求贤"这条之下论道："夫国之匡辅，必待忠良。任使得人，天下自治。……是明君旁求俊乂，博访英贤，搜扬侧陋。"他总结古代明哲之君的经验，说这些君主一定是

"旁求俊父，博访英贤，搜扬侧陋"，使天下贤才都被网罗在自己手下，这样天下就会大治了。他接着举了历史上齐桓公等几个著名的例子后，感叹道："舟航之绝海也，必假桡楫（音饶集）之功；鸿鹄之凌云也，必因羽翮（音合）之用；帝王之为国也，必藉匡辅之资。"就像船渡大海，必须要借助船桨；鸿鹄要凌云翱翔，必须要凭借翅膀；帝王要治理国家，必须借助贤才相帮。

"求贤以自辅"，也是官长治理地方的方法所在。《孔子家语·辩证》记载：宓子贱治理单父，得到百姓的爱戴。孔子问宓子贱："你治理单父，百姓都爱戴你，那请你说说，是什么方法让你得到百姓的拥护呢？"宓子贱回答说："我让人民父慈子爱，收养孤寡，凡人有丧我都致哀。"孔子说："很好。但这是小节，只能让小民亲附，要达到现在的治理效果，显然是不够的。"宓子贱又说："我父事者三人，兄事者五人，友事者十一人。"孔子又说："好是好，可还是不够。"宓子贱又说："这里有五个人比我贤能，我敬重他们，并听从他们的教导，他们都会告诉我治理单父的方法。"孔子大加赞叹说："这才是你成功的根本方法啊！过去尧舜治理天下，就是广求贤才以自辅。贤者，是百福的根源，是神明的主宰呀！可惜啊，让宓子贱管理的地方太小了啊！"

贤友也是个人进德修业的良药。曾子曾说："君子以文会友，以友辅仁。"（《论语·颜渊》）孔安国解释说："友相切磋之道，所以辅成己之仁。"如果不这样，便会"独学而无友，则孤陋而寡闻"（《荀子·学记》）。一个人只知自己埋头苦干而不和朋友切磋，见闻就不会广，认知也不会深刻。所以，一个人怎么能少了贤良的师友呢？

秦 风

蒹 葭

【原文】

蒹葭苍苍，白露为霜。所谓伊人，在水一方。溯洄从之，道阻且长；溯游从之，宛在水中央。

蒹葭萋萋，白露未晞。所谓伊人，在水之湄。溯洄从之，道阻且跻；溯游从之，宛在水中坻。

蒹葭采采，白露未已。所谓伊人，在水之涘。溯洄从之，道阻且右；溯游从之，宛在水中沚。

【译文】

莽苍苍一片芦苇荡，白花花一层露结霜。我梦境中的那个人，或在这湖水的一方。我驾舟逆流去寻她，芦苇阻隔水道漫长。我驾舟顺流去寻她，仿佛她就在水中央。

碧萋萋一片芦苇帐，露滴滴挂在叶面上。我梦境中的那个人，或在这湖岸的一方。我驾舟逆流去寻她，芦苇阻隔七湾八梁。我驾舟顺流去寻她，仿佛她就在汀洲上。

光采采一片芦苇浪，露闪闪苇浪泛银光。我梦境中的那个人，或在这湖边的一方。我驾舟逆流去寻她，芦苇丛丛左阻右挡。我驾舟顺流去寻她，仿佛她就在岛屿上。

【解说】

先解释几个字词：1."蒹葭"，芦苇。2."苍苍"，茂盛貌。

3."伊人",犹言彼人。指诗人所思念追寻的人。4."溯洄",溯音索,逆流而上。5."从",跟随,这里是追寻的意思。6."阻",阻隔,障碍。7."溯游",顺流而下。8."宛",仿佛。9."萋萋",犹"苍苍"。10."晞",音昔,干。11."湄",音眉,水草相接处。12."跻",音基,本义为升、登,这里指难攀。13."坻",音迟,水中小洲。14."采采",明灿的样子。15."涘",音似,水边。16."右",周,盘旋回曲。17."沚",水中小块陆地。

  这是《诗经》中意境最为独特,也是最美的诗之一。"蒹葭苍苍,白露为霜",深秋之晨,天气寒凉,湖边芦苇青苍繁茂,苇上露水凝成薄霜,构造了一幅清寂的景象。"所谓伊人,在水一方",在白雾弥漫之中,依稀看到朝思暮想的"伊人",仿佛在水中的某个地方。这"伊人"到底是谁,诗中没有交代,也许是企慕已久的贤才,或许是倾慕已久的美人。"溯洄从之,道阻且长;溯游从之,宛在水中央",逆流而上去追寻,水道漫长,重重阻隔,终不可达;顺流而下去寻她,道路虽然顺畅,但"伊人"却似有还无,缥缈难寻。百般寻觅,终归不得。诗人是怅然的,然而这浓浓的怅惘之情,又化在淡淡的薄雾之中,让人感觉到的是"伊人"的虚幻朦胧,神秘莫测。

  这世间,最美的东西都是不可追寻的。也正是因为它的不可追寻,才承载了各种幻想,幻化为各种美的意象。不可追寻不意味着不能追寻,只有在追寻之中,才更能认识其超凡脱俗、不可亵渎的美。到此种境界,即便怅然,也还自我欣赏理想中的"伊人"的美丽。

  由于《蒹葭》一诗,景色、人物都写得很虚,追寻的原因也未提及,所以很难将它与现实的事件对应起来。但正因为如此,它才成为了一种象征。"溯洄从之,道阻且长"和"溯游从之,宛在水中央",有一种历经宛转曲折,却又百求不得的怅惘。然而《蒹葭》并不渲染失落的惆怅,也许诗人早知这世上本来就有求而不得的事物吧。这又是一种人生境界。反复咏读，只觉得如入太虚幻境，飘飘欲仙，滋味难以穷尽。

下面让我们来看古人是如何体味这首诗的。《毛诗序》说："《蒹葭》，刺襄公也。未能用周礼，将无以固其国焉。"郑玄《笺》补充说："秦取周之旧土，其人被周之德教日久矣，今襄公新为诸侯，未习周之礼法，故国人未服焉"。说这首诗是讽刺秦襄公不习周人礼仪，而有夷狄之风。我们先看看《毛诗序》的解说背景：秦人祖居东方，西周初年西迁，游牧于渭水流域。后因非子（人名）养马有功，被周孝王封为"附庸"，当时秦还不是一个诸侯国。到秦襄公这一代，因为周幽王烽火戏诸侯，又废申后，立褒姒，最终导致他被杀死在骊山脚下。秦襄公审时度势，在周人避犬戎之难、东徙洛阳之时，以兵护送周平王。周平王感念其恩，封秦襄公为诸侯，将岐山以西的地方赐予他。岐山故地本是周人旧土，是礼乐教化之地。而秦人久居戎狄之间，民风粗犷，向来被中原人以夷狄视之。

在这样的背景下，《毛诗》一派学者认为，《蒹葭》所反映的就是秦襄公因为不懂周礼，渴求贤人辅助而不得。"在水一方"，采用的是假喻，以言贤人之远；"溯洄从之"，表示秦襄公求贤的方式违逆礼仪，所以往求之而不能得见；"溯流从之"，说的是顺礼以求，则宛然而见，近而易得。（《毛诗注疏》卷十一）

自《毛诗序》说秦襄公不能以礼求贤，后世诸多解说都循此一途。至南宋朱熹解《蒹葭》一诗，学者观念方为之一变。他认为，此诗"言秋水方盛之时，所谓彼人者，乃在水之一方，上下求之而皆不可得。然不知其何所指也"。（《诗经集传》卷三）在朱熹看来，《蒹葭》一诗的字面意思比较好理解，但此诗所指为何事，寓意何在，并不知晓。这就间接否定了《毛诗》一派的看法，不再将此诗硬与秦襄公相联系了。朱熹之后，学者又有种种的解说，有人将它看作"情诗"，有人认为此诗意在"求友",有人认为它所反映的是"祭祀水神"的情景,等等。然皆无确切的根据。

我们以为,既然诗中没有实指,也不必强求实事。即便此诗确是诗人因事有所感发,然在此诗中,也已经生成为一种意象,一种人生的情境。诸多类似的情境,都能够在这首诗中得到再现,如追求恋人而不得,追求理想而不得,追求某种顿悟而不得,等等,都可用此诗的意象来作比喻。这种意象所表达的,与其说是一种苦恼,不如说是一种愉悦,正如钱锺书所说:"夫悦之必求之,然惟可见而不可求,则慕悦益至。"(《管锥编》)

一首美的诗,总会给人以一种美的享受。历代诗家对此诗多有推崇的评论,如明代钟惺在《诗经评点》中说:"(《蒹葭》)异人异境,使人欲仙。"清代方玉润在《诗经原始》中说:"三章只一意,特换韵耳。其实首章已成绝唱。古人作诗,多一意化为三叠,所谓一唱三叹,佳者多有余音。"

评点之外,化用《蒹葭》之意境的诗也颇为不少。仅举一例:元代黄镇成《秋风诗》:"秋风浙浙生庭柯,萧萧木落洞庭波。红树夕阳蝉噪急,白苹秋水雁来多。王孙不归怨芳草,山鬼欲啼牵女萝。蒹葭苍苍白露下,望美人兮将奈何。"(《秋声集·卷三》)清人王士禛称赞此诗"甚有风调"。《四库全书总目》作者也认为黄镇成的诗"秀骨出于天成,故霞举云骞,自然隽逸,固非抗尘走俗者所可及"。善作诗者,当善学诗。学好诗,则有好意境。

陈 风

衡 门

【原文】

衡门之下，可以栖迟。泌之洋洋，可以乐饥。

岂其食鱼，必河之鲂？岂其娶妻，必齐之姜？

岂其食鱼，必河之鲤？岂其娶妻，必宋之子？

【译文】

架起横木权作门，栖息其间不觉贫。泌泉水盛风光好，游乐也能忘饥馑。

如果我要吃鱼汤，何必定是黄河鲂？如果我要娶妻子，何必定娶齐姜女？

如果我要吃鲜鱼，何必定是黄河鲤？如果我要娶妻子，何必定娶宋国女？

【解说】

先解释几个字词：1."衡门"，"衡"是"横"的假借字，架起横木为门，以喻最简陋的居室。2."栖迟"，栖息。3."泌"，音必，陈国泌丘地方的泉水。4."洋洋"，水流盛大的样子。5."乐"，《韩诗》此句作"可以疗饥"，此处"乐"或为"疗"的借字。6."鲂"，音防，鱼名，形似鳊鱼。鲂鱼和鲤鱼在当时被当作最好的鱼。7."取"，娶。8."齐之姜"，齐国在当时的诸侯中势力非常大，齐国国君为姜姓，"齐之姜"就是齐国姜姓的贵族女子。9."宋之子"，宋国是殷商的后代，国君为子姓，"宋之子"就是宋国子姓的贵族女子。

《毛诗序》说："《衡门》，诱僖公也。愿而无立志，故作是诗以诱掖其君也。"诱是开导的意思，掖是扶持的意思。《毛诗序》作者认为，陈僖公为人谨慎厚道，但在治国上却无大志，诗人因而写诗开导他。郑玄依此解释道："'衡门之下，可以栖迟'，云贤者不以衡门之浅陋则不游息于其下，以喻人君不可以国小则不兴治。""岂其食鱼，必河之鲂（鲤）？岂其娶妻，必齐之姜（宋之子）？"以为陈国虽小，如果能够得到好的治理，同样可以有所成就，不一定非要像大国那样气派堂皇。（《毛诗注疏》卷十二）

《衡门》是《陈风》之一，《毛诗序》所言有其历史背景。陈国是周武王最早分封的诸侯国，本为虞舜之后。在西周时期，陈国早期几位君主励精图治，发挥自然环境和地理条件的优越性，国力尚较强盛。春秋以后，陈国政治不断出现问题，国力渐衰。齐国称霸时，陈国依附于齐国。楚国称霸时，陈国又被迫依附于楚国。城濮之战后，晋国成为盟主，陈国又依附于晋国。此时陈国国小力衰，夹在强国之间，时常遭受侵犯，生存艰难。一直到后来，陈国也没有一位君主能引领国家走向强盛，结果被楚国所灭。《毛诗序》认为，《衡门》这首诗，就是陈国的贤士大夫讽喻国君的诗，希望国君能自立自强，不要将大国作为靠山。

我们认为，《毛诗序》的解说并非无稽之谈。因为诗中所言"齐姜""宋子"，正指女子"族类之贵，足为系援"，并非指女色之美。此诗所论含有政治势力的考虑，以及作者独到的政治见解。

但是，后世解诗者将此诗作了另一种解释。朱熹认为："此隐居自乐而无求者之辞。言衡门虽浅陋，然亦可以游息；泌水虽不可饱，然亦可以玩乐而忘饥也。"（《诗经集传》卷三）由于这种解读与个人的修心养性有关，因而广为流行。不过，朱熹的这个说法并不是他的新发明，早在《韩诗外传》和《列女传》中，就已经有了这种解读的方向。

据《韩诗外传》卷二记载：子夏读《诗》已毕，孔子问他："你为什么这么看重《诗》呢?"子夏回答说:"《诗》对于人间万事,像日月一样让世界明亮,像星辰一样繁而不杂。它承载着尧舜之道,蕴涵着三王之义。我学习了这些大道理之后,即便穷居在茅草屋里,也会弹琴来歌咏它,有人欣赏就与人同乐,无人欣赏也乐在其中。《诗》足以能发愤而忘食,这正如《衡门》一诗所说:'衡门之下,可以栖迟;泌之洋洋,可以疗饥。'"孔子听后,赞叹道:"现在可以与你谈论《诗》了!"子夏从《衡门》这首诗中,体悟到了安贫乐道的生活哲理。

刘向《列女传》卷二讲了一个类似的故事。楚国的老莱子是道家创始人之一,他不愿受人官禄,为人所制,携带妻子隐居山林。居处非常简陋,生活十分艰苦,以至于用捆成束的芦苇做墙,用蓬草盖成屋,用木头做成床,上面垫上蓍草当作席子。两人都穿着破袍子,整日劳作于山田中。楚王听说老莱子是贤人,就亲自驾车聘请他,正逢老莱子在家编簸箕。楚王说明来意,要聘他做官,老莱子推辞不去。楚王又说希望他再考虑考虑。老莱子说:"好。"楚王离去后,老莱子的妻子从外面拾柴回来,问道:"家门口怎么这么多车马的痕迹?"老莱子说:"是楚王来了,他希望我能出仕。"妻子就问:"你答应了吗?"回答说:"是啊。"老莱子的妻子就说:"我听说,能用酒肉养你,就能用鞭子抽你。能授予你官禄,就能砍下你的头。你现在要吃人家给的酒肉,接受人家的官职,就会为人所制。将来能免于祸患吗?我可不想受制于人。"说完就要离开。老莱子说:"你快回来,我改变主意了。"夫妻两个就又逃走了,一直逃到江南穷僻之处。那里虽然穷僻,然而跟随他们居住的人越来越多,慢慢地便成了一个大村落。君子们评价老莱子的妻子有智慧。认为《诗》中"衡门之下,可以栖迟,泌之洋洋,可以疗饥",说的正是这种德行。

陶渊明不为五斗米折腰,挂冠弃官,归隐田园,过着虽然清贫但却自由闲适的生活,其《答庞参军书》云:"衡门之下,有琴有书,载弹载咏,爰得我娱,岂无他好,乐是幽居。"

陶渊明田园诗般的生活为历代文人所称誉。但在传统社会中,士人汲汲于利禄之途,真能挂冠弃官、归隐田园的文士并不多见。

"衡门之下,可以栖迟,泌之洋洋,可以乐饥",成为后世赞美守道之人的常用语。不过,从一种达观的处世哲学来看,人生在世,不要有过度的欲望,这是对的。但这不意味非要硬生生地限制人的欲望,并不是说当君子就一定得"固守穷困"。如果所遭遇的时境贫穷,那没有关系,守道以安之;而当境遇顺富之时,也不必排斥,守道以安之。内心所秉之道与外在所处之境不存在必然的联系,关键在于如何处之。

文人中有一种"假清高"的坏习气:科举屡试不第,就说"无意为之";没当上官,就说"蓄德不仕";当官被罢免了,就说"拂衣弃去","天子不得臣";没有办法谋食,陷入穷困,就说"衡门之下,可以栖迟"。这首诗就成为此种情境之下,聊以自慰的经典了。我们以为,这种态度是不可取的。

曹 风

蜉 蝣

【原文】

蜉蝣之羽,衣裳楚楚。心之忧矣,于我归处。
蜉蝣之翼,采采衣服。心之忧矣,于我归息。
蜉蝣掘阅,麻衣如雪。心之忧矣,于我归说。

【译文】

蜉蝣长出薄翅膀,像穿演出新衣裳。我的心里好忧伤,谢幕结局会怎样？

蜉蝣长出薄羽翼，像穿华丽新外衣。我的心里好忧郁，最终我有啥结局？

蜉蝣离土死得快，像披麻衣如雪白。我的心里好感慨，谁人与我说未来？

【解说】

先解释几个字词：1."蜉蝣"，又名渠略。一种会飞的昆虫。生命极其短暂，往往朝生而夕死，死而羽翅整饰。2."楚楚"，鲜明貌。3."采采"，华丽貌。4."掘阅"，诸家解释不同，清人李光地谓："'掘阅'者，掘然而飞，仅阅朝暮，言其突现也。"今取其说。

蜉蝣作为一种昆虫，生长于水泽地带。幼虫期生活土中，个别种类有活到二三年的。一旦出土化为成虫，即不饮不食，在空中飞舞交配，当完成其物种延续后，便结束生命，一般都是朝生暮死。人们看到蜉蝣这个从出生到死亡的过程，将之视为生命极其短暂的昆虫。

蜉蝣成虫有一对相对其身体而言显得很大、完全透明的翅膀，还有两条长长的尾须。蜉蝣喜欢在日落时分成群飞舞，繁殖盛时，死后坠落地面，能积成一厚层。北魏傅玄《短歌行》说："蜉蝣何整，行如军征。"蜉蝣的短暂生命及其整批的死亡，特别引人瞩目，给人以心灵的震撼。

《蜉蝣》这首诗便是以蜉蝣起兴，来写人生的困惑。

《毛诗序》说："《蜉蝣》，刺奢也。昭公国小而迫，无法以自守，好奢而任小人，将无所依焉。"《毛诗序》认为这首是讽刺奢华的。曹国本来很小，又受各大国的胁迫。曹昭公非但无治国之法以保全国家，反而好奢侈，好任用小人，国家危亡无日，而君臣整日讲究服饰，其行为就像蜉蝣一样。君子为此感到忧虑，故写此诗来讽刺他。

朱熹的解释与《毛诗》一派的解释没有很大区别，只是指出，没有确凿的资料证明此诗一定是讽刺曹昭公的，他认为此诗或许是讽刺时人奢侈之风的。

木槿花朝开而暮落，蜉蝣朝生而夕死，成为生命短暂的象征。这引起哲人关于生死问题的思考，也成为后世文人咏叹的常用题材。

晋朝的傅咸作有《蜉蝣赋》，他为之写《序》说："读《诗》至《蜉蝣》，感其虽朝生暮死，而能修其翼，可以有兴，遂赋之。"他的《蜉蝣赋》很短，今录之如下："有生之薄，是曰蜉蝣。育微微之陋质，羌采采而自修。不识晦朔，无意春秋，取足一日，尚又何求？戏停淹而委余，何必江湖而是游。"意思是说蜉蝣虽然生命短暂，还会修饰华丽的羽翼，给人以美好的感受。

阮籍《咏怀诗》第七十一说："木槿荣丘墓，煌煌有光色，白日颓林中，翩翩零路侧。蟋蟀吟户牖，蟪蛄鸣荆棘。蜉蝣玩三朝，采采修羽翼。衣裳为谁施，俛仰自收拭。生命几何时，慷慨各努力。"木槿花、蟋蟀、蟪蛄、蜉蝣等生物，虽然生命都很短暂，但都各自发出自己的色彩和声音，阮籍由此感叹说："生命几何时，慷慨各努力。"

人类有两大焦虑，一是制度的焦虑，一是生命的焦虑。制度的焦虑是希望有一个好的社会制度，人们可以和平、幸福、自由地生活在其中。生命的焦虑，是意识到生命的短暂，希望了解生命的真谛和意义，从而获得永生。从中国思想史看，唐以前的人们更多的是制度的焦虑，因而思想家们更着重于礼制和法制的建设。唐以后的人们更多的是生命的焦虑，因而有佛教、道教、宋明理学关于心性问题和生死问题的哲学探索。反映在文学上则出现普遍的"生命苦短"的感叹。下面我们举几个典型的例子。

唐代白居易《效陶潜体诗十六首》，其第十二首云："烟霞隔玄圃，风波限瀛洲。我岂不欲往，大海路阻修。神仙但闻说，灵药不可求。长生无得者,举世如蜉蝣。逝者不重回,存者难久留。跼蹐未死间,何苦怀百忧。念此忽内热,坐看成白头。举杯还独饮,顾影自献酬。心与口相约,未醉勿言休。今朝不尽醉,知有明朝否?不见郭门外,累累坟与丘。明月愁杀人,黄蒿风飕飕。死者若有知,悔不秉烛游。"这首诗不再说蜉蝣的生命短暂,而是说人的生命的短暂,人们都想像仙家那样"长生久视",但这只不过是一种幻想,"神仙但闻说,灵药不可求。长生无得者,举世如蜉蝣"。诗中表达了一种人生苦短、何不及时行乐的情绪。

  白居易这首诗,明显影响了明代的李汛,他在《仲秋游凫潭》一诗中开头便说:"秉烛何妨作夜游,百年光景类蜉蝣。"这两句相当概括地表述了人生苦短、及时行乐的思想。与白居易如出一辙。

  再看苏东坡的《赤壁赋》,东坡与客人乘江船月下至赤壁之地,他借客人之口说:"吾与子,渔樵于江渚之上,侣鱼虾而友麋鹿,驾一叶之扁舟,举匏尊以相属,寄蜉蝣于天地,眇沧海之一粟,哀吾生之须臾,羡长江之无穷,挟飞仙以遨游,抱明月而长终,知不可乎骤得,托遗响于悲风。"感慨人生如蜉蝣之短暂,个人如沧海一粟之渺小,希望自己能修炼成长生不死的神仙,"挟飞仙以遨游,抱明月而长终"。

  明代唐寅给他的好朋友文征明写过一封信。这两位都是明代文化艺术上的巨匠。唐寅在《与文征明书》中说:"窃窥古人,墨翟拘囚,乃有《薄丧》。孙子失足,爰著《兵法》。马迁腐戮,《史记》百篇。贾生流放,文辞卓落。……仆素轶侠,不能及德……若不托笔札以自见,将何成哉?譬若蜉蝣,衣裳楚楚,身虽不久,为人所怜。仆一日得完首领,就柏下见先君子,使后世亦知有唐生者。岁月不久,人命飞霜,何能自戮尘中,屈身低眉,以窃衣食,使朋友谓仆何?使后世谓唐生何?"中国古代有三不朽的思想:"太上有立德,其次有立功,其次有立言。"唐寅同许多传统知识分子一样,虽然感慨人生如蜉蝣短暂，也要绽放出生命的美丽。文人墨客能做什么呢？"托笔札以自见"，希望以著书立言方式来成就自己。否则便成为"屈身低眉，以窃衣食"的无用之人了。

《蜉蝣》这首诗虽短，却引发了人们对生命意义的深沉思考。我们可以称之为哲理诗。

鸤鸠

【原文】

鸤鸠在桑，其子七兮。淑人君子，其仪一兮；其仪一兮，心如结兮。

鸤鸠在桑，其子在梅。淑人君子，其带伊丝；其带伊丝，其弁伊骐。

鸤鸠在桑，其子在棘。淑人君子，其仪不忒；其仪不忒，正是四国。

鸤鸠在桑，其子在榛。淑人君子，正是国人；正是国人，胡不万年！

【译文】

八哥设巢在树桑，雏鸟七个均抚养。善良慈爱的君子，公平正义人端庄。公平正义人端庄，专心致志无他想。

八哥桑树来设巢，雏鸟飞落梅树梢。善良慈爱的君子，素丝大带系在腰。素丝大带系在腰，美玉装饰皮官帽。

八哥桑树设巢窝，雏鸟飞去枣树落。善良慈爱的君子，公平正义无过错。公平正义无过错，正是各国好楷模。

八哥设巢在树桑，雏鸟飞落榛树上。善良慈爱的君子，正是国人好榜样。正是国人好榜样，怎不寿禄万年长！

【解说】

先解释几个字词：1. "鸤鸠"，俗称八哥，八哥喂雏鸟，早晨从上而下，晚上从下而上，平均如一。此诗以此起兴，喻人君应公平地对待臣下。2. "仪"，通义。谓善人君子，能执公义之心。崔灵恩《诗经集注》本即作"其义一兮"。3. "结"，张栻谓"实而不它"，今从之。4. "弁"，皮帽。5. "骐"，通"綦"，五彩玉饰。6. "忒"，过失，差错。

儒家学者对《诗经·鸤鸠》这首诗特别重视，因为这首诗不只是赞美了某位圣君贤相的高尚品德，而是传达了这样一个理念，怎样做，才能成为一位伟大、杰出的领导人物？

《毛诗序》说："鸤鸠，刺不壹也。在位无君子，用心之不壹也。"在《鸤鸠》一诗中有"淑人君子，正是国人""其仪不忒，正是四国"之语，谁有资格和地位为一国之人，乃至为天下之人做表率呢？那至少是诸侯一级的人物了。《毛诗序》说"在位无君子"，这是说在诸侯之位的人，有人君之位，而无君子之德。君子之德应是用心均一的，而当时诸侯皆无此德。《鸤鸠》诗中所歌颂的乃是一种理想人格，而不是现实社会中已有的人物。

朱熹《诗经集传》认为："诗人美君子之用心平均专一。"但他并未指出此诗所赞美之人是谁。方玉润《诗经原始》认为"诗中纯美无刺意"。这些说法与《毛诗序》不同。为什么一首表面看上去完全是赞美的诗，《毛诗序》要将它说成是一首讽刺诗呢？这是因为举世并无诗中所说的那样的"淑人君子"，诗人所用是一种反讽的手法，用现在的话说，就是"反面文章正面做"，所以若说它是一首讽刺诗当然也未尝不可以。反过来说，朱熹认为此诗是"美君子之用心平均专一"，如果现实社会中并没有这样的君子，那不也就变成讽刺了吗？所以赞美和讽刺有时只有一步之遥。

明代蒋悌生著《五经蠡测》，其卷三有《曹风鸤鸠辩》一文，提出关于《鸤鸠》一诗解释的一系列不同观点，他认为此诗立意不在讽刺，而在赞美。诗中的"君子"不是一种理想的人格，而是一个现实的人物，并说此诗本不在《曹风》中，而应在《豳风》中。他说：曹国国家本来很弱小，自立国以后一直萎靡不振，不久便灭亡了。《鸤鸠》中所赞美的人物有那样伟大的道德品格，《曹风》中不应有这样的诗篇。他认为，《鸤鸠》是一首赞美居于高位的大圣贤的诗，一般诸侯一级的人物尚难于承当。在十五国风中，居于高位的圣贤人物，而备受赞美的，唯有卫武公。卫武公是大贤君，称为"睿圣"，又曾进入周王朝为卿士，属于居于高位的大圣贤。《诗经》中赞美卫武公的诗有《卫风·淇澳》，此诗与《鸤鸠》一诗的词语略为相近。但蒋悌生话锋一转，又指出：然《鸤鸠》所言"正是四国"一语，即使是卫武公之贤也难以承当，诗人不应该以此来称誉他。反复玩味，只有周公之德足以当之。推测《曹风》与《豳风》相联属，怀疑《鸤鸠》原是《豳风》中的一篇脱落在《曹风》当中。而《鸤鸠》中的诗辞，正好与《豳风》中赞美周公德行的许多词语相类似。在《国风》中，与周公有关的诗大都在《豳风》中。所以蒋悌生推论此诗是赞美周公的诗，可能古人在编排三百零五篇的次序时，将本应是《豳风》中的诗误排在了《曹风》之中。

  从这一预设出发，蒋悌生分析《鸤鸠》四章的意思说：《鸤鸠》一母而有七子，比喻周公一身而为万方所倚赖。鸤鸠母鸟常在桑树上，而其雏鸟却每每飞落在不同的树上，比喻周公常居宰相之位，而所赖于周公以赡养者，则或远或近，或内或外，或上或下，并不在一处。周公能推其赡养之道，一视同仁。周公抚世爱民之心，念念不忘，有如固结，这是首章之意。二章专言周公服饰之美，人乐其德，故见其冠带庄严美盛，喜而歌颂，以表达周公德称其服之意。三章言周公通过正己之德来教化天下，实乃大人之德。四章承上章之意，复祝其寿，所谓"国人"，实乃四国之人。而"万年"之称，是臣下颂祷天子之辞，人臣不敢当。周公虽未尝践天子之位，其实摄行天子之事，利泽及于天下。故人们以非常之福禄祝颂他，并非僭妄之语。以此一语推测，此诗应是赞美周公无疑。

我们认为，蒋悌生的意见有相当的合理性。《鸤鸠》诗中"正是四国"之语，并不是形容诸侯以下一级人物的。《礼记·经解》在引用此语时，就是作为天子之德来看的。《礼记·经解》说："天子者，与天地参，故德配天地，兼利万物，与日月并明，明照四海而不遗微小。其在朝廷则道仁圣礼义之序，燕处则听《雅》《颂》之音，行步则有环佩之声，升车则有鸾和之音。居处有礼，进退有度，百官得其宜，万事得其序。《诗》云：'淑人君子，其仪不忒。其仪不忒，正是四国。'此之谓也。"

新近出土的战国竹简《孔子诗论》说："《鸤鸠》吾信之。""《鸤鸠》曰：'其仪一兮，心如结也'，吾信之。"评论虽然简单，但也可以看出一点端倪。即在孔子看来，《鸤鸠》一诗应是赞美一位现实人物的伟大道德品格的，所以他说"吾信之"。若此诗所歌颂的是一种虚无缥缈的理想人格，那孔子怎么会说"吾信之"呢？

后世对这首诗的解释多偏重"其仪一兮，心如结兮"这一句。而解释的方向有两个：一是强调作为领导者要有"平均如一"的品质，亦即强调领导者的公平性。但也有学者如清朝的李光地指出，这种"均平"并不是整齐划一，一例对待的。那样就会不分贤愚，反而是不公平的。此诗讲鸤鸠在桑，而其雏鸟有飞到梅树上的，有飞到棘树上的，有飞到榛树上的。梅树是佳木，棘树是恶木，榛树处在二者之间。这就好比人有三品，贤者则峨冠博带，服卿大夫之服。恶人则用刑法严惩，不肯差忒，以正四国。中等之人可以为善，可以为恶，善则以为仪法，正是国人。这样一套制度准则，怎能不更历万年呢？（《榕村语录》卷十三）

对《鸤鸠》"其仪一兮,心如结兮"一句,另一个解释方向是"专一"。荀子强调,为学之道在于用心专一,用心不专一不能成就学问。他说:蚯蚓并没有爪牙之利,筋骨之强,但却能上食埃土,下饮黄泉,这是因为它用心专一的缘故。螃蟹有八腿二螯,却自己不会造穴,而寄身于蛇蟺之穴中,这是因为它用心浮躁的缘故。所以"无冥冥之志者,无昭昭之明;无惛惛之事者,无赫赫之功。行衢道者不至,事两君者不容。目不能两视而明,耳不能两听而聪。螣蛇无足而飞,梧鼠五技而穷。诗曰:'尸鸠在桑,其子七兮。淑人君子,其仪一兮。其仪一兮,心如结兮。'故君子结于一也"(《荀子》)。

《韩诗外传》则强调治气养心,须遵循礼法,拜一个好的老师,按照他教给的治气养心的秘诀,专心致志地修炼,便可达到出神入化的境界,他说:"凡治气养心之术,莫径由礼,莫优得师,莫慎一好,好一则博,博则精,精则神,神则化,是以君子务结心乎一也。《诗》曰:'淑人君子,其仪一兮。其仪一兮,心如结兮。'"其实,这个道理也适用于治学。

豳 风

伐 柯

【原文】

伐柯如何?匪斧不克。取妻如何?匪媒不得。
伐柯伐柯,其则不远。我觏之子,笾豆有践。

【译文】

怎样才能制斧柄?不用斧子制不成。怎样才能娶妻子?没有媒人婚难订。

制斧柄啊制斧柄,斧柄样板眼前呈。我所知者乃君子,治国之道以礼行。

【解说】

先解释几个字词:1."伐柯",伐,砍伐;"柯",斧柄。"伐柯"就是砍伐木材以制作斧柄。2."匪",通非。3."则",法则、样板。4."觏",遇见、了解、知悉。5."笾豆","笾"指竹制的礼器豆,"豆"指木制的礼器豆。"笾豆"泛指礼器。

这是《豳风》中的一首诗,豳是周人的故地。这首诗直译的意思是说,一个人手中拿着斧子去砍那木材,来做另一个斧柄。斧柄的长短粗细的样板,不必到别处远求,只看手里握着的斧柄便是。这里面蕴含着社会政治生活的哲理。

《毛诗序》说:"《伐柯》,美周公也。周大夫刺朝廷之不知也。"这里有一个发生在西周初年的故事。当周武王病重之时,周公曾向先祖祈祷,请求先祖答应由自己代替周武王去死,到上天侍候先祖。祈祷过后,这篇祈祷文被锁在了一个称作"金滕"的柜子中。后来武王崩,成王年幼,周公摄政。当时周公的兄弟管叔和蔡叔被分封在外,散布流言,说周公将对成王不利。并联络殷顽民叛乱。周公不得已而亲自东征平叛,杀管叔、蔡叔。而成王及周王朝的部分大臣惑于管叔流言,仍对周公心存疑惧。周大夫为此作《伐柯》一诗,讽刺朝廷不知周公之忠心。如果要治理好国家,不用到别处去寻求治国的方法,只要效法周公"以礼治国"的办法就可以了。

对于《伐柯》一诗的解释,学者基本认同《毛诗序》的意见,只是在一些细节的解释上还有一些差别,可谓"大同而小异"。在诸家的解释上,欧阳修《诗本义》的解释比较简洁明快,他指出,"伐柯伐柯，其则不远"者，是在讥讽成王和周王朝中的一些大臣，对于本来易知的事情竟然不知，周公为近亲而有圣德，成王君臣却不能知，还要对他产生疑惧。周公东征已经结束，还不快将他迎接回朝中！这就是作此诗的人所要表达的想法。

"伐柯伐柯，其则不远"的诗句后来凝结为"执柯伐柯"一句成语，有依样画葫芦的意思，如宋人王之望的诗句所说："伐柯执斧固非难，依样画葫终少误。"其实依样画葫芦的意思在春秋时期就已经形成了。

春秋时期，吴、越两国是世仇。先是，吴王阖庐闻越王允常死，兴师伐越。在交战中，吴王阖庐被越军射伤，临死的时候嘱咐儿子夫差要为他报仇。夫差即位后，又与越国交战，将越王勾践围在会稽山。越国面临覆灭的危险。勾践派文种向吴王求和。文种到了吴王那里，跪在地上爬行，一边爬一边向吴王叩头说："君王您的亡国臣子勾践，让我向您请求做您的奴仆，允许他的妻子做您的侍妾。"吴王将要答应文种。伍子胥对吴王说："上天把越国赏赐给吴国，不要答应他。"文种回去禀告越王勾践。勾践听后很绝望，想杀死妻子儿女，焚烧宝器，亲赴疆场拼一死战。文种阻止他说："吴国的太宰嚭十分贪婪，我们可以贿赂他，让他帮我们求情。"勾践同意了。文种向太宰嚭献上珍宝美女。太宰嚭欣然接受，将文种再次引见给吴王。文种叩头说："希望大王能赦免勾践的罪过，我们越国将把世传的宝物全部献给您。万一不能侥幸得到赦免，勾践将把妻子儿女全部杀死，烧毁宝器，率领他的五千士兵与您决一死战，您也将付出相当的代价。"太宰嚭借机劝说吴王："越王已经服服帖帖地当了臣子，如果赦免了他，将对我国有利。"吴王最后答应了越国的请求。后来越国又向吴王献上超级美女西施，勾践本人也成为夫差的奴仆。慢慢地夫差被勾践表面的忠心耿耿所迷惑，将勾践放回越国。勾践卧薪尝胆二十年，积蓄力量。等时机成熟后，越国攻伐吴国,把吴王围困在姑苏山上。吴王派使者向越王求和。吴国使者脱去上衣,露出胳膊肘跪着向前爬行,一边爬一边向越王叩头说:"孤立无助的臣子夫差,希望您能像我以前对您那样,赦免夫差的罪过。"勾践看到使者这样,很不忍心,想答应吴王的求和。范蠡说:"以前上天把越国赐给吴国,吴国不要。今天上天把吴国赐给越国,越国难道可以违背天命吗?"范蠡接着引用《诗经》的话说:"伐柯伐柯,其则不远。"意思是说:难道越国想让吴王效法我们,重演复国的故事吗?范蠡又对吴国使者说:"君王已经把政务委托给我了,你赶快离去,否则我对你不客气了。"吴国使者哭着回去复命了。吴王最后自杀身亡。越王安葬了吴王,杀死了太宰嚭。

在这个故事中,范蠡为了说服越王勾践,在关键之处引用了《诗经》:"伐柯伐柯,其则不远"的诗句,很有说服力。

我们再举一例。大家知道,唐太宗是古代最善于纳谏的明君,而魏征则是敢于纳谏的诤臣。唐太宗要修建飞山宫,魏征上疏劝谏,作《论时政疏四首》,其第三首说:如果我们要照脸容的美丑,可以以水为镜。如果要知国家的安危,可以参照已亡之国的教训,《诗经》说:"殷鉴不远,在夏后之世。"又说:"伐柯伐柯,其则不远。"臣希望我朝一举一动都要以隋朝为镜子,则存亡治乱可得而知。"若能思其所以危,则安矣。思其所以乱,则治矣。思其所以亡,则存矣。"魏征在他的奏疏中也引用了《伐柯》的诗句。这也就是说,作为一种可以参照的法则,它既可以是正面的经验,也可以是负面的教训。

另外,因为《伐柯》诗中有"取妻如何?匪媒不得"的句子,所以《伐柯》这首诗也就同"媒人"扯上了关系,所以在古代,"媒人"也叫"伐柯人"。古人在请媒人时,也会常用"伐柯"的典故,如宋代汪元吉为人写的《请媒书》开头就说:"伐柯须斧,引线因针,若匪千金之言,曷结二姓之好。"当然,现在男女婚恋已经不用媒人了。没有媒人照样可以娶妻子。所以,《伐柯》诗中所说"取妻如何?匪媒不得",已经不是真理了。自由恋爱才是今天的真理。真理会随着时代而变化的!

小雅

鹿鸣之什

鹿 鸣

【原文】

呦呦鹿鸣，食野之苹。我有嘉宾，鼓瑟吹笙。
吹笙鼓簧，承筐是将。人之好我，示我周行。
呦呦鹿鸣，食野之蒿。我有嘉宾，德音孔昭。
视民不恌，君子是则是效。我有旨酒，嘉宾式燕以敖。
呦呦鹿鸣，食野之芩。我有嘉宾，鼓瑟鼓琴。
鼓瑟鼓琴，和乐且湛。我有旨酒，以燕乐嘉宾之心。

【译文】

山鹿唤伴呦呦叫，同来林野吃苹草。我有尊贵客人到，瑟笙奏出和乐调。

吹奏竹笙与管簧，筐承礼物敬奉上。贤人爱我将我帮，忠信大道对我讲。

山鹿唤伴呦呦叫，同来林野吃蒿草。我有尊贵客人到，德行声誉个个好。

对待人民不轻佻，君子楷模当法效。我有美酒和佳肴，嘉宾宴饮共逍遥。

山鹿唤伴呦呦叫，同来林野吃芩草。我有尊贵客人到，瑟琴奏出和乐调。

琴瑟合奏真清妙，宴会和乐而美好。我有美酒和佳肴，嘉宾宴饮乐陶陶。

【解说】

先解释几个字词：1."将"，有许多意思，此处谓捧送。2."周行"，"周"，忠信；"行"，大道。3."孔"，甚。4."昭"，明。5."德音"，德行声誉。6."视"，同"示"。7."恌"，同佻，轻薄。8."式燕"，"式"，用；"燕"，燕饮。9."敖"，同遨，从容不拘束。

《鹿鸣》一诗是《小雅》的首篇。《小雅》自《鹿鸣》以下几篇都是国君宴请群臣、嘉宾所演奏、歌唱的诗篇。"呦呦鹿鸣，食野之苹。我有嘉宾，鼓瑟吹笙。"鹿在山林之中，顺性自然，见到美草，呦呦相呼，要同伴来分享。在古人看来，鹿是一种高雅的动物，群鹿相呼引，比喻国君所宴请的嘉宾都是贤人。宴席上不仅有美食，还有高雅的音乐。接后的四句写道："吹笙鼓簧，承筐是将。人之好我，示我周行（读航）。"笙和簧都是簧片乐器，靠鼓动气流震动簧片发声，所以说"吹笙鼓簧"。这里只是用这两种乐器代表簧管类乐器，并非实指。"承筐是将"，现在听起来有一点文雅，不过在当时也是大白话。筐是用来承载币帛一类礼品的，犹如今天我们说的"礼品盒"。那时的包装是什么样子，我们不知道，应该不是豪华包装吧。"将"是捧送的意思。国君不仅宴请来宾，还给每位来宾送上礼品，这表明国君能敬贤礼贤。这一点不像后世，达官贵人开宴会，给他家什么人祝寿，客人要带上贵重的礼品送给主人，就像曹子建所说的："主称千金寿，宾奉万年酬。"

下一句："人之好我，示我周行。""周"是忠信的意思。"行"是道路。这句意思是说：喜爱我的贤人，向我开示忠信之道。

第二章："视民不恌，君子是则是效。"这句是说，我宴请的这些来宾品德高尚，在人们心中的形象是勤勉而不轻薄，是值得君子学习和效法的榜样。"我有旨酒，嘉宾式燕以敖。""旨酒"就是美酒。"燕"同"宴"，客人不必脱木屐升堂叫"宴"。"式燕"就是用宴，这一句是说：我有美酒，在我这里用宴，嘉宾可以从容尽兴。

第三章字面的意思比较易懂。只是"和乐且湛"一句，需要稍加解释。"湛"在这里读"耽"，是"长久"的意思。"和乐且湛"就是快乐得很长久。

　　以上是《鹿鸣》三章的诗意。

　　此诗开始以原野上群鹿相互呼引吃萍草起兴，营造出一片闲雅的意象。下文紧接着引出"我有嘉宾"如何如何，让读者感觉到来宾也必定是高洁之人。诗中的"吹笙鼓簧"，"承筐是将"，皆是礼遇君子的表现。礼遇君子的种种表现，反过来也说明了主人心性德行的高广。这样的主人，君子怎会不为人所爱戴呢？《鹿鸣》所描绘的是君臣推心置腹相交、其乐融融的景象。上海博物馆藏《孔子诗论》说："《鹿鸣》以乐始而会，以道交，见善而效，终乎不厌人。"翻译成现代语言，意思是：以演奏《鹿鸣》的音乐开始聚会，其意义在于表达君臣之间以道义相交，看见别人的优点便仿效学习，这种道义之交终其一生也不会厌烦。

　　正因蕴含了这样的意象和意义，《鹿鸣》才被作为国君燕饮群臣或群贤的诗乐。对此，古人都非常了解。春秋时代，鲁国的叔孙豹访问晋国时，晋侯命乐师为他演奏《肆夏》，叔孙豹不拜谢。晋侯又命乐工为他歌《文王》一诗，叔孙豹又不拜谢。晋侯又命歌《鹿鸣》等三篇，叔孙豹这才拜谢。当时韩献子派人问他是什么缘故，他回答：《肆夏》是天子招待诸侯的乐曲。《文王》是诸侯国之间两君相见时演唱的诗篇，这些我都不敢承受。《鹿鸣》以下三篇是国君慰劳使臣的，我当然要拜谢了。叔孙豹是个出色的外交家，也是一位了不起的思想家。他曾经提出过人生的三不朽："太上有立德，其次有立功，其次有立言，虽久不废，此之谓不朽。"(《春秋左传注疏》卷三十五)因为与本文主题关系不大，我们这里不去展开讨论。

　　正因为《鹿鸣》所蕴含的这种意象和意义，它也是《诗经》中最后一篇失传的乐曲。按照宋代郑樵的说法,《诗经》三百篇都曾配乐,到了西汉初的时候,乐师们还都能歌唱。可是到了东汉末,"礼乐萧条",已经很少人会演奏、歌唱了。曹操平定刘表时,得到一位懂得雅乐的杜夔,此时杜夔已经很老了,因为很久没有练习,好多《诗经》的乐曲已经不记得了。所记得的只有《鹿鸣》《驺虞》《伐檀》《文王》四篇而已。到了魏明帝太和年末又失去其他三篇诗的乐曲。只剩《鹿鸣》一篇有乐曲。到了晋代,《鹿鸣》一篇的乐曲也失传了。这也就是说,《鹿鸣》一篇是最后失传的《诗经》乐曲。

曹操在当年是很重视《诗经》的。其传世的《短歌行》有六解,第一解:"对酒当歌,人生几何?譬如朝露,去日苦多。"第二解"慨当以慷,忧思难忘,何以解忧,唯有杜康?"这第二解如今成了杜康酒厂的广告词了。我们跳过来读第五解:"呦呦鹿鸣,食野之苹,我有嘉宾,鼓瑟吹笙。"全是抄的《诗经·鹿鸣》。

后世科举取士,进士及第者可以参加皇帝宴请的"鹿鸣宴",之所以称"鹿鸣宴",也是取国君"燕贤"之意。能参加"鹿鸣宴",受到皇帝的亲自款待,是当时学人士子的梦想。明英宗正统丁卯(1447年)科举,谢琚、王克复、龚福、潘岳四位老人进士及第,四人年龄加在一起310岁,所以他们写诗自我解嘲说:"四人三百一十岁,相知始为鹿鸣会。"后来的鹿鸣宴,已不复见《鹿鸣》所反映的君臣交泰的状况,只是变成了士子对理想政治的一种寄予而已,或者对于更多人来讲,只是一种荣耀,早已变了味道。

南有嘉鱼之什

湛露

【原文】

湛湛露斯，匪阳不晞。厌厌夜饮，不醉无归。
湛湛露斯，在彼丰草。厌厌夜饮，在宗载考。
湛湛露斯，在彼杞棘。显允君子，莫不令德。
其桐其椅，其实离离。岂弟君子，莫不令仪。

【译文】

浓浓的露珠，不出太阳晒不干。和乐的夜饮，不喝醉就不归返。
浓浓的露珠，滴滴挂在那丰草。和乐的夜饮，雍容举行在宗庙。
浓浓的露珠，凝在枸杞枣树上。显贵的君子，莫不具有好德望。
桐树和椅树，枝头上果实离离。和乐的君子，莫不保持美风仪。

【解说】

先解释几个字词：1."湛"，是露浓之貌。2."晞"，是晒干、消散之意。3."厌厌"，是安和快乐之貌。4."宗"，指祖庙。5."考"，指亡父。6."棘"，指酸枣树。7."令"，嘉善和美的意思。8."椅"，指椅树。9."离离"，果实下垂之貌，或有"垂范"之意。10."岂弟"，同"恺悌"，和乐之意。

解释了这几个字之后，回头再读一下译文，诗的意思就比较容易理解了。下面我们就此诗略谈一点古代的酒文化。

《毛诗序》说："《湛露》，天子燕诸侯也。"郑玄《笺》："燕，谓与之燕饮酒也。诸侯朝觐会同，天子与之燕，所以示慈惠。"周族人喜欢以饮酒来联络感情，反映在《诗经》中有不少写饮酒的诗，如《郑风·女曰鸡鸣》："宜言饮酒，与子偕老。"《小雅·鹿鸣》："我有旨酒，嘉宾式燕以敖。"《鲁颂·泮水》："既饮旨酒，永锡难老。"等等。《湛露》应该是最高规格的燕饮诗了。

古人饮酒有节，一般是不进行夜饮的。天子宴请诸侯，特别表示慈惠而作长夜之饮。你可以想象那情景：宫商迭奏，觥爵交光，天语温淳，恩周礼隆。更劝迭进，不醉无归。

这首诗有两处最重要：一是："厌厌夜饮，不醉无归。"这是表示天子待诸侯恩深义重。二是："岂弟君子，莫不令仪。"诸侯不能真的喝醉，喝醉了就会忘其形骸，乱德失态。"莫不令仪"，就是告诉你喝酒不能失态。所以这首诗"于褒美之中，而寓规戒之意"。那么，出席燕饮，酒喝多少才合适呢？孔子曾说："惟酒无量，不及乱。"就是这个标准。

西周时期的人讲究饮酒有节制，这是有历史原因的。周的前朝是商朝，商朝人喜欢纵酒，我们在殷商的墓葬中，可以看到大量的酒器。而商朝的最后一位君主——商纣，古人数其罪恶，其中很重要的一条，就是沉迷酒色。按《史记·殷本纪》记载，商纣王："大聚乐戏于沙丘，以酒为池，悬肉为林，使男女倮，相逐其间，为长夜之饮。"史家总结亡国之君败亡的原因，酒色往往会成为其重要的原因。我们再往前追溯，夏朝的最后一位君王夏桀，在饮酒方面也是毫无节制的。《韩诗外传》卷四称："桀为酒池，可以运舟，糟丘足以望十里，一鼓而牛饮者三千人。"这一记载似乎有一些夸张的成分，但无论如何，若说夏桀以酒败德，应该不冤枉他。周人善于总结历史经验，在开国之初就发布了著名的《酒诰》，限制国人饮酒。并且在饮酒过程中，规定了许多繁琐的礼仪，就像是《礼记·乐记》所说："先王因为酒礼，一献之礼，宾主百拜,终日饮酒而不得醉焉。此先王之所以备酒祸也。"宾主相互劝酬一次,就要进行繁多的仪节动作,互相拜来拜去,所以终日饮酒也不至于醉。有那么多礼数,那么多程序,你想豪饮、痛饮是不可能的。这些礼数在今天的韩国人、日本人那里还有若干保留。你同他们一起喝酒,礼数很多。说话多,客气多,喝了半天,也没喝到肚里多少酒。不像现在的许多中国人拼酒,不撂倒几个不罢休。

  周人理想的燕饮所要达到的和乐状态,正如《湛露》描绘的那样,既能做到宾主交欢,又能看到君子们的嘉美德行。反之,若有人在燕饮时真的喝醉了,又有失礼、失态的行为,那会被人看不起的。《诗经》里另一首诗《宾之初筵》,就批评了西周后期诸侯大夫们不尊酒德的昏乱行为。这首诗读起来也很有意思,说嘉宾们在宴会之初,一个个都恭而有礼,一切都在秩序中。宴会进行下去就不是原来那样了。喝醉了的宾客,会从座位上起来,跟着音乐乱舞一气,"舍其坐迁,屡舞仙仙"。非但如此,他们有时还会狂呼乱叫,"宾既醉止,载号载呶","乱我笾豆,屡舞僛僛",桌子上的盆碟杯碗全都被踢乱了。帽子也弄歪了,还在地上转圈扭动,"侧弁其俄,屡舞傞傞"。你说,这场景多可笑啊!所以诗人总结了一句,"饮酒孔嘉,维其令仪",饮酒本来是很好的,但还是应该讲究美好的仪态。

  周代以后中国人对饮酒的限制不那么严格了。酒和茶一样,成了日常生活中的重要物质。"酒"在文化生活中被赋予了新的意义。古人将天上的某个星星命名为"酒星",将西部地区的一眼泉水,命名为"酒泉"。后世文人墨客则形成了一种诗酒文化,无酒不成诗,无诗人不写酒。很多人喜欢饮酒之后那种陶然而醉、飘飘欲仙的感觉,而最有名的酒徒要属晋代的刘伶了。据说,刘伶一次饮酒一石,醒了又饮五斗,他的妻子责怪他太过分,要他断酒。他说:你再拿五斗来,我喝完就断酒。他的妻子照办了。刘伶却写出这样一首诗:"天生刘伶,以酒为名。一饮一石,五斗解酲。妇人之言,慎莫可听。"我们听着好玩,作为妻子,有这么一个酗酒的丈夫,那可够倒霉的。不仅如此,刘伶还很夸张地写了一篇《酒德颂》,其中说:"有大人先生(当然指刘伶自己)……挈榼(音克,盛酒器)提壶,惟酒是务……其乐陶陶,兀然而醉,恍尔而醒。静听不闻雷霆之声,熟视不睹泰山之形。……俯观万物扰扰焉,若江海之载浮萍。"你们说,酒喝到这个份上,那还叫"酒德"吗?

我们认为,如果说《诗经·小雅·湛露》这首诗还有什么现代意义的话,那就是告诉我们饮酒要有风度,"岂弟君子,莫不令仪"。酒杯举过顶,头脑要清醒:只可成微醺,不可成酩酊。

菁菁者莪

【原文】

菁菁者莪,在彼中阿。既见君子,乐且有仪。
菁菁者莪,在彼中沚。既见君子,我心则喜。
菁菁者莪,在彼中陵。既见君子,锡我百朋。
泛泛杨舟,载沉载浮。既见君子,我心则休。

【译文】

茂盛的莪蒿,长在大山坡里。今见那位君子,和乐而有礼仪。
茂盛的莪蒿,长在水中陆地。今见那位君子,我心喜悦无比。
茂盛的莪蒿,长在那个山包。今见那位君子,赐我不少贝宝。
漂漂杨木舟船,载物出没波颠。今见那位君子,终于使我心安。

【解说】

先解释几个字词:1."菁",音晶,"菁菁",茂盛的样子。2."莪",

即莪蒿，嫩茎是美味的食材，这里比喻人才。3. "阿"，指丘陵。4. "沚"，指水中小块陆地。5. "锡"，赐的假借字。6. "朋"，古以贝为货币，双贝为朋。"百朋"，泛言很多财物。7. "休"，是美、安的意思。

我们先来说一下这首诗的篇名。《诗经》中《蓼莪》一诗开头说"蓼蓼者莪"，而此诗开头说"菁菁者莪"，两者句式是一样的。可前者的篇名就两个字："蓼莪。"后者的篇名却是四个字："菁菁者莪。"我们看到在《孔子诗论》中这两个名称已经固定化了。这说明古人为《诗经》各篇确定名称时，并没有一个严格的体例，只是遵循一种习惯而已。

《菁菁者莪》是一首什么性质的诗呢？《孔子诗论》说："《菁菁者莪》，则以人益也。"是说此诗讲的是受恩惠、好处于人，并没有具体讲所受的恩惠、好处是什么。或许是指诗中所说的"锡我百朋"，得到巨额财富的赏赐。

而汉代的《毛诗序》则说："《菁菁者莪》，乐育材也。君子能长育人才，则天下喜乐之矣。"认为这是一首歌颂君子长育人才的诗。君子长育人才，就像那大山坡地或水中陆地养育着微小的莪蒿；又像那杨木舟船承载着货物，出没于波涛之中。君子有这样好的德行，当然天下为之喜乐了。按传统说法，这首诗是写周天子行礼视察于辟雍（最高学府），士子歌此诗以颂之。

朱熹解释此诗，不从《毛诗序》之说，而自立新说，认为是"燕饮宾客之诗"。后来他作《白鹿洞赋》，其中有"乐《菁莪》之长育"的句子，仍是沿袭《毛诗序》的说法。学生问他为什么前后矛盾。他回答说："旧说亦不可废。"这是说朱熹后来又肯定了《毛诗序》的看法，将《菁菁者莪》视为培养人才的诗。综观古人解此诗，是以遵《毛诗序》为主的。

下面，我们举几条历史掌故，看看古人是如何理解和运用此诗的。据《左传》记载：在鲁文公二年之时，晋国做为盟主对鲁国不来朝觐表示不满。鲁国国君于是来到晋国，晋国的国君却摆架子不肯亲自接待他，派卿大夫一级的阳处父去与他修订盟书。国与国的外交关系，古今中外有一个共通的原则，就是对等外交。晋国的这个做法无疑是在羞辱鲁国国君。所以第二年鲁文公又来到晋国，要求改盟，即改变为国君与国君之间的盟书。晋国国君知道以前自己做得太过分，于是主动降低姿态来示好。他是怎么降低姿态的呢？他主动赋诗，所赋之诗便是《菁菁者莪》，我们知道，这是地位低的人向地位高的人表示感谢对方礼遇和恩惠的诗。晋国是大国，又是盟主，晋国国君赋《菁菁者莪》这首诗，地位倒过来了，将自己作为地位低的一方。见此情形，鲁国的庄叔赶紧拉着鲁文公降下台阶，然后向晋国国君施礼，并说：小国是受命于大国的，我们岂敢对礼仪不谨慎呢。君侯您这样赏脸，用这样的大礼来接待我们，还有什么比这更快乐的呢？小国的快乐，是大国的恩典啊。当然，晋国的国君也不能坐在那里接受对方的拜揖啊，他也走下来辞谢，然后一同登堂，双方对拜成礼。你看，赋了一首《菁菁者莪》，一场外交的冲突就化解掉了。从这个故事看，那时人所理解的《菁菁者莪》，主要是以礼仪待人、以恩惠加于人的意思，并没有"长育人才"的意思。这个看法与《孔子诗论》是暗合的。

但在《毛诗序》之后，学者受其影响，则开始从"长育人才"的角度来理解此诗了。比如东汉末年的徐幹著《中论》，其中说："大胥掌学士之版，春入学舍，菜合万舞。秋班学合声，讽诵讲习，不解于时。故《诗》曰：'菁菁者莪，在彼中阿。既见君子，乐且有仪。'……既修其质，且加其文，文质著然后体全。"这就将《菁菁者莪》一诗与人才教育联系起来看了。后世援引《菁菁者莪》的最有名的文章要属韩愈的《上宰相书》了。韩愈二十四岁进士及第，按照唐代律令，考取进士以后还必须参加吏部的博学宏辞科考试，韩愈连考三次，均告失败。所以他就写了这封《上宰相书》，上书的开篇就讲《菁菁者莪》一诗，他说《菁菁者莪》这首诗，"莪"是微小的草，"阿"是大丘陵，君子作育人才，就像大丘陵上长育小草一样，能使之菁菁然而盛。君子不仅作育人才，还给他官爵，给他厚禄和名誉。君子对于人才，就像杨木之船载物一样，无论沉浮都承载他。那么天下谁能长育人才，并且给他爵禄呢，当然是君主和宰相了。尊敬的宰相大人啊，我今年二十八岁了，考了好几年都没考上个一官半职。小子我不敢心存侥幸，将平常著文选录若干首呈上，辱赐观览，干黩尊严，伏地待罪，韩愈再拜。云云。他写了一封很长的信，目的是向宰相要官做。我觉得韩愈这封《上宰相书》挺丢人的。挺好的一首《菁菁者莪》，到了韩愈那里，成了他跑官、要官的堂而皇之的理由。真是悲哀啊！

今人将此诗解成爱情诗，证据是此诗与《小雅·隰桑》不论章法、句式都非常相似，而《隰桑》是公认的描写男女爱悦的。认为此诗的第一章写女子在莪蒿茂盛的山坳里，邂逅了一位性格开朗活泼、仪态落落大方、举止从容潇洒的男子，两人一见钟情，在女子内心深处引起了强烈震颤。第二章写两人又一次在水中沙洲上相遇，作者用一个"喜"字写怀春少女既惊又喜的微妙心理。第三章写两人见面的地点从绿荫覆盖的山坳、水光萦绕的小洲转到了阳光明媚的山丘上，暗示了两人关系的渐趋明朗化。"锡我百朋"一句，写女子见到爱人后不胜欣喜，高兴到胜过受赐百朋的程度。第四章笔锋一转，以"泛泛杨舟"起兴，象征两人在人生长河中同舟共济、同甘共苦的誓愿。不管生活有顺境，有逆境，只要时时有恋人相伴，女子永远觉得幸福。[①]

《诗》无达诂，这种解释或也成理。不过，关于"锡我百朋"一句

[①] 转述习古堂诗经网所引伏俊连先生见解。

的解释却不能令人信服。因为这首诗四次提到"既见君子",在它之后的四个句子,句式应该是一样的,都是"实话实说"。不能把"锡我百朋"当作形容句,把它解释成"高兴到胜过受赐百朋的程度"。从诗文看,"受赐百朋"如实不虚。果真如此,这个女子则是"财迷心窍",有"傍大款"之嫌。然而我们要知道,古人的婚姻礼节中的"纳采""纳币",并不是男女双方私相授受的。有此破绽,故我们不采此说。

鸿雁之什

鸿 雁

【原文】

鸿雁于飞,肃肃其羽。之子于征,劬劳于野。爰及矜人,哀此鳏寡。

鸿雁于飞,集于中泽。之子于垣,百堵皆作。虽则劬劳,究其安宅。

鸿雁于飞,哀鸣嗷嗷。维此哲人,谓我劬劳;维彼愚人,谓我宣骄。

【译文】

鸿雁飞翔过江浦,翅羽唆唆响秋暮。使臣离家踏征途,辛劳于野收寡孤。可怜那些穷苦人,无家无室命真苦。

鸿雁飞翔成行列,飞来落在泽中地。使臣奉命营居邑,百堵高墙齐筑起。虽然辛苦又劳累,毕竟流民不再徙。

鸿雁飞翔哀鸣随,嗷嗷于野声声悲。只有这个明白人,知我辛苦又劳累。只有那些糊涂虫,说我张扬尽耗费。

【解说】

先解释几个字词：1."劬"，音渠，劳苦、耗费。2."矜人"，苦民。3."鳏寡"，老而无妻曰鳏，老而无夫曰寡。4."哲人"，聪明人，智者。5."宣骄"，犹言骄奢。

《毛诗序》说："《鸿雁》。美宣王也。万民离散，不安其居，而能劳来还定，安集之，至于矜寡，无不得其所焉。"郑玄《笺》："宣王承厉王衰乱之敝而起，兴复先王之道，以安集众民为始也。"

周厉王是西周历史上的第十位君王，也是一位暴君，他约在公元前857年即位，在位37年。在位期间，他以国家的名义垄断山林川泽之利，不准国人依山泽而谋生，借以盘剥人民。这个政策引起了国人的不满，纷纷议论，加以谴责。大臣召公虎警告说："民不堪命矣！"周厉王为了压制国人言论，召来卫国的巫师监视国人舆论，一经发现对国事表示不满的人，立即抓起来处死，使得国人敢怒而不敢言。召公虎又劝谏厉王说："防民之口，甚于防川。川壅而溃，伤人必多，民亦如之。"周厉王还是不听。结果，国人忍无可忍，发生暴动。厉王逃奔到彘地（今山西霍县）。太子姬静当时尚小，被藏在召公家里，召公家因而被国人包围。召公最后把自己的小儿子冒充太子交给了国人，使太子逃过一劫。后来由召公、周公临时管理朝政，史称"共和"。共和行政14年，公元前827年周厉王死于彘地，周公、召公辅太子姬静即位。这就是周宣王。周宣王即位后，整顿朝政，使已衰落的周朝一时复兴。史称"宣王中兴"。当年周厉王实行暴政，使得一些人民流离在外，周宣王即位后，派出使臣招徕流民返归故里，或者就地营建邑地加以安置。此诗便是以此为背景写的。按照传统说法，这首诗是诗人歌颂和慰劳周宣王的使臣们。说到底是赞美周宣王的"德政"。

齐诗一派学者也隐然认为这是周宣王时的诗，汉代萧望之是齐诗学者。《汉书·萧望之传》载其奏疏语说："'爰及矜人，哀此鳏寡'，上惠下也。"认为《鸿雁》一诗是讲在上者对下者实施恩惠的诗。而齐诗"四始五际"提出:"《鸿雁》在申,金始也。"所谓"在申""金始",说的是西周王朝自此已现衰落的征兆。

韩诗似乎也认为这是周宣王时期的诗,此诗三次出现"劬劳"字样,《经典释文》指出韩诗"劬"作"数","之子于征,劬劳于野"。"劬劳"作"数劳"。更能显示使臣数次往来安集流民的情形。

然而,朱熹《诗经集传》对此诗作了新的解释,他认为,此诗的诗文中并没有证据显示这是周宣王时代的诗。诗中"之子于征,劬劳于野"所说的"之子"是"流民"的相互称谓,并非是朝廷的使臣。认为此诗乃是"劳者歌其事"而作。现代解诗者多从此说,认为首章写流民被迫到野外去服劳役,连鳏寡之人也不能幸免,次章具体描写流民在工地上集体劳作,筑起很多堵高墙,然而自己却无安身之地。末章写流民悲哀作歌,如鸿雁哀鸣,并遭到贵族富人的讥笑。由于此诗贴切的喻意,后世遂将"哀鸿"作为苦难流民的代名词。云云。

"《诗》无达诂",这种解释亦可备一说。只是此诗末句"维彼愚人,谓我宣骄"之语,不易解通。朱熹谓"大抵歌多出于劳苦,而不知者常以为骄也"。流民劳苦而作哀歌,有谁会不知而"常以为骄"呢? 这种说法太勉强了。

所以,在此诗的解释上,我们更愿意接受《毛诗序》的说法。

其实,春秋时期,各诸侯国士大夫们在外交场合赋诗、引诗时,也是从使者的意义来理解《鸿雁》一诗的。据《左传·文公十三年》记载,鲁文公到晋国会盟,晋国称得上当时的超级大国。鲁国是晋国的坚定盟友,两国长期保持着密切的关系。鲁文公会盟后归国,途经卫国,此前卫国与晋国处于一种敌对的关系,卫侯请求鲁文公再返回晋国,为卫国请和。鲁文公答应了卫侯的要求,折返晋国充当了和平使者。当鲁文公再次从晋国出来返归鲁国,路经郑国时,郑穆公设宴为鲁文公接风，席间郑国提出了类似卫国的请求。当时晋国与楚国争霸，郑国夹在晋、楚两国中间，所谓"西瓜偎大边"，郑国先是联楚抗晋，现在感觉形势不妙，又想倒向晋国，所以欲托鲁文公帮助斡旋。鲁、郑两国卿大夫的外交是颇为别致的。他们并没有明白直接说出各自的想法，而是通过相互赋诗来表达自己的意向，那情形就好似相互打哑谜。先是郑国大夫子家赋《鸿雁》一诗，我们已经知道，此诗中说"燕燕于飞，肃肃其羽，之子于征，劬劳于野。爰及矜人，哀此鳏寡"，听的人已经心领神会，这是说鲁文公作为和平使者，一路奔波劳顿，郑国君臣对此表示敬意和慰问。并且请求鲁文公能怜恤郑国国弱力微，再跑一趟晋国，替郑国请和。随从鲁文公出使的季文子接着赋《四月》一诗，代鲁文公作答，巧妙表达了这样一个意思：鲁国同样国弱力微，且鲁文公在外日久，如今四月已过，暑气渐盛，思归家邦，祭拜祖先，不欲再赴晋国了。子家又赋《载驰》之四，此章中说"控于大邦，谁因谁极"，意为若非鲁国，谁人还可依靠呢，恳请鲁国君臣再次奔走。季文子再赋《采薇》之四，其中说"岂敢定居，一月三捷"，表示不敢求安逸，允诺再返晋国为郑国请和。在通过赋诗来巧妙表达国家意志的外交方式中，无论是请求、拒绝或最后允诺，都那样得体而流畅，丝毫没有难堪和尴尬之处。

在这个故事中，我们看到郑国大夫子家的赋诗，首先选择了《鸿雁》这首诗，在当时的语境下，鲁文公被视作和平的使者。在场者对《鸿雁》一诗的理解与《毛诗序》的看法比较接近。

鹤　鸣

【原文】

鹤鸣于九皋，声闻于野。鱼潜在渊，或在于渚。乐彼之园，爰有树檀，其下维萚。它山之石，可以为错。

鹤鸣于九皋，声闻于天。鱼在于渚，或潜在渊。乐彼之园，爰有树檀，其下维榖。它山之石，可以攻玉。

【译文】

苍鹤在幽泽中鸣叫，声音嘹亮远野都能听到。鱼儿潜在深深江渊，又或游在浅浅水边。安乐恬静的林园，长着高高的紫檀，落叶把树下都铺满。它山上那粗粗的砺石，可以把美玉来磨研。

苍鹤在幽泽中鸣叫，声音高亢传上了云霄。鱼儿游在浅浅水边，又或潜在深深江渊。安乐恬静的林园，长着高高的紫檀，杂楮把树下都占满。它山上那粗粗的砺石，可以把美玉来琢治。

【解说】

先解释几个字词：1."皋"，音高，指沼泽。2."渚"，音主，指水边。3."萚"，音拓，指落叶。4."榖"，音古，此字下从木，非从禾，即楮木，通常指恶木。

这首诗的写作背景是什么呢？《毛诗序》说："《鹤鸣》，诲宣王也。"郑玄《笺》说："诲，教也。教宣王求贤人之未仕者。"《毛诗序》作者和郑玄说得都比较笼统，我们比较同意明代何楷《诗经世本古义》的意见，他认为，此诗的作者可能是周宣王末年的人。周宣王前期声誉甚美，为官民拥戴，以为成康之世再现，史称"宣王中兴"。但周宣王好大喜功，晚年四处征伐，往往败多胜少，周宣王愈不甘心，刚愎自用，听不进别人的劝谏。比如，他干涉鲁国君位继承，废嫡立庶，朝臣谏之不听；不在千亩（地名）行籍田礼，朝臣谏之不听；"料民于太原"，朝臣谏之不听；无辜杀杜伯，朝臣谏之不听。对于这样一直威名赫赫的"伟大君王"，大臣应该怎么办呢？只能好言劝谏。不过这次换了一种劝谏的方式——写诗。诗人不直陈其义，而是托物说理，虽然君王您如美玉一般，但"它山之石，可以为错"，"它山之石，可以攻玉"，听一听别人的意见，会使君王您的决策更英明、更正确。《鹤鸣》一诗的背景很可能是这样的。

这首诗共有两章，两章意思相近。诗中用了几个罕见的譬喻：（1）鹤鸣皋声闻，身隐而名著；（2）鱼潜渊游渚，寒藏而温见；（3）园有檀有萚，尊贤而容众；（4）它山以为错，用贱而理贵。这些比喻，取譬近而见义远。用自然景物中所体现的哲理来感悟人。这或许是作者的用意吧。

下面我们来具体解释和欣赏这首诗。此诗两章都是以鹤起兴，诗首章开头说："鹤鸣于九皋，声闻于野。"（二章是"声闻于天"）在中国人的审美情趣中，鹤不是一般的禽鸟，它高逸标致，清远闲放，超然于尘垢之外。古人常用鹤来比喻贤人君子、高人隐士。"鹤鸣"有什么特点呢？鹤的种类不同，有纯白的丹顶鹤，也有苍色鹤。苍鹤常常半夜鸣叫，叫声高亢嘹亮，能传八九里远。《淮南子》说："鸡知将旦，鹤知夜半。"诗中所说的"声闻于野""声闻于天"的鹤应该就是苍鹤。"九皋"是什么意思呢？"皋"是沼泽。《韩诗章句》说："九皋，九折之泽。"意思是说在沼泽的很深处。"声闻于野"是就四方而言，"声闻于天"，是就上下而言。鹤鸣于九曲幽泽之中，上下四方很远都能听到。比喻贤者隐于幽远之处，其声名闻于朝廷之间。所以两章的第一句应该都是对贤人隐士的赞美。孔子曾说："君子居其室，出其言善，则千里之外应之，况其迩者乎？"又说："君子之道，或出或处，或默或语。"《鹤鸣》第一句所隐含的意思，与孔子的话是相近的。

首章三四句："鱼潜在渊，或在于渚。"用现代语言翻译出来，意思是："鱼儿潜在深深江渊，又或游在浅浅水边。"次章第二句："鱼在于渚，或潜在渊。"只是颠倒过来说了一遍。总之，这一句好像没有什么太深的意思。

首章第五、六句："爰有树檀，其下维萚。"次章首章第五、六句只改一字，即改"萚"为"榖"。"萚"为落叶，"榖"指恶木。这是一种对比的写法，有高则有下，有贵则有贱，有美则有丑。仅此而已。似乎也没有什么更深的意思。我们读诗，不能要求一首诗中句句都是名言警句，对于《诗经》也是这样。对于这些没有深意的句子，我们的分析可以从略。

但首章最后两句："它山之石，可以为错。"次章最后两句："它山之石，可以攻玉。"确是千古至理名言，耐人寻味。我们不妨多说几句。

中国人自古喜欢玉，崇拜玉，认为玉温润清雅，是天下至美之物，因此将"玉"作为美的符号、美的象征，如形容女人美会说"画中有个人如玉"，形容男人美会说"如玉树临风"。"玉"更是性格美、道德美的象征，如说某人性格"温润如玉"，形容某人操守好会说"守身如玉"，等等。但古语说过："玉不琢不成器。"玉是怎么研磨雕琢的呢？是用砺石来研磨雕琢的。人在成长中，也要在他人的砥砺中成德成才。别人批评自己的话未必不好，应借他人所言，反观自省，以补救自己的不足，防止误入迷途。"它山之石，可以攻玉"，这句话教诫人们要虚心听取别人的建议或批评。

后世朱熹对《鹤鸣》一诗的解释比较特别。他说："此诗之作，不可知其所由，然必陈善纳诲之词也。盖'鹤鸣于九皋'，而'声闻于野'，言'诚'之不可掩也；'鱼潜在渊'，而'或在于渚'，言'理'之无定在也；'园有树檀'，而'其下维萚'，言'爱'当知其恶也；'它山之石'，而'可以为错'，言'憎'当知其善也。由是四者引而伸之，触类而长之，天下之理，其庶几乎！"朱熹分析《鹤鸣》中有"诚""理""爱""憎"四种思想，这不过是在讲理学，并不是在说诗。我们必须弄清楚，《诗经》是一部文学作品，不是讲理学的书。

下面我们略谈一下《鹤鸣》一诗作为文学作品的美学特点。在我们看来,《诗经》的美学特点是:于自然中见审美情趣,于朴素中见真理精神。我们以《鹤鸣》一诗来做一个印证。你看,《鹤鸣》一诗开头:"鹤鸣于九皋,声闻于野",多么自然,多么朴素,多么大气,毫无雕琢的痕迹。后人咏鹤的诗不少,宋人陈岩肖撰《庚溪诗话》对此做过比较。你看唐代大诗人白居易写丹顶鹤的诗:"低头乍恐丹砂落,晒羽常疑白雪消。"格调卑下,太过雕琢。再看唐代大诗人杜牧写丹顶鹤的诗:"丹顶西施颊,霜毛四皓须。"同样格调卑下,太过雕琢。我们读大诗人的诗,发现他们的诗并不是每首都好,也多有败笔。在几千首诗作中能有那么二三十首好诗,已经很了不起了。相比之下,"鹤鸣于九皋,声闻于野",有那么做作吗?所以《诗三百》才称为"经"啊!

祈　父

【原文】

祈父!予王之爪牙。胡转予于恤,靡所止居?
祈父!予王之爪士。胡转予于恤,靡所厎止?
祈父!亶不聪。胡转予于恤?有母之尸饔。

【译文】

大司马!我本是君王的亲兵。为何陷我于忧患,到处征戍不安宁?
大司马!我本是君王的武士。为何陷我于忧患,到处征戍无休止?
大司马!脑子真的不好使。为何陷我于忧患,家有老母没饭吃。

【解说】

先解释几个字词:1."祈",是通假字,本字应该是"圻"或"畿",在古代是王都所管辖的方千里的土地。"祈父",是官名,即掌握兵权的大司马，相当于现代的国防部长。2."恤"，忧患。3."厎"，音止，"厎止"，"休止""终止"之意。4."亶"，确实。5."尸饔"，"尸"，借为"失"。"饔"，熟食。

《毛诗序》说："《祈父》，刺宣王也。"郑玄《笺》补充说："刺其用祈父，不得其人也。官非其人则职废。祈父之职，掌六军之事，有九伐之法。祈、圻、畿同。"

周宣王晚年穷兵黩武，四处征战，然而败多胜少。按照《资治通鉴外纪》所载：周宣王"三十三年，王伐太原戎，不克。""三十四年，王征猃狁。""三十八年，王伐条戎、奔戎，王师败绩。""三十九年，战于千亩，王师败绩于姜氏之戎。……王既丧南国之师，乃料民于太原。""四十一年，王征申戎，破之。"《祈父》一诗中反复说"转予于恤"，所指的应该就是这个历史背景。《祈父》一诗很短，它讥刺周宣王穷兵黩武、用人昏庸。却又不是直接对着君王说的，而是对着掌管兵权的"祈父"说的。传统经师认为这是"诗人之忠厚"。

"爪牙"一词在现代是个贬义词，是与"走狗""鹰犬"差不多的一类词。但在古代，"爪牙"是个褒义词。猛兽通常以爪和牙进行防卫和搏击。因而古人将"爪牙"作为"勇武"的象征，出师打仗，军前大旗叫"牙旗"，军中发号施令都要在牙旗之下。军队也用"牙璋"作为信物，"牙璋"就是刻有兽牙形状的玉器，其功用有点像后世调兵的虎符。而文官公府也效法这一套，刻木为牙，立于公府门前，叫"牙门"，后来讹为"衙门"。从这些掌故中，你可以看出古人对"牙"近乎崇拜的态度。

此诗开头就说："予王之爪牙。"我是什么人？我是君王的亲兵卫士。亲兵卫士的职责是保卫君王的，居则捍卫王宫，行则护卫车驾。君王不出行，亲兵卫士也不出行。祈父竟然调动君王的亲兵卫士四处征战，让我们陷于忧患。但调动君王的亲兵卫士，必定是得到君王同意的，甚至是君王自己派出去的。前方战事吃紧，周宣王又好大喜功，无兵可征，所以才"料民"（调查人口数量）于太原。无兵可征，才不得不派出自己的亲兵卫士。但这个过错不能让君王承担，而过错又要有人承担，"祈父"于是就成了倒霉蛋。所以《祈父》一诗三章全是君王亲兵责备祈父之辞。

正如我们前面所说的，在春秋时期的诸侯国外交活动中，流行"赋诗断章"，它不在于讲《诗经》的某篇诗的原意是什么，而是在新的特定的环境中，恰当地运用某篇诗的某句话，起到某种画龙点睛的游说作用。据《左传·襄公十六年》记载：齐国侵伐鲁国，鲁国派叔孙豹到晋国求救，鲁国与晋国是盟国，晋国又是盟主。鲁国年年进贡，晋国有保护鲁国的责任。但晋人听了叔孙豹求救的陈词后，却以各种理由婉言谢绝，不想承担救援的责任与义务。叔孙豹于是去见中行献子，并赋《祈父》一诗，这当然有责备之意，那意思是说，晋国大盟主啊，你为何让鲁国陷于忧患，使我们得不到安宁？"胡转予于恤，靡所止居？"中行献子听后立即道歉："偃知罪矣！"表示愿意救援鲁国。你看一篇诗的力量有多大！

黄　鸟

【原文】

黄鸟黄鸟，无集于榖，无啄我粟。此邦之人，不我肯榖。言旋言归，复我邦族。

黄鸟黄鸟，无集于桑，无啄我粱。此邦之人，不可与明。言旋言归，复我诸兄。

黄鸟黄鸟，无集于栩，无啄我黍。此邦之人，不可与处。言旋言归，复我诸父。

【译文】

黄鸟黄鸟啊快飞离,别在那楮树上停聚,别再啄吃我的小米。这地方的人太欺生,待我丝毫没有善意。我这就收拾回家去,回到本族之地安居。

黄鸟黄鸟啊快飞离,别在那桑树上停聚,别再啄吃我高粱米。这地方的人假惺惺,行事一点也不坦诚。我这就收拾回家去,回到诸兄之地安居。

黄鸟黄鸟啊快飞离,别在那柞树上停聚,别再啄吃我大黄米。这地方的人多心机,与他们相处不容易。我这就收拾回家去,回到叔伯之地安居。

【解说】

先解释几个字词:1."榖",楮树。2."粟",小米。3."榖",善。4."旋",回。5."栩",柞树。6."诸父",同族叔伯。

此诗共三章,每章用语基本相同,意思却层层递进。"黄鸟黄鸟,无集于榖,无啄我粟",首句责唤黄鸟,让它别再停聚在自己家的树上,别再啄吃自己家的小米。"此邦之人,不我肯榖","此邦"之人,待"我"不善。人不善待"我","我"心悲怒难遣,所以呼"黄鸟"而责之。"言旋言归,复我邦族",原来,诗中所说的"我"是异乡之人流落到此邦。没想到此邦之人排斥"我",不能善待于"我",那"我"就只好回到自己的宗族故里了。后两章层层递进,说此邦之人不能与"我"真诚相待,"我"无法与他们相安相处。"我"在此邦的处境越来越窘迫,所以越来越思念同族兄弟,愈觉同族之人可亲。

《孔子诗论》评论这首诗说:"《黄鸟》,则困而欲反(返)其故也。"又说:"多耻者其病之乎?"异乡人流落于此邦而失意困惑,此邦有廉耻的政治家是否对此感到忧虑呢?

《黄鸟》所反映的情况，应该是一种地域和宗族排斥。由于当时的人多聚族而居，所以宗族排斥或是主要因素。宗族是以父系血缘关系为纽带所建立的一种社会组织。在宗族之内，族人为宗族发展而努力，宗族也保护族人的生存利益。正如汉代班固所概括："族者何也？族者凑也，聚也，谓恩爱相流凑也。上凑高祖，下至玄孙，一家有吉，百家聚之，合而为亲，生相亲爱，死相哀痛，有会聚之道，故谓之族。"（《白虎通·宗教》）宗族人在履行社会职责的同时，也要为本宗族争取利益，这样，他们的宗族才能存活下去。所以，宗族与他族之间，不免会产生利益的冲突。虽然在宗族社会里，这是一种常见的社会现象，但对于国家而言，这却是需要解决的一个社会问题。因为只有不同宗族的人能和谐相处，才能保障社会的基本稳定。

就个人修养而言，需要有一种博爱的胸怀，古代先哲倡导这种仁爱之心。如《诗经·思文》说："无此疆尔界，陈常于时夏。"说的是后稷所发明的农业技术和周族所施行的农政，不分地域疆界和族群界限，传播到整个天下，以养育天下之民。《尚书·尧典》也说："九族既睦，平章百姓。百姓昭明，协和万邦。"表达的也是族群之间相亲爱，邦国之间相和谐的理想政治。《礼记·礼运》更借孔子之口说出了最高的社会理想："大道之行也，天下为公。选贤与能，讲信修睦，故人不独亲其亲，不独子其子，使老有所终，壮有所用，幼有所长，矜寡孤独废疾者，皆有所养。"即不因血缘或地域的不同，而排斥他人。

诗中讲此邦之人排斥异乡、异族之人，怕他们与本土之人争利益，所反映的是此地人之心胸狭隘。心胸狭隘者多因不够强大、自信，表现出的行为也是好与人争斗。那么，作为政治家而言，治内百姓有此狭隘的地区意识，怎么会不感到羞愧和忧虑呢？

汉代，《毛诗序》作者也将此诗与政治家联系起来，不过他所说的政治家是国家的首脑，他认为："《黄鸟》，刺宣王也。"为什么是讽刺周宣王，《毛诗序》并没有交代。

宋代，范祖禹说此诗是"民之去其土、离其亲者，不得已也。人不相恤，是以怀其邦族而复之也。"（引自《吕氏家塾读诗记》卷二十）苏辙则认为，这是"贤者不得志而去之"[①]的诗。朱熹则认为："民适异国不得其所，故作此诗。"（《诗经集传》卷五）其实，诗中的"我"不论是贤者，或是出于某种原因寓居"此邦"之人，都没有得到善意的对待，反映出的是这个乡邦之人的排外心理。这种排外的心理和风俗不是很可鄙的吗？

生活是一面镜子，你如何对待它，它就如何对待你。排斥别人，也一定会遭到别人的排斥，个人如此，国家亦如此。所以，这不单是诗中之人的忧患，更是当政者的忧患，也是这个邦国的忧患。因为这样的邦国往往会陷入自我封闭，强大不起来，也得不到他国的友爱和帮助。

不过，从另一方面看，《黄鸟》这首诗反映了一个普遍的社会现象，从古至今都存在着，程度不同而已。所以，元代刘玉汝从中读出："今舍其父兄宗族而适他人，意谓他人之可依也，而不思我能厚宗族。何必去父母之邦？不能厚父兄而能厚人乎？人亦岂能厚我哉？又况世衰道微、民心离散之时乎？必致困穷而反，然后知亲者为可亲。"（《诗缵绪》卷十）我们觉得，刘玉汝的这段论述，对于现代也有很大的启发意义。

[①] 引自宋李樗黄櫄《毛诗集解》卷二十二。

节南山之什

节南山

【原文】

节彼南山,维石岩岩。赫赫师尹,民具尔瞻。忧心如惔,不敢戏谈。国既卒斩,何用不监?

节彼南山,有实其猗。赫赫师尹,不平谓何?天方荐瘥,丧乱弘多!民言无嘉,憯莫惩嗟。

尹氏大师,维周之氐;秉国之均,四方是维。天子是毗,俾民不迷。不吊昊天,不宜空我师!

弗躬弗亲,庶民弗信。弗问弗仕,勿罔君子。式夷式已,无小人殆。琐琐姻亚,则无膴仕。

昊天不佣,降此鞠讻。昊天不惠,降此大戾。君子如届,俾民心阕。君子如夷,恶怒是违。

不吊昊天,乱靡有定。式月斯生,俾民不宁。忧心如酲,谁秉国成?不自为政,卒劳百姓。

驾彼四牡,四牡项领。我瞻四方,蹙蹙靡所骋。方茂尔恶,相尔矛矣。既夷既怿,如相酬矣。

昊天不平,我王不宁。不惩其心,覆怨其正。家父作诵,以究王讻。式讹尔心,以畜万邦。

【译文】

那个高峻的南山,岩岩气象不可犯。威名赫赫尹太师,让人仰视匍匐看。

忧心如焚怀愤懑，牢骚笑话不敢谈。国脉已经快斩断，为何危机看不见！

那个高峻的南山，坡谷倚伏草木满。威名赫赫尹太师，办事不平招人怨。

上天正在降疫病，人多丧亡国已乱。民众已经无好言，当局从不自检点！

尹太师啊尹太师，国家将你作柱石，手握大权掌国运，四方稳定你维持。

天子靠你来辅佐，人民有你路不迷。老天太不体恤人，让他刮尽民膏脂！

虽然掌政不问政，民言民意不信从。人才不问也不用，君子不该遭欺哄。

坏事当止当纠正，拉拢小人惹祸凶。庸庸碌碌众亲戚，何必重用加恩宠！

老天真是不公正，降下浩劫祸苍生。老天实在不仁慈，降下灾难活不成！

如果君子来执政，可使民怨平一平。君子执政持公道，可使民众远忿争。

老天不恤人间苦，乱子从此不曾停，一月一月连发生，百姓生活难安宁。

忧心忡忡如病酒，谁能安民掌国柄？君王不能亲为政，结果苦了老百姓。

欲驾驷马向前行，马儿健壮昂脖颈。我向四方举目望，处处局促难驰骋。

朝臣之间常恶斗，相攻矛头对矛头。纷争平息换笑脸，又像宾朋相酢酬。

老天真是不公平,我王竟也不安宁。君王不惩太师恶,反怨臣子来谏诤。

家父作诗且自诵,追究祸乱的元凶。但愿君王心感化,蓄德天下万邦同。

【解说】

先解释几个字词:1."节",高峻貌。2."岩岩",积石貌。3."赫赫",显盛貌。4."师尹",太师尹氏。5."具",俱。6."惔",音谭,焚烧。7."卒",终。8."斩",绝。9."监",视,察。10."有实",长满草木。11."猗",山坡。12."荐",进,加。13."瘥",音矬,疫病。14."弘多",大而多。15."憯",音惨,曾。16."惩",警戒。17."氐",音底,根本。18."均",公平。19."毗",音皮,辅佐。20."不吊",不善。21."空",穷。22."师",众。23."罔",欺。24."式",语助词。25."殆",亲近。26."琐琐",猥琐,庸俗。27."姻亚",姻亲。28."膴",音妩,厚。29."佣",均,公。30."鞠",音居,穷。31."讻",凶。32."届",至。33."阕",音却,平息,怨自消。34."酲",音成,病酒。35."秉国成",执掌国事。36."蹙蹙",局促的样子。37."靡所骋",无处驰骋。38."覆",反。39."正",谏正之人。40."家父",人名,本篇的作者。41."讹",化。

这是一首讲述末世政治乱象的诗。诗开头就说出了造成末世乱象的元凶,"赫赫师尹,民具尔瞻",师尹是一位尹姓的太师。太师为周王室的三公之一,执掌着国家的政务,是周王的重要辅臣之一,位高权重。所以此诗才会说,师尹是国民所仰望之人。诗人为什么讽刺他?我们接着往下看。"忧心如惔,不敢戏谈。"诗人对现实政治虽然忧心如焚,竟然也不敢轻易地谈论当时的政事。"国既卒斩,何用不监?"国运就快要走到尽头了,当政者为什么还不好好反思自省呢?首章说出了当时的整体局势，确实让人忧虑心焦。

诗人接着呼责师尹。"赫赫师尹，不平谓何？"太师不能秉公执政，再加上天灾人祸，已引起了社会的混乱动荡，"天方荐瘥，丧乱弘多"。人民的生活陷入极度不安，怨声载道，可尹太师竟还不引以为戒，"民言无嘉，憯莫惩嗟"。当时太师的职责非常重要：他是国家的砥柱，是王的首辅。四方诸侯靠他维系，天下万民靠他引导。职责如此之重，可是这位尹大师，怠于职责，欺罔君子，亲近小人。"琐琐姻亚，则无膴仕"，还专门把高官厚禄安排给自己诸多平庸的亲戚。

"昊天不佣，降此鞠讻。昊天不惠，降此大戾。"老天啊，你为什么要降下这样一个大祸害。国家有这样的当政者，真是人民的不幸。老百姓希望有一位君子之人来代替他，他们对执政者的要求很低：只要他能一碗水端平，人民也就不会有责怨了，"君子如届，俾民心阕。君子如夷，恶怒是违"。希望总是美好的，现实却是残酷的，"不吊昊天，乱靡有定。式月斯生，俾民不宁"。老天给的灾难越来越多，一件接着一件，百姓已经快没活路了。"忧心如醒，谁秉国成？"眼见国家变成这样，诗作者深以为病，但又能怎样呢？自己势位不足，人微言轻，这种感觉就像醉酒之人惶惑而无力。作者又说他想要驾车去原野驰骋，以排遣、宣泄他满胸的愁闷。可是他举目四望，发现居然无处可以驰骋。当然这只是一种比喻的说法，用以形容找不到出路的一种无奈的感觉。

太师啊，在你领导的朝廷中，都是一些什么样的人啊？当朝臣们互相厌恶的时候，总想将对方置于死地；而当相互和解之后，又像对待宾朋那样相互酬酒，以示友好亲密，"方茂尔恶，相尔矛矣。既夷既怿，如相酬矣"。怎么这样没有原则，反复无常呢？

鉴于这样的政治乱象，家父我只能作诗一首，讽诵朝野，道出王政坏堕的根结。

《节南山》以尹氏大师为讽刺对象，从他的为政用人，直到他的为人处世。诗人认为当时的天灾人祸，都是尹氏太师没有尽到职责的缘故。那么究竟又是谁，任用了这样的人作为太师呢？当然是周王了。所以，《毛诗序》说："《节南山》，刺幽王也。"（《毛诗注疏》卷十九）《毛诗序》的解读可谓看到了问题的本质，至于具体是不是周幽王，那倒不一定了。

读者可能奇怪，诗人为什么只针对尹氏太师一人呢？这一点，诗人早在第一章就做了解答，"赫赫师尹，民具尔瞻"。孔颖达疏解说："尹氏为太师，既显盛，处位尊贵，故下民俱仰汝而瞻之。汝既为天下所瞻，宜当行德以副之。"（《毛诗注疏》卷十九）就是因为尹氏太师位高权重，影响力大，成为人民关注的焦点，所以才更要注意提升自己的品德。如果真是这样的话，人民就会爱戴他，"君子之得其民，得其心也。民之好恶，其心未尝不公，君子以民为心，公其好恶，则民爱之戴之，将父母若矣。为人上者，下人之所瞻望也，唯中立而不倚，则服而从之"。（宋薛季宣《浪语集》卷二十九）反之，位高权重而不修其德，为所欲为，搞乱政治，就会让百姓失望。这样的人，只能会被人民和历史所抛弃。

前面已经说过，这是一首讲述末世政治乱象的诗。事实上，历史上许多王朝的末世，都出现过类似的政治乱象。

小 旻

【原文】

旻天疾威，敷于下土。谋犹回遹，何日斯沮？谋臧不从，不臧覆用。我视谋犹，亦孔之邛。

潝潝訿訿，亦孔之哀。谋之其臧，则具是违；谋之不臧，则具是依。我视谋犹，伊于胡底！

我龟既厌，不我告犹。谋夫孔多，是用不集。发言盈庭，谁敢执其咎？如匪行迈谋，是用不得于道。

哀哉为犹！匪先民是程，匪大犹是经；维迩言是听，维迩言是争。如彼筑室于道谋，是用不溃于成。

国虽靡止，或圣或否；民虽靡膴，或哲或谋，或肃或艾。如彼泉流，无沦胥以败。

不敢暴虎，不敢冯河。人知其一，莫知其它。战战兢兢，如临深渊，如履薄冰。

【译文】

老天迅烈发威怒，天祸降下遍国土。朝廷谋略用邪僻，灾难何时能止住？善谋良策不听从，歪门邪道反信用。我看现在的政策，弊端太多患无穷！

吵吵休休说是非，好恶由己真可悲。若有什么好谋略，大家表态俱乖违。若有什么坏算计，大家表态都同意。我看现在的政策，不知弄到啥田地！

屡卜灵龟已厌烦，不把吉凶来告我。出谋划策人太多，议而不决无着落。满庭都是发言者，若有过错谁负责？如欲行路不问路，行路方向终不得。

如此谋划真不幸，不效先贤无章程，常规大法不实行。浅薄之言专爱听，浅薄之论专爱争。如与路人谋建房，人多嘴杂建不成。

国家虽然不算大，也有圣贤和顽惰；国民虽然不算多，也有谋士和英哲，还有尊肃和耆硕。如泉疏导水清澈，不然淤腐将败恶。

不敢赤手与虎搏，不敢徒步去蹚河。人知此险不能做，不知还有别的祸。小心谨慎没大错，如临深渊须停脚，如履薄冰防跌落。

【解说】

先解释几个字词：1."敷"，布。2."犹"，通猷，谋。3."回遹"，遹音遇，邪僻。4."沮"，止。5."卭"，音琼，病。6."潝潝"，潝音细，低声附和的样子。7."訿訿"，訿音子，诽谤、诋毁。8."厎"，音指，至。9."我龟既厌，不我告犹"，古代以龟甲向神灵问卜，若一件事情多次问卜，便是对神灵的亵渎。这里是说占卜过多，导致神明厌烦，不再告诉事情的吉凶。10."谋夫"，出谋划策的人。11."不集"，此处指意见不一致，无着落。12."匪"，音斐，彼、那。13."行迈谋"，杜预："谋于路人也。"14."不得于道"，达不到目的地。15."程"，效法。16."大犹"，远大的谋略。17."经"，行。18."溃"，达到。19."止"，安定。20."艾"，读爱，老人。21."沦胥"，水瘀滞，不能快流。22."冯"，音凭，徒步过河。

这是一首反映朝政混乱的政治讽刺诗。《毛诗序》说："《小旻》，大夫刺幽王也。"郑玄《笺》认为："当为刺厉王。"诗中并没有交代是哪一朝的事，所以朱熹说："大夫以王惑于邪谋，不能断以从善，而作此诗。"朱熹说的有道理，其实不论是哪个王，从诗中看，他都是善恶不辨、是非不明的昏庸之人。好的谋略他不用，不好的谋略反而听从，"谋臧不从，不臧覆用"。而他所信用的人，又都是些邪僻之人，议论起国家大事来，个个都说得很热烈，都有一套个人见解，可他们都只是说一些不负责任的话而已。真正出了事情，谁都不敢站出来承担责任。这样一种朝廷景象，真不知道要把国家弄成啥样子！诗人担心、忧虑，又感到悲哀，为什么朝廷所用的政令谋略，既不效法古圣先贤，也不考虑它的深远影响呢？没有一个远大的规划，只就眼前的利害考虑，就像盖房子没规划，随便跟路过的人商量，房子哪会盖得成呢？要是国家没有贤才，倒也可说是国运不济，但就算是国家没那么大，也还有各种人才，君王怎么就不选用贤明呢？不选用贤明疏导政治，那就只能等着国家慢慢败亡了。这是诗人的担忧，也是对君王的提醒。最后一章，诗人再次表达了自己的焦虑，责备朝廷大臣虑事不周，没有深谋远虑，"不敢暴虎，不敢冯河。人知其一，莫知其它"。诗中最后三句"战战兢兢，如临深渊，如履薄冰"，则写出了在众人昏聩的情况下，诗人小心应对一切的心态。

　　《孔子诗论》评论此诗说："《小旻》多疑矣，言不中志者也。"认为《小旻》一诗是讲统治者多疑而不善断，君子有忠言而不能进用。评论得非常恰当。一个国家的政策，无论得当与否，都将影响巨大而深远。清代《御纂诗义折中》卷十三说："观阴阳否泰之数，君子小人常并生者也。取舍有定，则君子在上；是非不明，则君子在下。"国家政治决策做得好坏最终归结到用人的问题上，"君子在上"，就会"取舍有定"，做出正确的决策。"君子在下"，就会"是非不明"，做出错误的决策。这一点，无论在古代还是现代，东方还是西方，无论对政治机构，还是商业管理机构而言，都有着启发的意义。

　　《小旻》的最后一句，给人的启示很大，在先秦时期就被多次引用，成为一种处事哲理。这样一种应对事情的态度，对于国家而言，不会造成不必要的伤害。据《左传》记载，在鲁僖公二十二年时，鲁国的邻国邾人因为须句而来讨伐鲁国。因为邾国比较小，军事实力也不强，所以鲁僖公很轻视它，没有做好充分的准备便欲出战。臧文仲劝谏说：不要小看任何一个国家。没有做好充分的准备以备不测，就算是军队再强盛，也不可靠。他引《诗》说："战战兢兢，如临深渊，如履薄冰。"以此来劝谏鲁僖公。鲁僖公不听，亲自率军与邾人交战，结果鲁国军队被打败。邾人还获得了鲁僖公的甲胄，把它悬挂在邾国的城门口，以侮辱鲁僖公。

　　对于个人而言，"战战兢兢，如临深渊，如履薄冰"的处世态度，即便不能有所作为，也能全身而退。《论语》记载：曾子有疾，召门弟子曰："启予足！启予手！诗云：'战战兢兢，如临深渊，如履薄冰。'而今而后，吾知免夫！小子！"古人认为，身体发肤受之父母，身体受到伤害，便是对父母的伤害。曾子一生都谨守礼义，小心处事，身体上没有受到任何外界的伤害。所以,临死之时,让弟子们观看他的手足,并引《诗》教导弟子们处事的方法。

谷风之什

蓼莪

【原文】

蓼蓼者莪,匪莪伊蒿!哀哀父母,生我劬劳。
蓼蓼者莪,匪莪伊蔚!哀哀父母,生我劳瘁。
瓶之罄矣,维罍之耻。鲜民之生,不如死之久矣。
无父何怙?无母何恃?出则衔恤,入则靡至。
父兮生我,母兮鞠我。拊我畜我,长我育我,
顾我复我,出入腹我。欲报之德,昊天罔极。
南山烈烈,飘风发发。民莫不穀,我独何害?
南山律律,飘风弗弗,民莫不穀,我独不卒。

【译文】

我是那长大了的莪吗?不是莪而是那无用的贱蒿!哀哀思念我的父母啊,当初养我太操劳。

我是那长大了的莪吗?不是莪而是那无用的贱蔚!哀哀思念我的父母啊,当初养我太劳累。

父母如瓶水已经耗尽,罍空不能反向注水真可耻。天下少有这样不尽责的人,我还不如早早去死。没了父亲谁还让你依仗?没了母亲谁还让你依傍?出门怀着满腹的忧伤,回家无所归投四处彷徨。

父亲啊是你生了我,母亲啊是你哺了我。疼我爱我,育我教我,关

心我挂念我，出来进去抱着我。你们的恩情像天一样大，让我怎么来报答！

南山烈烈而鸣，飘风栗栗苦寒。别人都有双亲陪伴，为何只有我影只形单？

南山律律而鸣，飘风飒飒寒苦。别人都能尽孝反哺，为何我不得终养父母？

【解说】

先解释几个字词：1."蓼蓼"，蓼读路。蓼蓼，长大之貌。2."莪"，即莪蒿。生水边，嫩叶可食。3."劬"，音渠，劳苦。4."蔚"，牡蒿。一名马薪蒿。5."瓶"，汲水之器。6."罍"，盛水之器。7."怙"，依靠。8."鞠"，音居，养育。9."拊"，抚慰。10."顾"，关心、照顾。11."腹"，怀抱着。12."南山烈烈，飘风发发"，喻寒苦。下文"南山律律，飘风弗弗"亦寒苦意。13."民莫不穀，我独何害"，"穀"，养也，言民皆得养其父母，我却何故独受孤苦之害。14."我独不卒"，卒，终。我独不得终养父母。

《毛诗序》说："刺幽王也，民人劳苦，孝子不得终养尔。"我们从此诗中看不出有"刺幽王，民人劳苦"之意。不过"孝子不得终养尔"一句，倒是说到了点子上。《孔子诗论》说："《蓼莪》有孝志。"《孔丛子》说："于《蓼莪》、见孝子之思养也。"此诗所抒发的只是孝子不能终养父母的悲痛情怀。

《蓼莪》一诗有人分为六章，有人分为七章。同样分为六章，分法也有所不同。我们参照元代刘玉汝《诗缵绪》的分法，首二章与末二章每章四句。中间两章每章八句。

诗的第一章和第二章虽然用韵上有变化，但表达的是同一个意思，这是《诗经》中常用的一种加强表达力量的方式。这首诗的第五章、

第六章采用的也是这种表达的方式。

诗的第一章和第二章开头就用了一个比喻,来自我否定。"蓼蓼者莪,匪莪伊蒿!""蓼蓼者莪,匪莪伊蔚!""蓼蓼"是又长又大之貌。莪,即莪蒿,是一种野菜,口感甚佳。因其抱根丛生,就像孩子连着父母的情状,所以又被人们称为"抱娘蒿"。李时珍在《本草纲目》中说:"莪抱根丛生,俗谓之抱娘蒿。"明代诗人王西楼写诗说:"抱娘蒿,结根牢,解不散,如漆胶。"蔚也是一种蒿草,虽也是一丛一丛的,却是散生的。此诗开头就说:我是那长大了的莪蒿吗?不是,不是,是那无用的蔚蒿!诗的作者很自责,他认为自己作为子女本应尽孝于父母膝前,就像那抱娘蒿一样,聚在一起,和乐融融,尽享天伦之乐。但由于现实中的种种原因,致使自己没能赡养父母,就像那没用的蔚蒿,虽然由母体生出,却散离于外。

第一章后两句:"哀哀父母,生我劬劳。""劬",音渠,是劳苦的意思。第二章后两句"哀哀父母,生我劳瘁。""哀哀"两字点出此时父母双亡。我们可以想象,作者多年出游在外,一直到双亲去世不得见面,当其返回家时,家中空空,再也见不到父母的身影,这引起了他无限的哀思。父母一生对自己付出了无私的爱,他们劳苦过度,憔悴而亡,老天竟没有给他一个侍奉父母、报答父母之恩的机会。

第三章开头又用了一个比喻,"瓶之罄矣,维罍之耻"。这里提出了一个瓶和罍的关系问题。《毛诗传》认为瓶和罍都是酒器,瓶小罍大,瓶指子或民,罍指父或君。这种讲法并不符合诗意。所以元代刘玉汝撰《诗缵绪》指出,在上古,瓶首先是汲水之器,《易经·井卦》说"羸其瓶",其中的"瓶"就是汲水器。而罍是盛水器。瓶和罍可以相资以为用。父母如瓶水已经耗尽,而儿子却像空罍一样不能反向瓶中注水,真是可耻。这样解释就比较通顺。《左传》中在引用这一诗句时就是这样理解的。等一会儿我们还要谈到这一点。

下一句："鲜民之生，不如死之久矣。"这句承上而言，还是一句自责的话。前人对"鲜"理解为"穷独"，其实不如理解为"少有"为好。他不是自责穷独，而是自责没有尽责。所以这句意思是说：天下少有我这样不尽责的人，我还不如早早去死。今天的人无论责备别人过分，或者责备自己过分时，也还用"天下少有"这种语式，古人和今人的文化心理有相通之处。接着的四句是："无父何怙？无母何恃？出则衔恤，入则靡至。""怙"，音户，是依仗的意思。"恃"，是依赖、依靠的意思。"衔"，是含着、怀着的意思。"恤"是忧伤的意思。"靡至"是无所归投、不知到哪去的意思。

第四章："父兮生我，母兮鞠我。拊我畜我，长我育我，顾我复我，出入腹我。欲报之德，昊天罔极。""鞠"是哺乳之意。"拊"，是拊循、爱惜之意。"畜"是喂养之意。"长之育之"是常加保护之意。"顾之复之"是行坐与俱、反复叮咛照顾之意。"腹"谓抱之于怀。

父母之恩如此，儿子欲报之以德，而父母之恩像昊天一样无穷，不知何以为报。在这一章中，诗人一连用了九个动词和九个"我"字。父母抚育子女的过程，是每个子女都体验过的，也是每位父亲母亲都体验过的。读了这些诗句，你就会想到自己的父母，所以姚际恒说："勾人眼泪，全在此无数'我'字。"（《诗经通论》）

第五章："南山烈烈，飘风发发。民莫不穀，我独何害？"第六章："南山律律，飘风弗弗，民莫不穀，我独不卒。"这两章连续用叠字的修饰方法。"烈烈""发发""律律""弗弗"，在我们看来，应该都是形声词，其所表现的都是作者极其难受的心声。"穀"是"善"的意思。"民莫不穀，我独何害？"直译的意思是：别人家日子都过得好好的，为什么唯独我遭受此害？"我独不卒"，"卒"是"终"的意思，这句是说：只有我不能终养父母。

《孔子家语》记载了这样一个故事：孔子带着弟子游学，见到一个叫丘吾子的人，在路旁哀哭。孔子下车问他："你没有什么丧事，为什么会哭得如此伤心？"丘吾子说："我年少时好学，访师问友，遍游天下。回来父母都不在了。正所谓'树欲静而风不止，子欲养而亲不待'。逝去而无法追回来的是时光啊。离开再也见不到的是双亲啊。我现在活着还有什么意思呢，从此和你们永别了。"于是投水而死。孔子告诫弟子说："这件事足以让你们反思了。"弟子们听了老师的话之后，辞行回家赡养双亲的就有十分之三。中国古代是一个非常重视孝道的社会，《蓼莪》一诗，以及《孔子家语》中的这个故事，都是传统社会的孝道思想的反映。

有关《蓼莪》一诗，还有其他一些历史掌故。据《左传·昭公二十四年》记载，周王室内部发生动乱，晋国范献子征求郑国子大叔的意见：对王室应该怎么办？子大叔回答说："《诗》曰：'瓶之罄矣，惟罍之耻。'王室之不宁，晋之耻也。"意思是说，周王室作为天下的宗主国，已经走到了穷途末路，晋国是大国，有责任出面帮助王室。这里借用了《蓼莪》的诗句："瓶之罄矣，惟罍之耻。"瓶代表周王室，为君父；罍代表晋，为臣子。君父有难，臣子不能施以援手，便是耻辱。范献子听了子大叔的话，感到恐惧，于是与韩宣子商量，明年大会诸侯，商量帮助王室。

我们再来看另一则历史掌故。《晋书》卷八十八《孝友传》记载，王裒，字伟元，其父王仪为魏文帝所杀。王裒痛父死于非命，绝世不仕。他每读《蓼莪》之诗，未尝不三复流涕，门人受业者学《诗经》，并废《蓼莪》篇，不敢让先生再讲此篇。可见《蓼莪》一诗感人之深。

《诗经》三百零五篇中，言孝子之志的诗有不少篇，但都没有《蓼莪》一篇感人。所以后世便将"蓼莪"二字当作孝心的代名词，屡屡用于诗篇，比如元代郑元佑诗句"扁石处卑心不转，蓼莪才说泪难干。"清代张英诗句："底事吟成转呜咽，泪痕倾向蓼莪诗。"等等。

世界上无论哪个民族都是重视亲情关系的，但像中国如此之重视亲情，并提炼出"孝"道思想，将其上升到哲学、宗教的高度，这在世界上却是很少见的。所以胡适先生说："外国人说我们中国没有宗教，我们中国是有宗教的，我们的宗教，就是儒教，儒教的宗教信仰，便是一个'孝'字。"① 中国古代的伦理思想是一种主体的义务伦理，在自己与他人的伦理关系中，更强调自己一方的责任与义务。如《尚书》中所讲的舜，父顽，母嚚，弟傲，一般人很难与之相处，但舜能克尽孝道友爱。这就是主体的义务伦理。《诗经》中讲孝子之志的诗篇都属这种类型。此点为外国文化学者所不能理解，甚至认为中国人的孝道思想是一种"最不自然的伦理"，真是"道不同不相为谋"啊！

无将大车

【原文】

无将大车，只自尘兮。无思百忧，只自疧兮。
无将大车，维尘冥冥。无思百忧，不出于颎。
无将大车，维尘雍兮。无思百忧，只自重兮。

【译文】

别去推那大车，只会沾一身尘土。别想各种愁事，只使你身心痛苦。
别去推那大车，它会使尘土蒙蒙。别想各种愁事，它让你忧心忡忡。
别去推那大车，它会使尘土满天。别想各种愁事，它让你忧病缠绵。

【解说】

先解释几个字词：1."将"，在古文中有许多种解释，在此诗中是"推进"的意思。2."疧"，音"支"，或音"底"，是"病"的意思。

---

① 转引自严协和《孝经白话译解》，三秦出版社1989年版，第5页。

不过清人李光地曾指出，原字当是"疒"下一个"民"字。唐代因避李世民的名讳而误改。李光地的说法有道理。因为《诗经》中的诗，凡尾字是虚字的，往往虚字的前一字押韵，若是"疷"便不押韵了。3."颎"，音"迥"，是忧愁的意思。4."雝"，同"壅"。

认识了这几个字。此诗的字面意思就比较明白了。但此诗的深层意思又是什么呢？

上海博物馆藏简《孔子诗论》有一句对此诗的评论："将大车之嚣也，则以为不可如何也。"这句评语比较浑沦。只是说诗中反映了推大车的人有一种无可奈何的心情。

《荀子·大略》篇说："君人者，不可以不慎取臣；匹夫者，不可以不慎取友。友者，所以相有也。道不同，何以相友也？均薪施火，火就燥；平地注水，水流湿。夫类之相从也如此之著也。以友观人，焉所疑？取友求善，人不可不慎。是德之基也。《诗》曰：'无将大车，维尘冥冥。'言无与小人处也。"荀子说得很明白，不要与小人相处，不要帮助小人推进事情。

汉代鲁诗一派则说："周大夫有亲信小人者，其臣谏之，而作是诗。"鲁诗师承荀子，此说与荀子一脉相承。

韩诗一派也有相近的说法。《韩诗外传》卷七说："春树桃李，夏得阴其下，秋得食其实。春树蒺藜，夏不可采其叶，秋得其刺焉。由此观之，在所树也。……故君子先择而后种也。《诗》曰：'无将大车，惟尘冥冥。'"种瓜得瓜，种豆得豆。交君子犹如种桃李，"夏得阴其下，秋得食其实"；交小人犹如种蒺藜，"夏不可采其叶，秋得其刺焉"。韩诗所说，很有生活的哲理。

《毛诗》一派的意见与此相近，《毛诗序》说："《无将大车》，大夫悔将小人也。"郑玄《笺》补充说："周大夫悔将小人。幽王之时，小人众多，贤者与之从事，反见谮害，自悔与小人并。"

诸家意见大体一致，看来自先秦以来学者就认为此诗是写"悔进小人"的。就一般的情形而言，小人要想发迹，必须借助君子的扶植，为了取得君子的好感，总是曲意奉承。而君子较少心计，往往被小人的假象所蒙蔽，深信不疑，而出手相助。小人一旦得志，位高权重，便可能倾害君子。而君子曾举荐小人，也便成了历史的污点，遭人诟病。君子往往为此愧悔无及。但大错已经铸成，即使百般补救，也计无所施。此事千古一辙，所以交人、用人不可不慎。

　　历史上，王安石与吕惠卿的关系就是此诗的最好注脚。宋神宗时，吕惠卿为真州推官，任满后入京见王安石，两人相互讨论经义。王安石发现，吕惠卿的思想与自己有许多相合之处，于是格外器重他。熙宁初，王安石主持变法，朝中大臣很少有人理解和支持他，只有吕惠卿等少数人支持他。王安石在宋神宗面前极力举荐吕惠卿说："惠卿之贤，岂特今人，虽前世儒者未易比也。学先王之道而能用者，独惠卿而已。"吕惠卿很快升为执政。这在传统的观念中，王安石便是吕惠卿的恩师。可是，王安石罢相后，吕惠卿忘恩负义，背叛王安石，甚至亲自上书诋毁王安石。王安石是一位理想主义的政治家，连他的政敌司马光也承认王安石是贤人，只是有些"刚愎自用"而已。王安石"识人不明"，晚年退处金陵，常常写"福建子"三字，暗指吕惠卿，后悔举荐他，为其所误。实际上，这样的故事古今甚多，经常发生，也因此《无将大车》一诗，也便有了普遍性的意义。

　　然而朱熹撰《诗经集传》，对于《无将大车》一诗，并不取《荀子》、鲁诗、韩诗、毛诗诸家的意见。朱熹认为从本诗词语看，并没有"悔用小人"的意思，因而提出此诗乃是"行役劳苦而忧思者之作"。清代学者陈启源撰《毛诗稽古编》，反唇相讥，认为从《无将大车》一诗中同样也看不到朱熹所说的"行役劳苦"的意思。他说："《集传》以为行役劳苦之词，恐非是。朱子说《诗》每执诗词为准。此篇诗词何尝有'行役'意乎？"另一位清代学者严虞惇也说："《将大车》不可即指行役，而'无思百忧'亦未见有'行役'之意，不若且从旧说之为得矣。"（《读诗质疑》卷二十一）

今人受朱熹《诗经集传》的影响，并从为"劳动者"代言的立场出发，认为《无将大车》一诗乃是"劳动者"所自作。如高亨解释此诗说："劳动者推着大车，想起自己的忧患，唱出这个歌。"（《诗经今注》）陈子展则称："《无将大车》当是推挽大车者所作。此亦劳者歌其事之一例"，"愚谓不如以诗还诸歌谣，视为劳者直赋其事之为确也"。（《诗经直解》）

我们不赞同高亨、陈子展的这种意见，首先，学术界一般认为《诗经·小雅》为士大夫所作，而非"劳动者"所作。其次，此诗每章首句都有"无将大车"一句，"无"是"不要""别去"的意思，这里面有一种"选择"的语气。作为劳动者，尽管他再厌恶那大车扬尘，但推大车是他的工作，是他活命的手段，他可能选择不去推那大车吗？

所以在解释《无将大车》的立场上，我们宁愿信守清人严虞惇的话，"不若且从旧说之为得矣"。

大雅

文王之什

文　王

【原文】

文王在上，於昭于天，周虽旧邦，其命维新。有周不显，帝命不时。文王陟降，在帝左右。

亹亹文王，令闻不已。陈锡哉周，侯文王孙子。文王孙子，本支百世。凡周之士，不显亦世。

世之不显，厥犹翼翼。思皇多士，生此王国。王国克生，维周之桢。济济多士，文王以宁。

穆穆文王，于缉熙敬止。假哉天命，有商孙子。商之孙子，其丽不亿。上帝既命，侯于周服。

侯服于周，天命靡常。殷士肤敏，裸将于京。厥作裸将，常服黼冔。王之荩臣，无念尔祖。

无念尔祖，聿修厥德。永言配命，自求多福。殷之未丧师，克配上帝。宜鉴于殷，骏命不易。

命之不易，无遏尔躬。宣昭义问，有虞殷自天。上天之载，无声无臭。仪刑文王，万邦作孚。

【译文】

文王神灵在上天，神力显扬地天间。周族虽然是旧邦，国运却要开新篇。周邦崛起显盛昌，上帝不时降吉祥。文王神灵升或降，总是陪伴上帝旁。

自强不息的文王，美名声誉天下扬。上帝恩赐兴周邦，文王子孙福禄旺。文王子孙真兴旺，大宗小支百世昌。凡属周邦好卿士，累世光显禄位长。

累世光显禄位长，谋猷念虑弥周详。思量众多好贤良，个个生在我周邦。国家生此众贤士，正是周邦好栋梁。贤良济济聚朝廷，文王在天得安宁。

威仪庄重的文王，持敬不已事上苍。上天已将大命降，让商子孙来臣降。商家子孙本繁昌，人数要用亿万量。上帝既然把命降，只能臣服我周邦。

商人臣服我周邦，可见天命无定常。殷商诸士多明敏，来京助祭到庙堂。来京助祭到庙堂，仍穿殷朝旧服装。凡我周王的忠臣，先祖德业莫要忘。

先祖德业莫要忘，勤把德行来修养。德永才能配天命，求德福禄才久长。殷朝未失民心时，也曾配天把国享。借鉴殷朝之兴亡，欲保大命不寻常。

欲保大命不寻常，大命莫断你手上。问访明白晓理人，殷商兴废由上苍。上天之意不可测，无有气味无声响。唯把文王来效仿，万邦信服国运长。

【解说】

先解释几个字词：1."文王"，周文王。2."於"，音呜，叹美声。3."昭"，昭明，显耀。4."命"，天命，上帝的旨意。古代统治者用"天命"来宣扬自身统治天下的合法性。5."有周"，就是周王朝。6."不"，通"丕"，大。7."时"，美。8."陟降"，上行曰陟，下行曰降。这里指往返于天上人间。9."亹亹"，音伟，勤勉不息貌。10."陈锡"，锡，音义同赐，赏赐。陈锡就是申锡，恩泽长远。11."哉"，初、始。12."孙子"，子孙。13."本支"，本，本宗；支，分支。14."犹"：同"猷"，谋。

15."翼翼",恭敬勤勉。16."皇",美、盛。17."克",能。18."桢",支柱。19."穆穆",庄敬而美好。20."缉熙",光明。21."假",大。22."丽",数。23."侯",维。24."服",臣服。25."殷士",殷商贵族。26."肤敏",壮美而明敏。27."祼",音灌,灌鬯(音畅),古代祭祀的一种仪式。把黑黍和郁金草酿成的香酒浇在地上,求神降临。28."黼",音抚,绣有白黑相间花纹的礼服。29."冔",音许,殷商礼帽。30."荩",音尽,忠爱之臣。31."无念",无,语助词,无义。无念就是念。32."聿",音玉,发语词。33."配命",与天命相配。34."师",众。35."骏",大。36."遏",止。37."尔躬",你身上。38."虞",审度。39."载",行事。40."仪刑",刑即型,效法。41."孚",信顺。

《文王》是《大雅》的首篇,歌颂的是周王朝的奠基者文王。周文王名姬昌,本是臣服于殷商的西部地区诸侯之一。实际上,自文王的祖父开始,周已经有了"翦商"之志,而且周邦的势力也越来越大。《史记·周本纪》记载:文王即位之后,继承后稷(周人始祖)、公刘(周人先祖)开创的事业,法效祖父公亶父和父亲季历制定的法度,厚爱仁者,尊敬老者,慈爱幼弱。平日以礼接待贤能之人,甚至连吃饭的闲暇都没有。他如此尊重贤士,所以许多贤士都来投奔归附于他。包括气节很高的伯夷和叔齐,以及殷商王朝的贤大夫如太颠、闳夭、散宜生、鬻子、辛甲等人。

在众多贤者的帮助下,周的势力越来越大。商朝的崇侯虎提醒商纣王说,周邦的势力过大,将威胁到殷商的政权。商纣王听了,就把文王召来,囚禁在了羑里。文王手下的贤臣们急坏了,想出各种办法来营救文王。他们知道商纣王喜欢淫乐,爱犬马女色,于是就向有莘氏求取美女,又到骊戎求取文马以及各种奇珍异宝,通过商纣王的宠臣费仲献上去。商纣王见了美女和许多宝物,乐坏了,说:"此一物(指美女)足以释西伯，况其多乎！"不但把文王给放了，还赐给他象征着征伐权力的弓矢斧钺，使文王有了征伐"不法"诸侯国的权力。

商纣王顺便出卖了崇侯虎，他对文王说："以前是我听了崇侯虎的坏话，才把你抓了起来。"文王是非常老成的政治家，并不急着为自己鸣冤报仇。反而又献上洛西大片肥沃之地，请求商纣王免去炮烙之刑。商纣王应允。所谓"炮烙之刑"就是用炭烧热铜柱，让有罪的人走在上面，人受不了烫便会掉入炭火中活活烧死。这是非常残酷的一种刑罚。当时人对商纣王施用炮烙之刑都非常怨愤，文王这个请求，又为他赢得了民心。

文王回到周邦后，下定决心灭商。可是当时的国力还不能与商朝一决雌雄。于是他吸取前面的教训，"阴行善"，韬光养晦，悄悄发展国力，并极力争取友邦。文王的威信渐渐建立起来，诸侯们有了纠纷，不去找商纣王解决，却来求文王审断。其中著名的故事就是"虞芮之争"。据说虞、芮两国首领在田地归属问题上有争执，就来到岐周找文王评理。来到周邦之后，发现"耕者让其畔，行者让路"，百姓以礼让为俗。见此情形，两国首领既感动又羞愧，没等到见文王，就互相礼让起来，争端自行解决。两国都归附了文王。诸侯们听说之后，揣度道："西伯也许就是受命之君吧。"

虞、芮两国归附后的第二年，文王开始"行使"征伐之权。他先出兵伐犬戎，打败了西戎，解决了周西边的隐患。第三年攻打密须，解除了北边的后顾之忧。第四年又打败了耆国。势力越来越大，已经快要逼近商王朝的国都朝歌。商朝的祖伊见此形势，知道再不遏制文王的势力，商朝即将不保，于是奔告商纣王。可是商纣王却自信满满地说："我生不有命在天？西伯能把我怎样呢？"由于商纣王依仗"天命"，并未去有效地遏制周邦的发展势头。第五年文王又伐邗（音寒）。第六年灭了崇侯虎的崇国。崇国是殷商的属国，也是殷商重要的军事据点，对于周人而言，灭了它，就等于去掉了心腹大患。为了巩固这些新占领的地区，文王将周的都城由岐山周原迁到了渭水平原，建立了丰京。此时，周已经控制了大半个天下，所谓"三分天下有其二"，殷商实已陷入孤危的境地。

然而，就在这大功即成之际，文王不幸去世。太子发即位，就是后来的周武王。十几年后，武王车载文王的木主（相当于后世的灵牌）以伐商，双方交战于牧野，商军溃败，纣王被杀，商朝灭亡。武王遂建立周朝，尊文王为受命之祖。

由于文王是周王朝的实际缔造者，为"受命之王"，后人认为他的政治教令是完全符合天道的。在尊信上帝鬼神的信仰背景下，人们认为文王的神灵伴随在上帝左右，继续指导保佑着周人。文王是周族人共同尊奉的祖先和先王，只有效法他，才能保身、保家、保邦国。《文王》这首诗正是在这样的思想背景下产生的。

周人吸取了殷商王朝覆灭的教训，在《文王》一诗中强调："天命靡常"，"骏命不易"，告诫后世子孙不要依赖天命，而要依赖有德的政治。又以文王建周经验，以及殷臣助祭的惨然，反复告诫修德的重要性，并说根本的原则便是敬天法祖，法效先祖文王的大德，才是继承天命、保有天命的最好办法。

《孔子诗论》评论道："《文王》曰：'文王在上，於昭于天。'吾美之。"孔子赞美文王之德，认为其精神充塞宇宙，贯彻古今，因此说"吾美之"。

在《诗经·大雅》中还有一篇《皇矣》，其中有"帝谓文王，予怀（尔）明德"之句。另一篇《大明》则说："有命自天，命此文王。"《孔子诗论》评论道："【'帝谓文王，予】怀尔明德'，曷？诚谓之也。'有命自天，命此文王'，诚命之也。信矣。孔子曰：此命也夫！文王虽欲已，得乎？此命也。"《孔子诗论》所记载的孔子是相信"天命"

论的，并认为上帝真的降"天命"给了文王。通常人们理解"帝谓文王"，是一种推测之辞，但孔子特别强调是"诚谓之也"，上帝真的曾经对文王说过，因为喜欢文王具有一般人所没有的"明德"，所以才将"大命"降给他，这样，文王就被神化了。也因为文王是一位神化的人物，所以此诗中才有文王死后"在帝左右"的诗句，也因此文王成了周族的守护神。《文王》一诗就是歌颂周族的这位守护神的。它对周族而言，具有一种凝聚和鼓舞人心的作用，对于商族而言，则有一种心理的威慑作用。这大概也是《文王》一诗作为《大雅》首篇的原因吧！

大 明

【原文】

明明在下，赫赫在上。天难忱斯，不易维王。天位殷適，使不挟四方。

挚仲氏任，自彼殷商，来嫁于周，曰嫔于京。乃及王季，维德之行。

大任有身，生此文王。维此文王，小心翼翼。昭事上帝，聿怀多福。厥德不回，以受方国。

天监在下，有命既集。文王初载，天作之合。在洽之阳，在渭之涘。

文王嘉止，大邦有子。大邦有子，俔天之妹。文定厥祥，亲迎于渭。造舟为梁，不显其光。

有命自天，命此文王。于周于京，缵女维莘。长子维行，笃生武王。保右命尔，燮伐大商。

殷商之旅，其会如林。矢于牧野，维予侯兴。上帝临女，无贰尔心。

牧野洋洋，檀车煌煌，驷騵彭彭，维师尚父，时维鹰扬。凉彼武王，肆伐大商，会朝清明。

【译文】

人君善恶不可掩，上天予夺很威严。天命无常难恃仗，君王还真不易当。天使殷纣继大位，却又使他失四方。

挚国任氏二姑娘，出自大国彼殷商。远道而来嫁周邦，来到周京做新娘。嫁与王季两心合，美好德行传四方。不久她就有身孕，生下圣子周文王。

要说这个周文王，为人谨慎又恭良，明白怎样事上帝，得到福佑大又长。立心修德从不违，四方渐来附周邦。

上天监看此下方，天命已然归文王。文王即位的初年，上天配他好新娘。新娘家在洽水北，正在渭河水边上。

文王该要娶亲时，聘得大国好姑娘。这个大国好姑娘，就像天女一般样。请期占卜很吉祥，文王亲迎渭水旁。把船连起做桥梁，场面显耀真荣光。

上帝从天降下命，命令这个周文王，周原京师兴家邦。娶来新妇有美德，莘国长女来此乡，喜生圣子周武王。天保武王天命告："你的使命伐大商。"

殷商军队来战场，战旗密如树林样。武王牧野来誓师："老天欲兴我周邦，上帝监临又护佑，有二心者必遭殃！"

牧野地势真宽广，兵车整齐又鲜亮，驷马威武又雄壮。周军统帅是姜尚，威猛好似鹰飞扬。肝胆相照佐武王，风云奋迅灭大商，一朝清明好气象！

【解说】

先解释几个字词语：1."明明在下，赫赫在上"，有多种解释。严粲《诗缉》:"明明在下,君之善恶不可掩也;赫赫在上,天之予夺为甚严也。"今取其说。2."忱",音陈,依仗。3."適",音义同嫡,嗣子。4."挟",有。5."挚",音至,殷商的属国,任姓。6.嫔,妇。7."京",周京。8."身",身孕。9."怀",招来。10."回",违,邪僻。11."初载",即位初年。12."洽",音合,水名,在陕西合阳县。13."嘉",婚礼为嘉礼。14."俔",音欠,譬若。15."文定厥祥",卜而得吉。16."造舟",把船连接,加板于上,以为过桥。17."缵",美好。18."行",嫁。19."长子",长女,此指大姒。20."燮",音谢,会。21."会",通"旝",旌旗。22."矢",誓也。23."临",监临。24."駵",音原,赤毛白腹的马。25."尚父",姜尚,姜太公。26."鹰扬",朱熹《诗集传》:"鹰扬,如鹰之飞扬而将击,言其猛也。"27."凉",辅佐。28."会朝清明",《毛诗传》:"不崇朝而天下清明。"

这也是周族史诗之一。歌颂的是周族王季、文王、武王三代的发展史,其重点在于强调殷亡周兴乃是上帝的安排。诗中还特别写到王季和文王的婚姻,从历史角度看,这两桩婚姻对于周族的发展是非常重要的。诗中之所以强调这两桩婚姻,是为了要证明天命已经转移到周邦,有圣父圣母则有圣子。为了能比较好地理解这首诗,我们介绍一下《大明》所述的有关历史。

诗中第一章先总说殷亡周兴是天命的结果,紧接着第二章就歌颂太任和王季(季历)的婚姻,可见这一代对于周族发展的重要性。我们就从王季说起。据《史记》记载:王季本是公亶父的第三个儿子,大哥太伯,二哥虞仲。据说因为王季的母亲太姜贤明,王季娶的大任也有贤德,而王季的儿子文王昌生来就有圣瑞,所以公亶父就想把王位传给季历。太伯和虞仲知道之后,为了避免与弟弟争位,就逃到虞国建立了国家。

实际上，公亶父是考虑到当时的商周关系，以及与周边戎狄的局势，让太伯和虞仲率领部分周人，到周的东边建立虞国。这样虞国就成为周族向东开拓的重要据点。季历继承王位之后，与太伯建立的虞国关系友好，开始了周疆土的扩张。同时，王季也和商之属国任姓挚国通婚，从而将它争取为盟国。

当时，商族的统治已面临危机，"诸夷皆叛"，商王武乙任命季历讨伐叛变。季历利用这个机会，不断壮大自己的势力范围。对季历的赫赫战功，《竹书纪年》有一些记载：（武乙）三十四年，周王季历来朝，武乙赐地三十里，玉十珏，马八匹；武乙三十五年，周王季伐西落鬼戎，俘二十翟王；太丁（武乙之子）二年，周人伐燕京之戎，周师大败；太丁四年，周人伐余无之戎，克之，周王季命为殷牧师；太丁七年，周人伐始呼之戎，克之；太丁十一年，周人伐翳徒之戎，获其三大夫。文丁（太丁）杀季历。

上述这些被季历征伐的部族邦国，多在山西境内，离商王朝越来越近。而且季历对于商朝的战功巨大，早在太丁四年就被封为"牧师"（相当于诸侯之长），在诸侯之中有很大的影响力。封为"牧师"之后，季历仍然不断向东开拓，这些都让商王感到了严重的威胁。终于在太丁十一年，趁着王季征伐翳徒之戎得胜，来商献捷之际，商王采用先封赏后治罪的方法，先封给他更高的爵位，"九命为伯"，然后又找碴儿将他囚禁起来，不给饭吃，把他活活饿死了。

虽然王季的结局很惨，然而在他的领导下，周族的疆域却扩展了，力量也更加强大了。

季历被杀之后，儿子姬昌即位，就是周文王。文王的生母太任，就是王季从挚国娶来的正夫人，不但出身高贵，而且具有美德。据说她怀有身孕后，"目不视恶色，耳不听淫声，口不出傲言，能以胎教子，而生文王"（《列女传》）。文王早年就得到了很好的教养，成为王位继承人。

"王季历困而死，文王苦之。"（《吕氏春秋·首时》）王季为商四处征伐，戎马一生，最后反被杀害，做儿子的自然悲怒万分。于是在帝乙（太丁之子）二年，"周人伐商"。（《古本竹书纪年》）然而，周的实力还不能与商相比，周人很快认识到这一点，便放弃了与商敌对的政策，继续恭敬地服事于商，又取得了商王的信任。

《大明》一诗重点歌颂了文王的婚姻。文王娶的是有莘氏的长女太姒。"莘"是古国名，为夏禹之后，姒姓，当初商汤娶的也是有莘氏之女。周人十分重视与莘国的联姻，文王亲迎到渭水，渭水没有桥，就把舟连接起来，作为浮桥，把太姒迎回周京，场面非常显耀荣光。太姒的德行也非常美好，被视为"周室三母"之一，她生下了周武王。

文王在位时期很长，周邦在他的领导下有很大的发展，已经对殷商形成了钳围的形势。文王死后，武王继续发展国力，等待时机征伐大商。在他即位后的第九年，武王于盟津与诸侯会盟，据说与会诸侯有"八百"。"八百"倒不一定是确数，但能反映出与周联合的邦国之多。

殷商已危在旦夕。商朝的贤臣向纣王激烈进谏。商纣王完全听不进去。《史记》说商纣王："资辨捷疾，闻见甚敏；材力过人，手格猛兽。知足以距谏，言足以饰非。矜人臣以能，高天下以声，以为皆出己之下。好酒淫乐，嬖于妇人。爱妲己，妲己之言是从。"群贤进谏的结果是：比干被剖心，商容被废，箕子被囚，微子出奔。而商王继续和妲己日日饮酒作乐，搜刮民财以实鹿台之积。眼见大势不可挽，又有许多贤者逃走了。

历史总是这样，当一个王朝没落之时，就会乱象百出，处处体现着骚动不安。在武王盘算着伐纣的同时，东夷大反。纣把大部分军力都耗在与东夷的战争上，"纣克东夷而殒其身"（《左传·昭公十一年》）。当武王即位第十一年会同诸侯袭伐朝歌之时，纣王实际上已经没有力量与周对抗了。仓皇之际，纣王临时组织军队进行抵抗，双方在牧野一决雌雄。

可是商纣早已失却民心，商军已成乌合之众，很快就被势如猛虎的周军打败。纣奔鹿台，周身围满宝玉，自焚而死，商朝结束。

《大明》最后一章特别提到了"师尚父"。师尚父就是姜尚，也称姜子牙。他是武王身边重要的谋臣，也是伐商的头号功臣。其实姜姓本来就是周人重要的盟国，周人始祖后稷之母为"姜嫄"，王季的母亲是"太姜"，都是姜姓女子。两国的渊源很深，姜族对周族的发展，提供了很大的支持。所以，《大明》才要在此特别写上一笔。

《大明》不具体重现这三代周王的发展史，而是反复强调天命与德行，其中描些王季和文王的婚姻，也是为了凸显天命。但在天命和德行当中，德行则处于首位，正是因为"厥德不回"，才能"以受方国"。这便是此诗所要表达的教诫意义。

绵

【原文】

绵绵瓜瓞。民之初生，自土沮漆。古公亶父，陶复陶穴，未有家室。

古公亶父，来朝走马，率西水浒，至于岐下。爰及姜女，聿来胥宇。

周原膴膴，堇荼如饴。爰始爰谋，爰契我龟。曰止曰时，筑室于兹。

迺慰乃止，迺左乃右，迺疆乃理，迺宣乃亩。自西徂东，周爰执事。

乃召司空，乃召司徒，俾立室家。其绳则直，缩版以载，作庙翼翼。

捄之陾陾，度之薨薨，筑之登登，削屡冯冯。百堵皆兴，鼛鼓弗胜。

乃立皋门，皋门有伉。乃立应门，应门将将。乃立冢土，戎丑攸行。

肆不殄厥愠，亦不陨厥问，柞棫拔矣，行道兑矣。混夷駾矣，维其喙矣。

虞芮质厥成，文王蹶厥生。予曰有疏附，予曰有先后，予曰有奔奏，予曰有御侮。

【译文】

大瓜小瓜不离秧，却说我周初发祥，自杜来到漆水旁。当年亶父率族人，掏穴暂把风雨挡，那时家家哪有房。

当年亶父寻新壤，清晨驾马频策缰，沿着渭水朝西方，发现岐下土地广。在这娶了美太姜，共察地形谋建邦。

周原肥沃好地望，苦堇苦荼也似糖。于此谋划又商量，于此占卜讨吉祥。兆示周人止此方，于此建邦必兴旺。

于是安心止此方，分左分右定中央，统理土地明界疆。开垦田亩垄成行，从西到东周原上，周人个个干活忙。

召来司空管工程，召来司徒劳力掌，宫室家园规划忙。拉出绳墨直又长，树起夹板擂土墙，首建宗庙见信仰。

装土入筐声腾腾，倒土上墙声轰轰，举石夯打声登登，铲刀削墙声彭彭。百堵高墙平地起，众声混杂淹鼓声。

于是筑起大城门，城门高耸真雄壮。于是建起大宫门，宫门庄严又堂皇。于是堆起高社坛，聚众誓师声势壮。

而今不惧敌愤恨，不失邻邦相聘问。看那柞栎挺拔了，出行道路畅通了。昆夷祸患退伏了，侵扰平息太平了。

虞芮两国质盟成，文王感化礼让生。我有聚民的精英，我有觉民的贤卿，我有良士效驰骋，我有猛将戍国境。

【解说】

先解释几个字词：1."瓞"，音迭，小瓜。2."土"，音杜，水名。3."沮"，音义同徂。4."漆"，漆水。5."亶父"，"亶"音胆，就是太王，王季之父。6."陶"，借为掏。7."复"，旁穿之穴。8."穴"，向下掏的地穴。9."家室"，房屋宫室。10."来朝"，第二天早晨。11."率"，沿着。12."岐下"，岐山之下。13."及"，婚配。14."姜女"，太姜，亶父之妃，王季的母亲。15."胥宇"，"胥"，相，视察。胥宇，考察地势，选择止居之地。16."周原"，岐山之南。17."膴膴"，膴音武，肥沃。18."堇"，音谨，一种野菜，味苦，又名苦堇。19."饴"，音移，麦芽糖。20."爰"，于是。21."契"，刻。22."时"，美。23."迺"，乃。24."慰"，安。25."宣"，开垦。26."亩"，开沟筑垄。27."周"，遍。28."司空"，掌管营建之事的官。29."司徒"，掌管土地和调配劳力的官。30."绳"，绳墨。31."缩版"，筑墙夹土的板。32."载"，同栽，树立。33."捄"，音揪，铲土入筐。34."陾陾"，音仍，铲土声。"薨薨"（薨音轰），"登登"，"冯冯"，皆为拟声词。35."度"，音夺，投，投土于夹板内。36."筑"，夯土。37."削屡"，"屡"音楼，隆高；削屡，把土墙隆起的地方削平。38."鼖鼓"，"鼖"音坟，大鼓名，长一丈二尺，声音深闷而宏大。建筑时敲鼖鼓以助役。39."皋门"，城门。40."伉"，音抗，高大。41."应门"，宫庙正门。42."将将"，庄严堂皇。43."冢土"，祭祀土神的神坛。44."戎丑"，大众。45."肆"，转折词，"而今"之意。46."殄"，音舔，灭绝。47."问"，聘问。48."柞"，灌木类，丛生有刺。49."棫"，音域，丛生小木，有刺。50."兑"，通。51."混夷"，"混"音昆，西戎之一，又作昆夷。52."駾"，音退，受惊奔逃。53."喙"，音惠，气短病困的样子。54."质"，评断。55."成"，平息。56."蹶"，感动。57."生"，百姓。58."予"，周人自称。59."疏附"，使民亲附之臣。60."先后",先觉觉后觉。61."奔奏",奔走效力之臣。62."御侮",抵御外侮之臣。

《绵》也是周族史诗之一,此诗接着《大雅》的前两首诗,继续追溯周人先祖。主要的内容是诉说公亶父的功业德行。公亶父,王季的父亲,文王的祖父,武王克商之后,追谥为"太王"。他在周族发展史上是一个关键人物,《鲁颂·閟宫》说:"后稷之孙,实维大王,居岐之阳,实始剪商。"认为周族代商而君临天下的事业,是自公亶父开始的。下面我们就结合这首诗和其他历史资料,谈谈这一时期周人的发展情况。

《史记》中说:"古公亶父复修后稷、公刘之业,积德行义,国人皆戴之。""古公亶父"实际是自司马迁以来对"公亶父"的误称,"古"是古昔之义,"公"是当时周人对首领的称呼,"父"是男子之美称。所以我们直接称他为"公亶父"。公亶父即位之后,发展农业,行仁政使人民安居,得到了周人的拥戴。可是,由于周边夷狄的侵伐骚扰,"熏育戎狄攻之",周民不能安生。公亶父想到夷狄之所以侵略,无非就是为了货财,于是就献货财给夷狄。可是,夷狄收下了,还是不停攻打周人,公亶父认识到,夷狄不只是想要货财,还想要周族的土地和人民。夷狄的做法激怒了周族人,大家都想和夷狄大战一场,好好教训一下这些贪得无厌的家伙。可是公亶父却说:"有民立君,将以利之。今戎狄所为攻战,以吾地与民。民之在我,与其在彼,何异?民欲以我故战,杀人父子而君之,予不忍为。乃与私属遂去豳,度漆、沮,踰梁山,止于岐下。"公亶父认为人君存在的意义就是有利于人,如果开战的话,许多百姓就会死伤,如果百姓生活幸福,谁做君王不都一样吗?所以他就率领亲戚从属离开了。

公亶父这段话,很可能是司马迁借其口,表达自己对君王的认识。实际上,当时周的宗主国——商的统治渐衰,"诸夷皆叛"。正是由于商统治力量衰微,无力制止四边夷狄对其属国的攻伐。当时侵伐周族的不止昆夷一支游牧部落,还有串夷、猃狁(读险允)等,周人同他们硬打是打不过的。在这种形势下,公亶父才率领周人离开故地豳,重新寻找安居之地。

公亶父带领人民沿着杜水,一直来到漆水旁,直到岐山周原。在这里,公亶父娶了姜族的女儿,就是太姜,"爰及姜女","及"是婚配的意思。公亶父得到了姜族的支持,在周原开始定居。原来周族住的房子都是挖掏的复穴,所以诗中说"古公亶父,陶复陶穴,未有家室"。到周原后,公亶父"乃贬戎狄之俗,而营筑城郭室屋"(《史记》卷四),生活方式从此产生了很大的变化。

周族自后稷开始,就比较重视农业,因而农业比较发达。公亶父选择在周原定居的原因,是因为周原北依岐山,南临渭河,西傍汧(音千)河,东近漆水,由此形成天然的防御屏障。更主要的是这里土壤肥沃,肥沃到连苦菜吃起来都是甜的。在这里公亶父同太姜一起勘察地形地貌,规划周原的土地,看看该在哪里耕作,在哪里居住,在哪里修建防御工事等。考察完毕之后,还要审慎再三,用大龟甲来问卜:在此居处是否会吉祥安定?"爰始爰谋,爰契我龟"。占卜的结果也很吉祥,于是就决定止居此地,并策划具体的都邑营建事宜。有这么一位为民操劳的首领,周人的热情也很高涨,做起事来也特别有力量。"捄之陾陾,度之薨薨,筑之登登,削屡冯冯。百堵皆兴,鼛鼓弗胜。"周原到处都是铲土声、投土声、夯打声、修墙声,还有人们有节奏的呼喝声,热闹的劳动场面,以至于连鼛鼓声都听不到了。

在公亶父的率领下,周族安居在周原,且逐步强盛起来。故地豳人和其他地方的人,纷纷前来归附。在国力渐强之后,公亶父吸取以前的经验,为了防止夷狄侵扰,一方面加强军事力量,一方面建立起军事防御机构。还特别筑了一个高台,作为大社神坛,以期能获得神灵的保佑。这同时也是对昆夷等的威慑。因为在古代，战争中的俘虏常常用来祭社。诗中说"乃立冢土"，冢是大的意思，周人筑建了一个大大的社坛，可见其对自己军事力量的信心。

公亶父这些举措都为后来的王季、文王的功业打下了坚实的基础。所以诗中最后一段就直接讲到了文王。"虞芮质厥成，文王蹶厥生"，文王继承先祖之业，又以仁德发展之，在虞芮质成之后，诸侯先后来亲附。至此，周邦人才济济，各种能臣善士都围聚在文王身边，为伐商打下了坚实的基础。

追溯历史可知，"后稷之孙，实维大王，居岐之阳，实始剪商"，不为虚言。

皇　矣

【原文】

皇矣上帝，临下有赫。监观四方，求民之莫。维此二国，其政不获。维彼四国，爰究爰度。上帝耆之，憎其式廓。乃眷西顾，此维与宅。

作之屏之，其菑其翳。修之平之，其灌其栵。启之辟之，其柽其椐。攘之剔之，其檿其柘。帝迁明德，串夷载路。天立厥配，受命既固。

帝省其山，柞棫斯拔，松柏斯兑。帝作邦作对，自大伯王季。维此王季，因心则友。则友其兄，则笃其庆，载锡之光。受禄无丧，奄有四方。

维此王季，帝度其心。貊其德音，其德克明。克明克类，克长克君。王此大邦，克顺克比。比于文王，其德靡悔。既受帝祉，施于孙子。

帝谓文王：无然畔援，无然歆羡，诞先登于岸。密人不恭，敢距大邦，侵阮徂共。王赫斯怒，爰整其旅，以按徂旅。以笃于周祜，以对于天下。

依其在京，侵自阮疆，陟我高冈。无矢我陵，我陵我阿；无饮我泉，我泉我池。度其鲜原，居岐之阳，在渭之将。万邦之方，下民之王。

帝谓文王：予怀明德，不大声以色，不长夏以革。不识不知，顺帝之则。帝谓文王：询尔仇方，同尔弟兄。以尔钩援，与尔临冲，以伐崇墉。

临冲闲闲，崇墉言言。执讯连连，攸馘安安。是类是祃，是致是附，四方以无侮。临冲茀茀，崇墉仡仡。是伐是肆，是绝是忽。四方以无拂。

【译文】

至高至上老天爷，赫然主宰这下界。监察天下众方国，考求下民的疾瘼。这里商纣和崇侯，作为君长要不得。还有密须等四国，与纣合谋来做恶。老天对此很恼火，憎恶大国反为虐。于是眷顾向西方，周国虽小居大德。

又是砍伐又屏除，除掉枯树和倒树。又是修齐又剪平，丛丛行行不碍路。又开山林又辟土，多种柽柳和椐木。又芟繁枝又去叶，屡柘美材勤扶植。老天迁来明德君，串夷满路远遁去。又配贤妃作内助，太王受命王业固。

老天善待山林荣，柞树棫树真坚挺，苍松翠柏道路通。老天兴周选对人，太伯王季亲弟兄。这位王季品德好，其心友善又爱敬，兄让弟友邦族兴，此是周家大福庆，上天赐他大光明。受天福禄不丧失，富有天下四方宁。

就是这位王季历，唯天能知他心胸。默心许国是本衷，他的品德最明正。明辨是非在心中，师长国君自兼容。泱泱大邦他统领，贤者亲附百姓从。传到文王的时候，不改父业续传统。已受上帝大福祉，传之子孙福无穷。

上帝告诉周文王：莫效诸侯逞武强，莫徇流俗逞贪妄，远离浑水据岸上。密须国人不恭敬，竟敢抗拒我大邦，侵阮袭共太嚣张。文王赫然奋威怒，乃整军旅去抵抗，入侵之敌得阻挡。周族福气得护防，国富民安誉四方。

密人依凭地势险，侵我周境之阮疆，又登我疆之高冈。"不要陈兵那丘陵，那是我邦的山梁；不要饮用那泉水，那是我邦的泉塘。"文王审察那山原，占据岐南那地方，就在那边渭水旁。你为万邦所向往，你是下民好君王。

上帝告知我文王："你的明德我欣赏。从不疾言与厉色，执政不轻变旧章。好像无识与无知，一顺天理为准常。"上帝又对文王说："要与盟国相商量，联合同姓兄弟邦。登城钩梯准备好，临车冲车派用场，攻上崇国的城墙。"

临车冲车隆隆动，崇国城墙高高耸。敌方生俘连连抓，杀敌获馘人人雄。祭祀天神祈胜利，招降残敌安民众，敌国不敢逞顽凶。临车冲车真威风，崇国高墙也能攻。冲锋陷阵无阻挡，顽敌定要一扫空，四方谁敢再放纵。

【解说】

先解释几个字词：1."莫"，通"瘼"，疾苦。2."不获"，不得民心。3."耆"，音齐，憎怒。4."憎其式廓"，郑樵曰："憎其国大而为虐。"5."此维与宅"，朱熹《诗集传》："以此歧周之地，与大王为居宅也。"6."作"，通斫（音琢），砍伐。7."屏"，音柄，除去。8."菑"，音姿，枯立的树木。9."翳"，音异，枯倒的树木。10."修之平之"，使其不碍行路。11."其灌其栵",木丛生为灌,行生曰栵。12."柽",音撑,柽柳。13.椐,音居,俗称灵寿木,似竹有节,可作马鞭和手杖。14."檿",音演,山桑。15."柘",音这,黄桑。16."串夷载路",马瑞辰《毛诗传笺通释》:"串夷则瘠败疲惫而去,故曰载路。"17."兑",通。18."对",配,谓生明君也。19."因心",亲热的心。20."奄",覆盖。21."帝度其心",太伯让弟去国,而王季重社稷,默然受国,此心唯天帝能知之。22."貊其德音","貊",音义通默,不计较于形迹,以博交让之美名。23."克明克类",朱熹《诗集传》:"克明,能察是非也。克类,能分善恶也。"24."克顺克比",朱熹《诗集传》:"顺,慈和遍服也。比,上下相亲也。"25."无然",不要赞同。26."畔援",《经典释文》:"畔援,武强也。"27."歆羡",贪羡。28."诞",发语词。29."密",密须。30."距",通"拒",抗拒。31."阮""共",皆为周邑名。32."按",遏止。33."以笃于周祜",以巩固上天对周的福佑。34."以对于天下",以所受天命安天下。35."依其在京,侵自阮疆。陟我高冈",孔颖达、苏辙以此三句为密人不恭,来侵周境,非止侵我周之阮疆,又升我远疆之高冈。36."矢",陈。37."鲜",这里指小山。38."不长夏以革",长,读掌,"长夏"谓执政于夏地。革,变革旧章。39."不识不知",不自以为识,不自以为知。40."仇方",友国。41."弟兄",同姓诸侯国。42."钩援",《毛诗传》:"钩,钩梯也,所以钩引上城者。"43."临冲",临,临车,可居高临下攻城的战车;冲,冲车,可从旁冲破城墙的战车。44."闲闲",强盛貌。45."言言",高大貌。46."讯",指俘虏。47"馘",音国,取敌尸左耳以报功。48."类",出师前祭天。49."祃",音骂,出师后军中祭天。50."茀茀",强盛的样子。51."是伐是肆,是绝是忽",皆是杀伐用张的表现。

朱熹《诗集传》说:"此诗叙太王、太伯、王季之德,以及文王伐密、伐崇之事也。"确实如此。《皇矣》也是周族的史诗之一，它补充了太伯和王季这一代的关系，主要描写的是周人立国之前的两次重大战争。

因为有些史实我们在前面已经讲过，下面我们就补充一些细节和背景说明，以及通过诗的语言看看周初人的文化精神。

关于太伯和王季的故事，我们在《大明》一诗中已经提到过，这里补充一些细节。诗中说："帝作邦作对，自大伯王季。"这或者可以说明，在周人心中，天命的明显转移，是从这一代开始的。太伯和虞仲是太王的长子和次子，太王欲立季历为储，两位哥哥为了让位给弟弟，遂离开周邦去建立了虞国。此虞国不同于春秋时期的虞国，而是古虞国，其具体地点已不可考。这对我们并不重要，我们要说的是，周人在太伯、王季这一代非常团结，虞国成为配合周邦发展的国家，这是极其难能而可贵的。虽然诗中突出的是王季之德，"维此王季，因心则友，则友其兄"，其实，太伯对王季同样也非常友爱，对周邦的发展充满期待。因而周、虞两国的关系，并不是一方的意志就能主导。即便是文王时代，国家大事也要首先同虞国商量，"及其即位也，询于'八虞'，而谘于'二虢'，度于闳夭而谋于南宫"（《国语·晋语》）。所以，在武王克商后，告先王于庙中时，"王烈祖自太王、太伯、王季、虞公、文王、邑考以列升"（《逸周书》卷四），把太伯和虞公列在了先王、先公里面。

诗中还记述了文王时代，周族与密须和崇国的两次战争。自王季时代起，周人就不停地扩充势力，与戎狄进行战争。那此诗为什么偏提这两次战争呢？我们从后来的资料中，可以推测这两次战争对周族的巩固与发展非常重要。先说周族同密须的战争。

诗中说："密人不恭，敢距大邦，侵阮徂共。"密人不安分，侵入阮和共两地。按苏辙《诗集传》的解释，"阮、共，周之二邑也。"所以周族才对密须进行讨伐。从出土的卜辞中,可以大致还原密须与周邦的关系。商王曾命令密须同他一起讨伐某方,密国还是商王的王家田猎区,并派驻犬官,负责商王田猎诸事宜。由此可知密须是殷商的重要属国,而且关系比较亲密。此外,密须的军事实力也是非常强的。《左传·昭公十五年》记周王说:"密须之鼓,与其大路(辂),文所以大蒐也。"这是说文王伐密须时,缴获了密须的战鼓和大战车作为战利品,以后检阅军队(大蒐)时,便用它来称扬武功。从这些战利品看,当时密国的国力很强盛。

此诗没有再现周人与密人作战的具体场景,但双方征战的激烈,也能从诗句中体味出来,"陟我高冈,无矢我陵,我陵我阿;无饮我泉,我泉我池"。密人非常强悍,已经攻打到周国,占领了周人的领地,饮马于周人的泉河。周人怎么能容忍密人如此跋扈呢?经过激战,周人终于取得了胜利,消灭了密须,去掉了心腹大患。

伐灭密国之后,文王开始向东推进,先拿下几个小国后,继续东进。崇国一直是殷商的重要军事据点,而且处于周邦向殷商腹地推进的中间地带。对于商王朝而言,崇侯虎应该是比较有见识的忠臣,他早就看出周邦对于商王朝的威胁,因而建议纣王杀掉文王。只是纣王没听他的,最后还把他给出卖了。即便如此,崇国也没有叛离商纣王,还是顽强地护守商国。所以,对于周邦而言,崇国始终是一个十分危险的隐患。

诗中描写了周邦与崇国的作战情况,那是非常惨烈的。因为崇国的军事力量和防护实在是太强了,所以这一战,连上帝都加入进来,"帝谓文王:'询尔仇方,同尔弟兄。以尔钩援,与尔临冲,以伐崇墉。'"上帝给周人以明示,要文王联合兄弟友邦,谋划商量,用钩援、临车、冲车等武器装备来攻伐崇国。"临冲闲闲,崇墉言言",周人兵临崇城下,崇城巍然耸立,难以攻入。周人用云梯攀爬城墙,又登上临车与城头上的崇军作战,又推着冲车用力冲撞崇城大门。"执讯连连,攸馘安安",战争中周人俘获了许多崇人,还带回许多敌耳来献捷报功。"临冲茀茀,崇墉仡仡",兵士们在临车上同城头与崇军交战,城下冲车继续撞击着厚重的城门。战鼓隆隆,呐喊震天,"是伐是肆,是绝是忽",杀死敌人,灭之,绝之。可想战争之酷烈。崇国最终被攻下了,周人可以放心地继续向东推进了。

《皇矣》再现了周人灭商前关键的两次战争,并把周邦与崇国的战争说成是上帝的指示,这无非是宣扬后来以周代商的合理性。此诗在描写战争的暴力场景时,充满了热情,这与后世总是宣扬周人以仁义取胜,敌人往往不战而降正好相反。

灵　台

【原文】

经始灵台,经之营之。庶民攻之,不日成之。经始勿亟,庶民子来。

王在灵囿,麀鹿攸伏;麀鹿濯濯,白鸟翯翯。王在灵沼,于牣鱼跃。

虡业维枞,贲鼓维镛。于论鼓钟,于乐辟雍。

于论鼓钟,于乐辟雍。鼍鼓逢逢,蒙瞍奏公。

【译文】

开始谋划造灵台,经营设计善安排。百姓出力来建造,没用多久便剪彩。兴建时候不催赶,百姓全是自愿来。

王到苑囿来游赏,母鹿出没在林间。母鹿光耀似锦缎,白鸟成群毛羽鲜。君王游赏到灵沼,满池鱼儿跃得欢。

木架横板崇牙竿,挂着大鼓和大钟。奏鼓击钟声和鸣,辟雍一片乐融融。

奏鼓击钟声和鸣,辟雍一片乐融融。鼍皮大鼓声蓬蓬,乐师演奏告成功。

【解说】

先解释几个字词:1."经始",创建。2."灵台",文王时所造。3."亟",音义同急。4."子来",俞樾《群经平议》:"子者,滋也。……言文王宽假之,而庶民益来也。"5."麀",音优,母鹿。6."濯",音卓,濯濯,肥泽貌。7."鹤鹤",音鹤,洁白貌。8."沼",池。9."牣",音刃,满也。10."虡",音句,挂钟鼓的木架。11."业",木架上方横着的大板,刻之如锯齿。12."枞",音匆,业上挂钟磬处,以彩色为崇牙。13."贲",读焚,大。14."镛",青铜乐器,形状与铜钟相类。15."论",伦,和。16."辟雍",天子之学,大射行礼之处。17."鼍",音驮,鳄鱼。18."逢逢",音蓬蓬,鼓声。19."蒙瞍",音蒙叟,朱熹《诗集传》:"有眸子而无见曰蒙,无眸子曰瞍。古者乐师皆以盲人为之,以其善听而审于音也。"20."公",马瑞辰《毛诗传笺通释》:"奏厥成功,此王所谓功成作乐也。"

这是记述周文王建灵台并与民同乐的诗。《毛诗序》说:"《灵台》,民始附也。文王受命,而民乐其有灵德以及鸟兽昆虫焉。"郑玄《笺》说:"民者,冥也,其见仁道迟,故于是乃附也。天子有灵台者,所以观祲象,察气之妖祥也。文王受命,而作邑于丰,立灵台。"关于灵台的用途,自汉代郑玄说其为观天象、察妖祥之后,学者多以为它是文王与上天沟通的建筑,将它与政治联系起来。但无论是诗中,还是先秦时期有关灵台的记载,都没有记载郑玄所说的功能。我们以为,此诗中的灵台,就是观览游乐之台,而且"灵"字,也没有什么特殊的意义。

诗首章说建立灵台的过程。"经始灵台,经之营之",在建造之前,先仔细考虑，怎样建，何时建，一一谋划好之后，再开始。"庶民攻之，不日成之。"工程开始之后，百姓都来参与劳作，工程很快就完成了。"经始勿亟，庶民子来。"这么快完成，并不是公家催赶的结果，是百姓自愿前来做义工，而且参加的人越来越多。第二章描写文王在灵台游玩，以动物们的闲暇自得来透视文王的圣德。"王在灵囿，麀鹿攸伏"，王来苑囿游玩观赏，母鹿在那安然休憩。"麀鹿濯濯，白鸟翯翯。"母鹿毛色如锦，白鸟羽毛鲜亮，可见生活环境的适意。"王在灵沼，于牣鱼跃。"文王游赏到池沼，满池的鱼儿都跳跃起来。第三、四章写文王在灵台之辟雍与民同乐的场景。"虡业维枞，贲鼓维镛。于论鼓钟，于乐辟雍"，钟鼓和鸣，场面十分欢乐热闹。"鼍鼓逢逢，矇瞍奏公"，欢乐之际，更有"矇瞍"唱颂。"矇瞍"是当时的高级知识分子，当时人们认为他们能"知天道"，"矇瞍奏公"，便有了天命的意味。此诗从"经始灵台"讲起，到最后"矇瞍奏公"，实际上是处处表现文王的圣德，所以它最终目的还是歌颂文王。

然而，从春秋开始，《灵台》一诗有了另外一种解释意向。《左传·昭公九年》记载：鲁国这年冬天想要建造"郎囿"。本来在冬天行修建之事，没有耽误农时，是比较合理的。然而，当政的季平子想要快点完成。叔孙昭子就进谏："《诗》曰：'经始勿亟，庶民子来。'焉用速成？其以剿民也。无囿犹可，无民其可乎？"说文王建灵台的时候，百姓都自愿来助力，哪里有什么速成之说？速成的话，就会劳扰百姓。一个国家没有苑囿的话，还是能够存在的，要是国家没有百姓的话，能行吗？《灵台》由赞美文王之诗转成了爱惜民力之诗。

而在战国孟子那里，《灵台》一诗还蕴含了王与民同乐的理想。《孟子·梁惠王上》载：孟子见梁惠王。王立于沼上，顾鸿雁麋鹿，说："贤者也有这样的快乐吗？"孟子对曰："贤者将此乐放在最后，不贤者虽然拥有此乐，也不会快乐。"然后吟诵了《灵台》，并以文王同夏桀作对比："文王以民力为台为沼，而民欢乐之，谓其台曰：'灵台'，谓其沼曰'灵沼'，乐其有麋鹿鱼鳖。古之人与民偕乐，故能乐也。《汤誓》曰：'时日害丧？予及女偕亡！'民欲与之偕亡，虽有台池鸟兽，岂能独乐哉？"来说明文王与民同乐与夏桀独乐的不同结果。

楚灵王筑章华之台，非常壮美。建成后，楚灵王带着伍举参观，感叹道："美啊！"伍举说：我只听说国君以安民为乐，没听过以建亭台楼阁，歌舞其上为乐。先王建匏居之台，简易狭小，仅能够观望而已，建设的时候，不烦官府，不废民时，然而在其上宴请的都是各国国君，相礼的都是有名的卿大夫。可是先君却能与诸侯交好，除乱克敌。现在君王您建这章华之台，百姓疲惫，财物耗尽，粮食歉收，官吏都感到头痛，一国上下皆停滞在这里，数年才建成。您想在此宴飨诸侯，可是诸侯们没一个愿意来。只有鲁侯怕引起战争，才勉强来辞宴乐。相礼的人只有外貌美，而没有贤德。这样下来，只能使国内百姓离心，国外诸侯离德。我不知道有什么可美之处。建设台榭应该不占耕田，不过于浪费国家财物，开工期间不耽误其他事情。所以《周诗》有曰："经始灵台，经之营之。庶民攻之，不日成之。经始勿亟，庶民子来。王在灵囿，麀鹿攸伏。"国家建设台榭，是使民得利，而不是让人民匮乏。如果君王您以为这个台子真美，那楚国就面临危亡了。(《国语·楚语上》)

伍举这一段说出了建台榭为民和不为民的区别，并表明建设游观的台榭不应耽误正事。如果统治者建造只供自己游乐的场所，人民是不会拥护他的。南宋时真德秀作《大学衍义》也特别强调："若秦之阿房、汉之长杨、五柞，则是劳民以奉己也。民安得而不怨恨之哉？民怨则国不安，危亡之兆也。"(《大学衍义补》卷十五)

生民之什

生 民

【原文】

厥初生民，时维姜嫄。生民如何？克禋克祀，以弗无子。履帝武敏歆，攸介攸止，载震载夙。载生载育，时维后稷。

诞弥厥月，先生如达。不坼不副，无菑无害。以赫厥灵。上帝不宁，不康禋祀，居然生子。

诞寘之隘巷，牛羊腓字之。诞寘之平林，会伐平林。诞寘之寒冰，鸟覆翼之。鸟乃去矣，后稷呱矣。实覃实吁，厥声载路。

诞实匍匐，克岐克嶷。以就口食。蓺之荏菽，荏菽旆旆。禾役穟穟，麻麦幪幪，瓜瓞唪唪。

诞后稷之穑，有相之道。茀厥丰草，种之黄茂。实方实苞，实种实褎。实发实秀，实坚实好。实颖实栗，即有邰家室。

诞降嘉种，维秬维秠，维穈维芑。恒之秬秠，是获是亩。恒之穈芑，是任是负。以归肇祀。

诞我祀如何？或舂或揄，或簸或蹂。释之叟叟，烝之浮浮。载谋载惟。取萧祭脂，取羝以軷，载燔载烈，以兴嗣岁。

卬盛于豆，于豆于登。其香始升，上帝居歆。胡臭亶时。后稷肇祀。庶无罪悔，以迄于今。

【译文】

周人诞生之当初，是因姜嫄老祖母。且说周人怎诞生，姜嫄郊禖敬祭祀，用以拂除无子疾。踩着上帝拇趾迹，欣然有感站立地。由此有娠行肃戒，生出孩子来养育，正是始祖周后稷。

怀胎足月很正常，头胎生子也顺当。产门没破又没裂，无灾无害身健康。感应生子真怪异，莫非上帝不如意，不乐歆享我祭祀，让我处女生孩子。

把它弃在窄巷里，母牛母羊来乳育。把他弃在树林里，又遇樵夫来救起。把他弃在寒冰上，大鸟暖他覆羽翼。大鸟后来飞走了，后稷这才呱呱啼。哭声又长又有力，惹得路人来注意。

后稷刚会地上爬，即有所知与所识，饿了他能自觅食。稍长他能种大豆，大豆茁壮好长势。种出谷子穗垂低，麻麦茂盛长得齐，大瓜小瓜挂满枝。

后稷种地有一套，相土开田讲门道，种前先要除杂草，下种要选颗粒饱。土中逐渐露芽苞，禾苗茁壮向上冒。拔节抽穗勤看护，谷粒坚实成色好，禾穗沉沉产量高。建家邰地乐陶陶。

天赐嘉种称神奇，赐降黑黍秬和秠，还有高粱和穈子。秬子秠子遍地长，收割堆在垄亩里。高粱穈子遍地生，扛着背着运家去。忙完农活忙祭祀。

说起祭祀怎么祭？人或舂米或扬秕，或簸粮或筛糠皮。淘米声音沙沙响，蒸饭声音浮浮起。祭祀祖先共商议，燃起香蒿和油脂，宰杀公羊祭神祇，又烧又烤香四溢，祈神来年如人意。

祭品要有礼器盛，盛在木豆和木登。馨香之气渐升腾，上帝歆享降此庭，祭品丰盛滋味永。自从后稷创祭礼，得神佑护无罪愆，承传至今保安宁。

【解说】

先解释几个字词：1."民"，此处指周人。2."时"，是。3."姜嫄"，后稷之母。4."禋"，禋音因，祭祀的一种，加牺牲于柴薪之上，用火烧，使烟气上腾。5."弗"，"祓"（音扶）的假借词，拂除不祥。"以弗无子"，是去除女人将来不生孩子的戾气。6."履"，踩。7."武"，足迹。8."敏"，脚的大拇指。9."歆"，歆动，有所感。10."介"，觉。11."震"，娠，有孕。12."夙"，通肃，生活严肃，不与其他男子发生关系。13."诞"，发语词。14."弥"，满。15."先生如达"，头胎生产很顺利。16."不坼不裂"，坼音撤，是说生产时没有导致产门破裂。17."菑"，音义同灾。18."赫"，显。19."寘"，置的异体字。20."隘"，狭窄。21."腓"，音肥，庇护。22."字"，养育。23."会"，恰逢。24."吁"，音需，大，有力。25."载"，满。26."克岐克嶷"，有所知识之貌。27."以就口食"，自己觅食。28."蓺"，音义同艺，种植。29."荏菽"，荏音忍，大豆。30."旆旆""穟穟"，旆音配，穟音碎，皆为美好茂盛的样子。31."幪幪"，幪音猛，茂盛之貌。32."唪唪"，唪音崩（上声），多实之貌。33."相"，音向，察看。34."茀"，治，拔除。35."黄茂"，嘉谷留作种子。36."褎"，音又，禾苗渐长之貌。37."发"，拔节。38."秀"，抽穗。39."坚"，果实坚硬。40."好"，谷粒饱满。41."有邰"，邰音台，后稷定居地。42."降"，上天赐予。43."秬"，音巨，黑黍。44."秠"，音丕，也是一种黑黍。45."穈"，音门，赤粱粟。46."芑"，白粱粟。47."恒"，音更，遍。48."任"，肩扛。49."肇"，始。50."揄"，扬。51."簸"，用簸箕颠米，把米壳颠出去。52."蹂"，揉搓。53."释"，淘米。54."叟叟"，淘米之声。55."烝"，蒸。56."浮浮"，热气腾腾貌。57."萧"，香蒿。58."脂"：肠间肥油。59."羝"，音低，公羊。60."軷"，音拔，祭。61."嗣岁"，来年。此处意为祈求来岁的丰年。62."豆"，盛祭祀物品的容器。63."登"，也是盛祭祀物品的容器。64."时"，美好。

　　这是一首周人歌咏始祖后稷灵异和功德的诗。方玉润的评论比较简洁："诗首章言受孕之奇。次言诞生之易。三言被弃而庇护者多。四言稍长既知稼穑。五言有功农民，因此受封。六言其能降嘉谷以归肇祀。七言其祭祀之诚，并祈来年。八言周人世守其业，不敢有懈，而因以得应天命而有天下。"（《诗经原始》卷十四）方玉润的概括非常精当，从他的概括中，可以发现此诗的叙述很有次序。再粗略一点说，前三章表现的是后稷出生的神异，并与天帝发生了联系；四、五、六章以事实说明后稷对农业的贡献；七章说后稷虽神异有功，不以己能为能，归恩于上帝；最后一章，写上帝歆享周人的祭祀，周人之受命早有源头。

从方玉润的评论中可以看出，《生民》在歌颂后稷的同时，也是在强调周家受天命的渊源，宣传周人代商的合法性。与此同时，《生民》也反映了周人祖先崇拜的信仰观念。《毛诗序》说："《生民》，尊祖也。后稷生于姜嫄，文、武之功起于后稷，故推以配天焉。"周文王、武王有大功，因他们是后稷的后代，而后稷又出自姜嫄，所以后稷和姜嫄皆被推重。而在《毛诗序》之前的《孔子诗论》则从另一角度来看这首诗："夫葛之见歌也，则以绤𫄨之故也；后稷之见贵也，则以文、武之德也。"说葛草之所以被歌咏，是因为绤和𫄨织物的缘故。后稷之所以被人尊重，是因为周文王和周武王的德行。因为文王和武王有功，所以后稷才会被推崇。

后稷是周人的始祖，他之所以被周人歌颂，是由于他对农业做出了巨大的贡献。关于后稷的事迹，先秦史料多有记载。《逸周书·商誓》说："王曰：'在昔后稷，惟上帝之言，克播百谷，登禹之绩。凡在天下之庶民，罔不维后稷之元谷，用蒸享在商先哲王，明祀上帝，□□□□。亦惟我后稷之元谷用告和，用胥饮食。肆商先哲王维厥故，斯用显我西土。'"《商誓》是周初作品，可见在周初人心中，始祖后稷对农业的贡献之大。《左传·昭公二十九年》也说："有烈山氏之子曰柱，为稷，自夏以上祀之。周弃亦为稷，自商以来祀之。"周人后稷在商代就开始被祭祀，取代了原来出自烈山氏的司农之官。

其实后稷就是司稷，"司"和"后"最初是同一个字，都是管理人和领导人的意思。稷是农作物的一种，后稷就是管理农业的官长。周人始祖后稷为什么能够在农业上有这么大的贡献？周人认为，这是天帝的意思。并以为，就连后稷的出生也与天帝有关。先秦文献都记载后稷之母——姜嫄，踩了上帝留下的大脚印而怀有身孕，生下了后稷。姜嫄以处女受孕，以为不祥，把他弃置于各种环境中，结果出现了各种灵异，使后稷受到保护而安然无恙。这当然是个神话，但周人的这一神话并不是特殊的、唯一的，古代各族几乎都有自己的祖先神话。而且，有的还非常相似。比如，古代高句丽君主就有与后稷相似的出生神话。《魏书·高句丽传》说："高句丽者，出于夫余，言先祖朱蒙。朱蒙母河伯女，自为夫余王闭于室中，为日所照，引身避之，影又逐。既而有孕，日生一卵，大如五升。夫余王弃之与犬，犬不食；弃之与豕，豕又不食；弃之路，牛马避之；后弃之野，众鸟以毛茹之。夫余王割剖之，不能破，遂还其母。其母以物裹之，置于暖处，有一男破壳而出。及其长也，曰朱蒙。"这与后稷的出生神话颇为相似。

从这样的神话当中，我们读到的是一种信仰观念。周人认为后稷出生的神异，以及他对农事的了解，都与上帝有关，是上帝的意志。而且后稷也依从上帝，敬奉上帝。这反映的是周人的上帝崇拜观念，从这些资料看，周人的上帝崇拜观念是原有的，并不是接受了殷商的上帝崇拜观念后才有的。

另外，从后稷的母亲姜嫄和后稷的有邰家室来看，也反映了姬、姜两族的古老渊源。后稷之父为谁，不得而知，周人没有任何记载，周人只知道后稷之母为姜嫄，而且还为姜嫄特立一庙。可以推测，周族之兴起，与姜族有很大的关系。姜族出自炎帝，炎帝又号神农氏，也称烈山氏，也被认为是对农业有巨大贡献的人。原来的司农之官为"柱"，史料载"柱"为烈山氏之子，也就是说他出自姜族，可知在后稷之前，姜族的农业是比较突出的。而后稷后来者居上，掌握了更好的农业耕作方法，取代了母家姜族的农官地位，成为新的农业技术的代表。从这些线索当中，可以推知，周族的农业技术，当是从姜族那里学来的，并有所发展。

姬、姜两族至少自后稷时代起，就保持着亲密友好的关系。从婚姻关系来看，按史料记载说，文王的母亲为太姜；武王的王后为邑姜；西周康王、穆王、懿王、厉王、幽王的妻子均出自姜族。从军事上看，协助武王伐商的第一功臣为姜尚，也是姜族之人。从文化上看，考古资料证实，在渭水流域，姬、姜两族发生了文化融合。可见周族之兴起与姜族的关系。

周人的始祖后稷究竟是什么时代的人？应该说是不可考的。《生民》一诗所述是周族人自己的远古传说。我们可以分析的是，姜嫄是远古姜姓部族的女子，其时应是母系氏族时代，那时只知有母，不知有父。后稷的出现，可能正是母系氏族向父系氏族的转变期。《史记·周本纪》说："姜嫄，帝喾元妃。"这种说法并无历史根据。元代许谦撰《诗集传名物钞》对此辩之甚详。他指出：如果姜嫄是帝喾的元妃，后稷是帝喾之子，那姜嫄就不存在无夫而有子的问题，后稷也没有理由被多次遗弃。姜嫄既是帝喾的元妃，那她的头生子后稷就是帝喾的嫡长子。为什么帝喾死后，族人不拥立这个贤良的嫡长子，而先后另立挚和尧为帝呢？后世周人祭祀始祖时，为什么不以帝喾为祖，而以后稷为祖呢？又为什么周人只祭祀姜嫄而不祭祀帝喾呢？凡此等等，都是说不通的。所以《史记》所谓"姜嫄，帝喾元妃"云云，真可谓"画蛇添足"。

至于《尚书·舜典》所载"（舜）帝曰：弃，黎民阻饥，汝后稷播时百谷"，所说倒是后稷之事。我们或可据此说后稷是虞舜时期的人。但唐尧、虞舜对于今天治古史的人来说，也只把它当作一种上古传说而已，不可据之以为信史。所以我们读《生民》之诗，只把它当作周族的远古传说便可以了。

公　刘

【原文】

　　笃公刘，匪居匪康，乃场乃疆，乃积乃仓。乃裹餱粮，于橐于囊。思辑用光，弓矢斯张；干戈戚扬，爰方启行。

　　笃公刘，于胥斯原，既庶既繁，既顺乃宣，而无永叹。陟则在巘，复降在原。何以舟之？维玉及瑶，鞞琫容刀。

　　笃公刘，逝彼百泉，瞻彼溥原，乃陟南冈，乃觏于京，京师之野，于时处处，于时庐旅，于时言言，于时语语。

　　笃公刘，于京斯依，跄跄济济，俾筵俾几。既登乃依，乃造其曹。执豕于牢，酌之用匏。食之饮之，君之宗之。

　　笃公刘，既溥既长，既景乃冈，相其阴阳，观其流泉。其军三单，度其隰原。彻田为粮，度其夕阳。豳居允荒。

　　笃公刘，于豳斯馆，涉渭为乱，取厉取锻，止基乃理。爰众爰有，夹其皇涧，溯其过涧。止旅乃密，芮鞫之即。

【译文】

　　厚道的公刘，不为自己求安康，修治田亩划界疆，家家积粮堆满仓。为了远行备干粮，装满小袋和大囊。团结族众争荣光，挂弓带箭备戎装，盾戈斧钺武威扬，整队出发向前方。

　　厚道的公刘，看中豳地这川原，民众紧随人口繁，人心归顺群情欢，再无长吁和短叹。他登山顶放眼看，复下平原细细观。身上佩戴何物件？玉石宝石光闪闪，装饰腰刀好灿烂。

　　厚道的公刘，往来百泉察水源，瞻望开阔大平原，登上南面的山冈，发现叫"京"这地方。京师之野形胜地，在此建立新都邑，在此建房停长旅，在此有说又有笑，在此欢声加笑语。

厚道的公刘，建好京师作凭依，群臣侍从有威仪。设宴安排好案几，宾主依次就筵席。命人去到猪群里，捉取好猪做佳肴，饮酒且用葫芦瓢。酒醉饭饱情绪好，共尊公刘为领导。

厚道的公刘，豳地开辟宽又长，观测日影正四方，山南山北勘察忙，查明泉源和流向。成立三军轮番戍，考察地形驻营房。什一之税征公粮，山的西面也丈量，豳人土地真宽广。

厚道的公刘，在豳又把民舍建，横渡渭水联舟船，砺石碫石往回搬。块块房基处理好，众人家家有房产。皇涧两岸已住满，再向过涧方向展。旅人定居得安顿，一直住到芮水湾。

【解说】

先看几个字词解释：1."笃"，厚道。2."公刘"，周人先祖之一，公是尊号，刘是名。3."居""康"，安宁。4."埸""疆"，埸音易，修治田亩。5."积""仓"，囤积粮食。6."餱粮"，餱音喉，干粮。7."橐""囊"，橐音驮，裹粮的口袋，无底为橐，有底为囊。8."辑"，和睦团结。9."干"，盾。10."戚"，斧。11."扬"，钺。12."方"，始。13."启行"，动身，出发。14."胥"，相。15."斯原"，指豳地。16."既庶既繁"，人口渐增。17."顺"，民心归顺。18."巘"，音演，小山。19."舟"，佩带。20."鞞琫容刀"，鞞音俾，刀鞘；琫音绷，刀鞘上的饰物；容刀，装饰的刀。21."觏"，看见。22."京"，豳的地名。23."京师"，京邑。24."于时"，即"于是"，在这里。25."处处"，居住。26."跄跄济济"，君臣有威仪貌。27."筵"，席。28."几"，案桌。29."登"，入席。30."依"，依凭设几。31."造"，三家诗作"告"。32."曹"，群。33."君之宗之"，以公刘为君王，为宗主。34."既溥既长",言垦辟之地广而长。35."景",根据日影分别四个方向。36."冈",登高以望。37."其军三单","单"通"禅",轮番服役。38."彻",什一之税。39."夕阳",夕时见日之地,叫作夕阳。40."荒",广大。41."馆",馆舍,此处指为民众建房。42."乱",横渡。43."厉""锻",厉即砺,磨石;锻通碫(音段),椎物之石。44."基",房基。45."理",治理。46."有",有居房。47."皇涧""过涧",皆为水名。48."密",安顿。49."芮鞫之即",芮通汭,水曲之凹处;鞫,水曲之凸处。居住的人越来越多,多到要到水湾两边居住。

《公刘》也是周族的史诗之一。我们说,《大雅》是周族的史诗,如果按时代顺序说,《生民》《公刘》《绵》《皇矣》《文王》五篇便构成了一个周族形成、发展的主线。所以清人范家相《诗渖》卷十五《大雅总论》说《诗经·大雅》"篇次亦难卒晓。周人尊后稷以配天,则《生民》当居《雅》首。以追王之意推之,《绵》诗当继《生民》,《皇矣》当次《绵》后。若依世次,则《笃公刘》又当在《绵》之上。而今诗之次第如此者,文王为周室开王之始,故《风》、《雅》、《颂》皆以文王为始也。"

在《诗经》中所载的周人先祖的历史,公刘是上承后稷,下启太王公亶父的人物。但对于公刘的时代,先秦史料的记载不能让人相信。《史记》记载他是后稷的三世孙,大约是夏朝末年。《史记》还记载从公刘到文王,相隔只有十一世。公刘若是夏末商初时人,那从公刘到文王,至少也有六七百年,也就是从他到文王的世系绝不可能只有十一世。由于没有确凿的证据,目前无法判定公刘究竟是哪一个时期的人物。唯一能够确定的,他是周族发展中一位早期的关键人物。《史记》评论公刘道:"百姓怀之,多徙而保归焉。周道之兴自此始。"认为周道之兴应该是从公刘这一代开始的。我们来看看,他究竟是怎样的一个人物。

公刘的先祖，本是掌管着农业的首领，世代承袭。可到了不窋这一代，遭遇了王朝的政治衰乱，不窋很可能为了避祸，逃奔到了戎狄之间。周人在戎狄之间生存，一直到公刘这一代。公刘虽在戎狄，可没忘了先祖的执掌，"务耕种，行地宜"，没有完全戎狄化。而且他还是一位非常有远见的首领，没有因为时下的安乐而忘记忧患，"笃公刘，匪居匪康"，而是让族人积蓄好财货粮食，预先做好迁徙的准备。

公刘为什么迁徙呢？有几种说法。有人认为，他是为了躲避戎狄的侵扰；也有人认为他是寻找新的农耕地；还有人认为他是为了向内陆发展；等等。从《公刘》一诗来看，公刘一族的行动非常有计划，毫无紧迫之感，满篇洋溢的是迁往新安居地的喜悦。《史记》也没说公刘是因为躲避戎狄的侵扰才被迫迁徙。我们认为，公刘迁居，虽然从史料中看不出明显的外界压力，但一定是事出有因。更可能的是，公刘预见了一些潜在的不利因素，才决定带领族人重新寻找安身之地。

清人顾镇《虞东学诗》说：《公刘》"六章皆冠以'笃公刘'句，盖自不窋失官，再世不振，惟公刘克笃前烈，开周家一代忠厚之治。"公刘深谋远虑，考虑事情很周全。你看，诗中的他带领人们迁往豳地之前，就让大家准备好行囊，备好足够的干粮。还让族人装备了干戈斧钺等各种武器，才开始启程。到了豳地之后，公刘发现这个地方肥沃富庶，比较适合居住，于是不辞劳苦，亲自到原野上勘察，又登上山顶观望。察看之后，觉得比较适合，又具体查看原野上的泉水，土地的土壤情况，一一躬身为劳。最终决定在此处安居，便同众人商量，如何营建，如何安民。如此一个谋略深远而有决断，为了人民不辞劳苦、听取众人意见的首领，怎么会不得到大家的拥戴呢？当安顿得差不多了，人们早就对公刘尊之如君、亲之如宗了，"食之饮之，君之宗之"，这是民心的自然归向。

公刘对人民的仁爱，吸引了更多的人来投靠他。"爰众爰有，夹其皇涧，溯其过涧"，公刘与其族人并不把他们看作外来人，也没有排斥他们，相反，还为他们择选居住地，以至于人多得要住到两边河岸上了。

从诗中可以看出，在公刘的治理下，周族的物力和军力都有迅速的发展。并且，周人对外族之人有一种包容的胸怀。周族自此开始壮大是可以理解的。其实，从始祖后稷到公亶父，期间的先祖不在少数，记在典籍中的却屈指可数。公刘离公亶父的时间不短，如果不是因为他有巨大的功绩，周人怎么会追述先祖之业时，专门为他写上一首诗歌呢？最重要的是，公刘在周人心中的形象，是一位非常仁爱又笃厚的首领，他虽为首领，却非常质朴，与人民一起同呼吸共患难，带领人民过上康乐的生活。也许，这才是周人心中真正的首领形象吧。

清人姜炳璋撰《诗序补义》，其中比较公刘时代与太王时代之不同："太王时势与公刘不同，公刘是草昧开创之君，故《公刘》篇气象深淳，制度简括，末章则叹其富庶之极而止。太王虽为狄难而迁，然承公刘余业，故规模宏敞，制度详明，末则极言过化存神、礼让成俗景象。"从这种比较中，我们可以看到，周族先祖前后相承之迹。

周颂

清庙之什

清　庙

【原文】

於穆清庙，肃雍显相。济济多士，秉文之德。对越在天，骏奔走在庙。不显不承，无射于人斯。

【译文】

啊，庄严清静的宗庙，肃敬雍和的助祭，威仪齐整的执事，都秉承文王之德。文王神灵在天上，四方来祭在宗庙。祖德大显，子孙大承，这大德将永远无厌于人！

【解说】

先解释几个字词：1."於"，音呜，叹词。2."穆"，庄严肃穆的样子。3."肃雍"，态度肃敬雍容。4."显"，高贵显赫。5."相"，助。6."济济"，多而整齐的样子。7."多士"，与祭执事之人。8."秉"，秉承。9."对越在天"，陈戍国："与《文王》'文王陟降，在帝左右'两句义同。"是配于上天的意思。10."骏奔走"，指四方诸侯疾来助祭。11."不显不承"，"不"应读作"丕"，"丕"是大之意。"显"和"承"不但述赞周家继文德之不衰，亦表现了在仪式中一赐一受的受嘏仪节。12."无射于人斯"，射音义同斁（音易），厌弃，谓周家继文王之德而不被人厌弃，是祝福语。

这是周人用于宗庙祭祀的颂诗，此诗不用韵，应是祭官向天的呼告语，起着沟通人神志意的作用，具有神圣性。

《清庙》只有一章，八句，却是西周时期最重要的颂诗。《清庙》为"颂之始"，是四始之一，地位非常重要。它是祭祀文王时所用的祭祀之诗，有音乐伴奏："夫人尝禘，升歌《清庙》……此天子之乐也。"（《礼记·祭统》）而《礼记·文王世子》则说："天子视学，登歌《清庙》。"天子到学校视察国子的学习情况，也要歌《清庙》。《清庙》也是西周时期举行各种盛大祭祀和重大活动所用的乐歌，《礼记·孔子燕居》："大飨……两君相见，升歌《清庙》。"两国诸侯相见，举行宴会，当乐工登堂唱颂之时，首先要唱《清庙》。此外养老礼上也会登歌《清庙》。这些典礼中唱颂《清庙》，是为了表达一种对道德的追求，"升歌《清庙》，示德也"（《礼记·仲尼燕居》）。可见，《清庙》的意义不止在于宗庙祭祀上用。

《清庙》的意涵究竟是什么呢？让我们从诗文本身来看看。"於穆清庙，肃雍显相，济济多士，秉文之德"，先从外在整体上描写了祭祀的庙中景象，庙堂上下非常的洁净庄严，从人物说，前来助祭的各国诸侯肃敬雍容，从事祭祀典礼的执事们威仪齐整，这些人个个秉持着文王的美德。颂本来就是沟通人神志意的乐歌，后面就是这种沟通的表现。"对越在天，骏奔走在庙"，文王至德，上配于天，常陪伴于上帝左右；参加宗庙祭祀的人，有许多是驱车千里前来助祭的，他们应该都是诸侯或诸侯的代表，要么是周族的子孙和姻亲，要么是周王朝的功臣，身份显赫。最后一句是赞叹，"不显不承，无射于人斯"。"不"应读"丕"，是大的意思。"不显"说的是文王之德"大显于天"，为后世之光鉴；"不承"，说的是文王之德"大承于人"，被后辈子孙所承继。这样的话，周家世世代代皆有美德，怎么会招致人们的厌恶呢？

《清庙》非常短，却有着深远的意涵。《孔子诗论》赞道："《清庙》，王德也，至矣！敬宗庙之礼，以为其本；'秉文之德'，以为其业；'肃雍【显相】……行此者，其有不王乎？"翻译过来就是：《清庙》之诗，表述的是王者之德，那真是达到极致了！虔敬地奉行宗庙的礼仪，作为周人的根本；秉持周文王的道德，作为周人的事业……奉行以上这些原则，难道还不能统治天下吗？《孔子诗论》的篇幅并不长，对《清庙》却表述了三次，另两处是："清【庙】，吾敬之"。《清庙》这首诗，引起了孔子的敬意。"【《清庙》曰：'肃雍显相，济济】多士，秉文之德'，吾敬之"，《清庙》诗中说："前来助祭的诸侯肃敬雍容，从事祭祀的执事们威仪齐整，他们都能秉持文王的道德规范，我敬重这些能秉持文王道德规范的人。"

而对于《清庙》这首诗的写成时代，古今学者看法不一。《毛诗序》以为它是周公所作，是在洛邑既成以后，在洛邑大朝诸侯，然后祭祀文王时所作。(参见《毛诗注疏》卷二十六）也有的认为是作于武王时代，还有一些现代学者认为此诗作于周昭、穆之间。至于《清庙》所歌颂的对象，一般都认为是歌颂周文王，可郑玄却说清庙是"祭有清明之德者之庙也"，认为并不一定就是祭祀周文王。我们认为，前者的说法比较合适，《清庙》为颂之始，正如《文王》为大雅之始一样，体现着周人对文王的崇敬之情。虽然周人的先祖不乏德业俱美之人，文王之后也有视民如伤的有德君王，可在周人心中，文王是无法超越的，他已经成为了至德的代表。《清庙》为颂的第一篇，所歌颂的正应该是文王之德。

下面我们还可以略微谈一下颂乐的表演特点，以便让读者对它有更深的了解。《礼记·乐记》说："《清庙》之瑟，朱弦而疏越，一倡而三叹，有遗音者矣。"朱弦，就是染成红色的弦，因为染色的时候要用水煮，成为熟丝，又被称为"练弦"，弹起来声音比较浊重。越，瑟底孔，疏之使其孔大，是为了使瑟声迟缓。倡，即唱，一倡而三叹，一人唱而众人和，高朗清亮的领唱伴着浑融低沉的和声，听起来舒迟而隽永，有余音绕梁的感觉。

《孔子诗论》也说："(《颂》)其乐安而迟，其歌绅而逖"，"逖"可训为"远"，因此"其歌绅而逖"一句，可以理解为"其歌华贵而悠远"。颂的表演特点在于伴奏乐器声音迟缓，歌者声音舒缓悠远，这样的安排在于突显人声。而且颂歌的伴奏乐器，没有声响很大的乐器。《尚书大传》说："古者帝王升歌《清庙》，大琴练弦达越，大瑟朱弦达越，以韦为鼓①，不以竽瑟之声乱人声。"伴奏的乐器有大琴大瑟，它们的声音迟浊；有韦鼓，它的鼓音不是震动心脏的那种。这样安排，是为了能让听众清晰地听到所歌之辞，进而理解所歌之意，"登歌各颂祖宗之功烈，去钟撤竽以明至德"（《乐府诗集》卷三《郊庙歌辞三》)，起到"明至德"的作用。今天寺庙中的某些歌曲之安排，可能与此有些类似。

烈　文

【原文】

烈文辟公，锡兹祉福，惠我无疆，子孙保之。无封靡于尔邦，维王其崇之。念兹戎功，继序其皇之。无竞维人，四方其训之。不显维德，百辟其刑之。於乎！前王不忘。

【译文】

文德光耀先王公，赐此绵绵大福祉，无疆大爱惠我辈，子孙应当永保之。

莫在封国谋私利，当以崇王为本职。常念先祖大业绩，努力让它更壮丽。

---

① 韦鼓，以熟革做鼓皮，又充之以糠，故鼓音不震。《礼记·明堂位》"拊搏玉磬"，拊搏，就是韦鼓。郑注曰："拊搏，以韦为之，充之以糠，形如小鼓。"

兴邦在于得贤士，四方顺从不背离。荣显在于修德行，诸侯效法成风气。

啊，前王典范莫忘记！

【解说】

先解释几个字词：1."烈""文"，都是冠在死去祖先称号前的赞美词。2."辟公"，"辟"，王；"公"，公侯。"烈文辟公"就是称呼那些已过世又有大功烈的先王先公侯。3."锡"，赐。4."兹"，此。5."惠"，惠爱。6."无封靡于尔邦"，朱熹《诗经集传》："封，专利以自封殖也。靡，汏侈也。"意为不要在封国只为自己谋利。7."维王其崇之"，以崇王为己任。8."戎"，大。9."皇"，光大。10."无竞维人"，"无"，发语词；"竞"，强；"维"，是；"人"，贤人。11."训"，顺。12."不"，通丕。13."显"，荣显。14."百辟"，众诸侯。15."刑"，通型，模范。

对这首诗的解读，存在着比较大的分歧，主要是由对"烈文辟公，锡兹祉福"的理解不同所致。一种读法以为"烈文"是对前来助祭的诸侯之称，是对他们的赞美，而"锡兹祉福"则是说因为有这些诸侯的辅佐，周人才定下江山。（参见朱熹《诗经集传》卷十九）对此，清人陈启源的批评很透彻："嗣王莅政之始，谕诰诸侯，自当称述天命原本祖德，以为立言之端，乃徒归美臣下，感其翊戴之私恩，津津道之不置，何其陋也？"（《毛诗稽古编》卷二十三）

另有一种说法，也认为"烈文辟公"是称呼前来助祭的诸侯，告诉他们已经"锡兹祉福"，即说助祭诸侯已得到福祉。

其实，"烈文辟公"是称呼那些已过世又有大功烈的先王先臣们，所以第二种说法也不可靠。"烈文辟公"正是赐予福祉之人，在鬼神信仰时代，只有先王或有功德的臣子能够做到这一点。在古代，德业俱伟的先臣能够陪同先王一起享受祭祀，叫作"配享"。《周礼·夏官·司勋》说："王功曰勋，国功曰功，民功曰庸，事功曰劳，治功曰力，战功曰多。凡有功者，铭书于王之大常，祭于大烝，司勋诏之。大功，司勋藏其贰。"就是说有功于国家人民的臣子，在大祭祀之时，都会被一同纪念。这样做的意义，在于劝导臣子和诸侯们勤于政事、忠于周王，"古之王者，臣有大功，死则必祀之于庙，所以殊有绩、劝忠勤也"（《孔丛子·论书》）。

　　周人得天下，本就是借着各方诸侯的力量，这一点可以从《尚书·牧誓》武王的誓告中看出："我友邦冢君、御事、司徒、司空、亚旅、师氏、千夫长、百夫长，及庸、蜀、羌、髳、微、卢、彭、濮人。"在周人伐商的过程中，参战的还有其他的诸侯。因此，在周人克商之后，对这些有功的诸侯都进行了分封。了解了这个社会背景和礼制背景后，《烈文》这首诗的创作目的和意涵也就出来了。《毛诗序》说："成王即政，诸侯助祭也。"武王克商几年后就去世了，当时大局还不是很稳定，周公辅佐成王即位。《毛诗序》认为这首诗是成王即位后，祭祀先王，诸侯前来助祭之诗。郑玄进一步解释道："新王即政，必以朝享之礼祭于祖考，告嗣位也。"祭祀先王是告知先祖之灵，自己承继王位的事实。而诸侯来助祭，是承认成王继位的合法性。从诗的内容看，是否一定是成王即位之时，在诗文中找不到证据，但却可以肯定，它一定是用在规模很大的祭祀典礼中，而且是有诸侯来助祭的。

　　我们来看《烈文》一诗的意涵。"烈文辟公，锡兹祉福，惠我无疆，子孙保之。"首先呼告文德光耀的先王先臣，感激他们赐予"我辈"这许多大福祉，感谢他们赐予"我辈"这无尽的大恩惠，"我辈"定当努力保有之。然而究竟怎样保有它呢？从"无封靡于尔邦"至"於乎前王不忘"，语意连贯，语气相接，这一整段全都是告诫我辈之人所应秉持的原则，明显是训告之辞。这段训告包含了如下几个层次的内容：首先要"无封靡于尔邦，维王其崇之"，诸侯修德最关键的一条是"崇王";其次"念兹戎功,继序其皇之",不能忘记先祖的德业,应该继续发扬它;行政目标定好之后,再"无竞维人,四方其训之",教导他们"用贤";最后"不显维德,百辟其刑之",用贤之外,也不要忘记自身德行的修养。末了再次叮咛,"於乎,前王不忘!"告诫他们要谨记前王的大德与教诲。

《烈文》很短,层次非常清晰。先呼赞先王先臣以示后人不忘他们的功德,这既是对周人后代的告诫,也是对先臣后代的安抚;下文是告诫后辈当如何行政,又是一种约束。《烈文》对子孙后代的告诫非常精要,《孔子诗论》说:"《烈文》,吾悦之。"《孔子诗论》作者喜欢《烈文》哪几句呢?"《烈文》曰:'乍(无)竞唯人','丕显唯德','於乎前王不忘',吾悦之。"诗中表现"好贤""修德""尊祖"的这三句,是孔子读了感到很愉悦的地方。我们认为,这三点确实说到了问题的根本。

先秦人常以这首诗为教诫。据《左传》记载:鲁昭公元年秋天,邻国莒国出现了内乱。原来,莒国国君展舆即位后,削夺了群公子的田禄,引起了他们的不满。于是,群公子把在齐国的公子去疾请回来,帮助他夺取国君之位。国君展舆势力不敌,只好逃到母家吴国。君子评论这件事情说:"莒展之不立,弃人也夫!人可弃乎?《诗》曰:'无竞维人。'善矣。"

《左传·鲁襄公二十一年》载,晋国大臣叔向受弟弟叔虎的牵连,被囚禁起来准备论罪。乐王鲋来看他,许诺到晋侯面前为他请求赦免。叔向没有搭理他,乐王鲋悻悻地走了。众人责怪叔向,认为他不明智。叔向说:"乐王鲋不可靠,他是没有原则、只知道顺从国君的人;现在能救我的只有祁奚。"果然,当晋侯就叔向是否有罪的问题问及乐王鲋时,乐王鲋说:"叔向这个人比较注重亲情,叔虎一事他应该是参与了。"因为叔向没搭理他,他现在就污蔑叔向。祁奚本已告老还乡了,听说此事后，赶紧从家乡搭乘当时最快的交通工具——传车，来救叔向。祁奚见到主政的范宣子，说："《诗》曰：'惠我无疆，子孙保之。'《书》曰：'圣有谟勋，明征定保。'他为国家谋划时很少出错，教诲后辈从不厌倦，是社稷的栋梁。对这样的人，应该善待他的子孙以至于十世之后，以用来劝导贤能之人。现在反而连他自身都不保，这对社稷有什么好处呢？况且他自己又不曾犯罪，只是受了兄弟的牵连。你若是为善政，谁敢不向善呢？多杀人有什么用呢？"范宣子于是向晋侯请求赦免叔向，晋侯应允。祁奚听说事成之后，没有去见叔向就回去了。叔向出来后，也没有去拜会祁奚，直接上朝办公去了。在这则故事里，祁奚引《烈文》之诗，讲了应该好好爱护功臣的道理。

昊天有成命

【原文】

昊天有成命，二后受之。成王不敢康，夙夜基命宥密。於缉熙，单厥心，肆其靖之。

【译文】

上天明命授周家，文武二王拜受它。成王不敢图安逸，日夜勤政细谋画。文武事业显光华，殚精竭虑可堪夸，太平天子安天下。

【解说】

先解释几个字词：1."成命"，马瑞辰《毛诗传笺通释》："古文明、成二字同义。"2."二后"，后，君；二后指文王和武王。3."成王"，武王之子姬诵，由周公辅佐即位，前期主要依靠周公和召公对国家进行治理。在位期间，国家比较富庶安定。4."夙夜基命宥密"，"夙夜"，早晚；"基"，《尔雅》："基，谋也。""命"，政令；"宥"，有；"密"，勉。于省吾《诗经新证》："夙夜基命宥密，应读作夙夜其命有勉，言昊天既有成命，文武受之，成王不敢安逸，早夜有勉于其命。"5. "於"，叹美词。6. "缉熙"，光明。7. "单"，同殚。8. "厥"，其。9. "肆其靖之"，"肆"，巩固；"靖"，安定。《郑笺》："谓夙夜自勤，至于太平。"

　　成王为武王之子，是西周王朝第二位天子，他即位时面临的情况很不乐观。武王克商后几年就去世了，当时的政权并不稳定。当武王逝世后，纣王的儿子武庚率领殷商旧族，联合周文王的三个儿子管叔、蔡叔、霍叔谋反，引起了周人的极大恐慌。在这种情况下，周公和召公辅佐成王，平定了大大小小的叛乱，终于使天下安定下来。而成王也秉承了文、武之德，遵从周、召二公的教诲，一生都恭敬勤勉，不敢图求安乐。

　　成王即位时，年纪尚幼，周公摄政，周公行政七年，成王长大，周公还政于成王。成王亲政以后，淮夷和奄国再次叛乱，成王以周公为太师，召公为太保，御驾亲征，取得了大胜利。而成王的权威也由此次平乱确立起来。

　　传统上认为，成王平乱之后是"兴正礼乐"的时期。此时政安人和，可以上报上帝先祖，下答黎民百姓。从西周的金文记载中也能反映出，当时人们就认为成王是能统御四方的君主（参见《史墙盘》和《逨盘》）。

　　成王临终前，将太子钊（后来的康王）召到面前，重新告以先祖文王、武王创立王业之不易，叮咛他好好继承王业，不能苟且偷安，要秉持节俭的美德，不能有过多的欲望，为政临民要讲求信厚。史官把这些话整理成文，就是今日所见之《尚书·顾命》篇。

　　在西周史上，成王的地位仅次于文王和武王。《史记·周本纪》说："成、康之际，天下安宁，刑措四十余年不用。"史家视成王和康王时期为中国第一个盛世期，称之为"成康之治"。当时社会能有这样的安定局面，与成王个人的为政品德有极大的关系。《昊天有成命》就是祭祀成王、赞美其德的颂诗。

"昊天有成命，二后受之。"首言周家受命之源。"成王不敢康，夙夜基命宥密。"得之容易守之难，成王正是第一位守成之主，他不敢逸游玩乐，而是早晚都在谨慎地为国家发展谋划。还能有什么更好的言辞来形容他的勤政爱民呢？"於缉熙，单厥心，肆其靖之。"诗中最后感叹，啊！多么光明啊，多么尽心尽力啊，天下在他的治理下才终于巩固安定了啊！

《礼记·孔子闲居》说："孔子曰：'夙夜其命宥密，无声之乐也。'"认为成王勤勉为政，是一种"无声之乐"。对此郑玄注解道："言君夙夜谋为政教以安民，则民乐之。"它不像人直接能听到的音乐那样愉悦人心，而是通过政教，让人民得到满足快乐，因此说它是无声之乐。

在先秦时期，《昊天有成命》被认为是"《颂》之盛德也"。据《国语·周语下》记载：晋国的叔向到东周访问，分送礼物于诸大夫和单靖公。单靖公宴享他，恭敬而俭素，并赋《昊天有成命》。宴飨外宾，只是奉公家的命令去宴请客人，而没有私人的宴请。送别客人，谨守礼制，不能为结交私好而送出郊外。当单靖公的家臣送叔向时，叔向对家臣发表了一番看法。他认为，因为有单靖公这样的人，周族可能又要兴盛了。从单靖公的行为上看，他恭敬而俭朴，谦让而多问，这样的人辅佐周王，怎么会不兴盛呢？况且，单靖公在宴席上赋《昊天有成命》这首诗，并深刻地领会了这首诗的意涵，他正与先王的美德相当啊。他这一代若不兴盛，他的子孙也必定会兴盛的。

叔向根据单靖公的行为，加之他在宴席上所赋《昊天有成命》一诗，便大加赞赏单靖公德行之美，可见这首诗在先秦人心中的分量。

清代康熙皇帝，对《昊天有成命》中的"夙夜基命宥密"深有体会。他在《宫中日课记》里写道：自己受到"夙夜基命宥密"等颂扬三代先王德行之诗的激励，日日勤勉。"朕于宫中，未明求衣，辨色而起，则命讲官捧书而入，讨论义理，是典学者为一时。出御宫门，则群工循序奏事，朕亲加咨度，是听政者为一时。已而阁臣升阶，朕与详求治理咨诹军国者久之，若夫宫禁之务，各有攸司，廷臣退乃裁决焉。既事竟罢朝，宫中图籍盈几案，朕性好读书，丹黄评阅辄径寸，辨别古今治乱得失，暇或赋诗，或作古文，或临池洒翰，以写其自得之趣，止此数事已，不觉其日之夕矣。及宫中燃烛，玉漏初下，则省一日所进章疏，必审其理道之安而后已。要非夜分不就宴息也，如是者岁，率以为常。"（《圣祖仁皇帝御制文集》卷二十）

乾隆皇帝对《昊天有成命》中的"夙夜基命宥密"同样深有感触，他说："周自后稷、公刘、太王，积德累仁，至于文、武而新天命，抚有四海。然继续其先明以承前业者，则又成王之宏深静密之德，有以夙夜基天之命也……其畏天保命则一也，是以文武以之得天下，成王以之守成命，延祚八百，子孙永赖，岂不宜哉？"他认为"夙夜基命宥密"不只是成王之德，也是周先王之德，是周人赖以得天下、保天下的德行。（《御制乐善堂全集定本》卷二）正因为康、雍、乾三代皇帝勤政好学，孜孜不倦，才出现了"康乾盛世"。

闵予小子之什

敬 之

【原文】

敬之敬之，天维显思。命不易哉！无曰高高在上。陟降厥士，日监在兹。

维予小子，不聪敬止。日就月将，学有缉熙于光明。佛时仔肩，示我显德行。

【译文】

警惕警惕勿放逸，上天明察从不失，天命实在不易持！勿以天高而远离，福善祸淫皆天意，天每监视在此地。

我尚年幼初登基，不懂敬畏的至理。日积月累常学习，学成方有光明期。众臣辅我担重任，美德向我多开示。

【解说】

先解释几个字词：1."敬"，警戒。马瑞辰《毛诗传笺通释》："敬之敬之，犹云警之警之、戒之戒之。"2."命"，天命。3."陟降"，马瑞辰《毛诗传笺通释》："盖庆赏刑威，君之陟降厥家也；福善祸淫，天之陟降厥士也。"4."日"，天天。5."兹"，此。6."予小子"，成王自称。7."不聪敬止"，成王谦词，谓己不聪，难达于"敬之"的深意。8."就"，赴，行。9."将"，进。10."缉熙"，积渐而明。11."佛"，音必，弼的假借，辅助。12."时"，是，这。13."仔肩"，重任。

在《诗经》解释的传统上，大家都把《闵予小子》《访落》《敬之》《小毖》等视为一组，认为它们是成王嗣位之时所作。近来有学者认为，它们不像成王时期的作品，而更像穆王嗣位时的作品，认为周昭王野死，必将震动周王朝，因而更符合这四首诗的情感背景。我们认为，相对而言，传统的说法更符合此组诗所表现的情况。成王即位不久，就出现了三监叛乱的情况，内忧外患，而三监本来是成王的三位亲叔父，对于特别讲究血缘亲情的周人来讲，是否诛罚他们存在着很大争议。所以，《小毖》才有"予其惩，而毖后患"的说法，告知先祖和下臣，诛罚三位亲叔父的政治目的，其中含有不得已而为之的情感。《敬之》更符合成王时期的历史背景。从史料中看，穆王时期并不存在这样的明显的内患。所以，我们还是信从传统的说法，认为它们作于成王时期，在其嗣位之时。

下面看一下《敬之》的诗旨。《毛诗序》认为此诗是："群臣进戒嗣王也。"认为这首诗的前六句是群臣进谏成王之辞，后六句是成王答对群臣之辞。

此诗前六句与《尚书》中周公和召公的多篇诰文思想相近。主要是告诫成王以及周贵族子孙要敬之又敬，要懂得天命得之不易。天能赐给你"大命"，也能夺走"大命"，关键在于你能否修德。"无曰高高在上。陟降厥士，日监在兹。"不要以为老天离人很远，实际上老天在监察着人间，人所做的一切上天无不知晓，明察秋毫，它并会给予相应的福祸奖惩。

此诗后六句是成王的作答："维予小子，不聪敬止。日就月将，学有缉熙于光明。"小子我尚年幼，没有阅历，不能深懂"敬之"的至理，但我要坚持每天学习，日久天长，终会慢慢接近光明之道。"佛时仔肩，示我显德行。"众臣啊，元老啊，希望你们能辅佐我担起重任，经常把美德和治国大道向我开示。

周人认为"天道无亲，惟德是从"，而有德的标准便是惠爱人民。如果做不到这一点，上天便会让别的人来治理百姓，所以周人非常重视"敬"。只有能敬，才能"终日乾乾，夕惕若，无时不慎……无事不慎"。因为人之情性，在安乐之时，很容易产生骄奢怠惰之心，这样便可能看不清事实而导致错误。如果一直都保持敬畏之心，无所不慎，那国家就能安治无忧。

此诗虽作于周代，但历代的君臣都对它有很深的感触。早在春秋时期，人们就用它判断国君的吉凶祸福了。在鲁成公四年夏天，鲁君到晋国参见晋景公。当时晋国和楚国实力相当,但鲁国还是依附于晋国。晋侯接见了鲁侯,但态度轻慢。鲁国的季文子听说后感叹道:"晋侯难免于祸患。诗曰:'敬之敬之,天维显思。命不易哉!'晋国盟主地位的巩固需要依靠各盟国,晋侯怎么可以不敬重诸侯呢?"鲁国虽然不是强国,毕竟国君还是要面子的,鲁侯回国就想背叛晋国,经过季文子的劝解才作罢。但晋景公此举实令鲁国心寒,而且据《左传》记载,晋景公也确实没得善终,居然在如厕的时候掉了下去,死得很不体面。

古代儒家经典讲到"敬"的地方不少。除了《诗经·周颂·敬之》之外,像《论语》就有"修己以敬""居处恭,执事敬""敬事而信"等说法。像其他儒家经典如《周易》《礼记》等书中也多次提到"敬"字。但在那时,"敬"只是儒家许多德目之一,似乎并未引起儒者特别的重视。到了唐代,禅宗六祖惠能倡导"主敬"功夫,他说:"常行于敬,自修身即功,即修心即德。"到了北宋,二程特别重视"主敬"功夫,提出"涵养须用敬,进学在致知"。陈淳《北溪字义》指出:"敬一字,从前经书说处尽多,只把做闲慢说过,到二程方拈出来,就学者做工夫处说,见得这道理尤紧切,所关最大。"但是佛家学者却说二程的"主敬"说是袭用惠能的,是"偷佛说为己用"。这种批评是不公平的。其实,在中国传统文化的原典时期,已经倡导"敬之"的功夫了,并将此功夫作为安身立命的根本。惠能的主张也无非来自中国传统文化的资源。

正是在程朱理学的思想背景下,南宋以后的学者特别强调"主敬""持敬"功夫的重要性。南宋时期,虞俦给宋宁宗上了一封很长的奏议,劝诫宁宗真正秉持诚敬之心学习、治事。他在奏议中对《敬之》一诗作了细致的讲解,并告诉宁宗这就是"二帝三王所以传授心法之准的"。如果圣上能做到,也不会比成王差。(《历代名臣奏议》卷九)宋宁宗是否看了这封奏议,我们不得而知。但我们从奏议中至少能知道,在虞俦这样的人的心中,《敬之》这首诗承载的是王者之道。

　　直至清代,皇帝的侍讲官还特别看重《敬之》这首诗,认为它是"克臻守成之盛"的原因,应该"为后世致治者法"。"夫敬者天德,王道之本也。"为什么这样说?因为"人君抚驭万方,其位至高,其任至重",下面"自公孤卿尹以下,逮于百官众职,无不禀承意旨",根据皇帝的意见办事,任何一个念头都可能影响很大。臣民的奖赏诛罚,全操控在君王手中。所以,做皇帝的能不率身以"敬"吗?如何敬呢?"故敬天之道,不外君身而得之。一言之微,一行之细,无愧于心,则无愧于天矣。""敬"不是做给人看,而是要发自内心,发出的言行让自己无愧于心。如果君王能敬畏天命,那臣下就能敬畏君王,君臣就能同心同德,这样,国家便可长治久安了。(《御览经史讲义》卷十九)

附录 《孔子诗论》编连、注释与白话翻译

姜广辉

【简要说明】

上海博物馆于1994年从香港文物市场购藏一批战国楚竹书,其中有一篇反映先秦孔门诗教的文献,整理者命名为《孔子诗论》,发表于马承源先生主编的《上海博物馆藏战国楚竹书(一)》(上海古籍出版社2001年版)。《孔子诗论》发表后,曾引起学术界热烈反响。笔者便是积极关注《孔子诗论》研究的学者之一。当时笔者的研究成果连同释读本被译成英文在美国发表,这是此篇竹简文献的第一部英译本。

一、《孔子诗论》共有完、残简29支。整理者所定之原简号以中文数字(一)、(二)、(三)……表示。本方案以阿拉伯数字1、2、3……标出新序号,每一个序号代表1支整简或拼合简。重排后的简序共有23个序号,即意味《古诗序》约存23支简。

二、《孔子诗论》原简号第二至第七号简为留白简;第一号简上下端残,根据上下文关系,也以留白简视之。依笔者之意见,留白简的意含是此竹书在抄写时,所据底本之篇首篇末有残简。根据此简本书写情况分析,其底本篇首至少有3支简、篇末至少有4支简于两头编绳处断折,只剩中间一段。此竹书当照原样抄写,原底本残缺处,抄写时作留白处理。比照满写简而言,留白简两端约各缺8字。笔者以留白简缺字

为原缺字，以"□"表示之。

三、根据残简的编绳位置，可以估算此残简两端缺字字数。李零先生参加简文最初的整理工作，曾对每支残简的编绳位置作过测量，并据此估算两端缺字字数，缺字以"□"表示之，其资料可作重要参考。惟其测量每支残简时，比照一支整简估算其缺字，而若此后有两支或三支残简可以拼连为一支简时，则此数据应当另作考虑。

四、不知缺字具体字数，而估计缺字不多者，以"…"表示之；不知缺字具体字数，而估计缺字可能较多者，则以"……"表示之。

五、缺字处，若能据前后文之义补出者，辄试补之。凡补字，有确定之把握者，置于正文中，加【】号以与简文相区别，凡无确定之把握者，则置于注释中。缺字可能是前面排比句型的同类字，则以〖〗表示之。

六、简文原本是分章的，现存有3个作为分章号的墨节■。原来简文整体的分章情况已不得而知。本方案根据简文的意群增加了8个分章号，以◪表示。

七、在文字释读方面，充分吸收了时贤的研究成果。

1. □□□□□□【孔子】① 曰：诗，其犹🀫（旁）门（问）② 欤？贱

---

① 此简前端约缺八字，李学勤先生补二字。[李学勤1] 此篇简文凡"某人曰"，皆指"孔子"，李先生补字甚是，今从。

② "🀫"，此字在简文中出现过两次。另一次是原第二号（今第22号）简"《颂》，🀫德也，多言后。"原考释者读为"平"，李学勤、李零、季旭升等先生从其读。[马承源，130；李学勤1；李零；季旭升] 周凤五先生、廖名春先生将此字隶定为"旁"。[周凤五1，153；廖名春，17] 何琳仪、董莲池等先生将此字隶定为"塝"，通"广"；[何琳仪1，245；董莲池，16] 俞志慧先生将此字隶定为"坊"，于第二例读为"溥德"等。[俞志慧1，309－310] 杨泽生先生将此字隶定为从"土"从"雱"之字，读为"滂"或"广"。[杨泽生] 裘锡圭先生提出此字可能是"圣"字的讹变。[裘锡圭1，315] 笔者著文《释🀫与🀫》[姜广辉3] 提出🀫应是"旁"的讹变字。在"诗，其犹🀫门欤"文例中，"🀫门"二字读为"敷问"；在"《颂》，🀫德也，多言后"文例中。"旁"即"敷"（"敷"有"大"义）。另外，上博简《子

民而📧①（冤）之，其用心也将何如？曰：《邦风》是已。民之有戚患也，上下之不和者，其用心也将何如？【曰：《小夏（雅）》是已。】□□□②（四）

2. □□□【何如？曰：《大夏（雅）》】③是已。有成功者何如？曰：

（接上页）羔》篇第一号简有"治天下，📧万邦"文例，📧亦即"敷"（"敷"亦有"治"义，如《尚书·禹贡》"禹敷水土"）。此处"📧门"释读为"尃门"。尃通敷。敷有施、布、治、设等义。门与问皆明母文部字，属双声迭韵通假。"敷问"即对治疑问，解答疑问，因而"《诗》，其犹敷问与？"一句，直译的意思就是："《诗》，就像是一部解答疑问的书吧？"隐含的意思是说，《诗三百》是凝结先贤智慧的百宝书，可以从中找到人心各种疑问的解答。"敷"也含有"设"义，《尚书·顾命》"敷重"训为"敷设重席"。所以"敷问"也可解为"设问"。《管子》卷八《小匡》："可立而时设问国家之患……"说明春秋战国之时已经有"敷问""设问"一类词汇，只是说法还不统一。"设问"的意思是"自设问答"，在这个意义上，我们也可以将"《诗》，其犹敷问与"一句直译为："《诗》，好像是在自设问答吧？"紧接"《诗》，其犹敷问与"一句后面，大约有四个"解答疑问"或"自设问答"的补充例证。如"其用心也将何如？曰：《邦风》是已"，"有成功者何如？曰：《颂》是已"之类。关于"敷问"，应该包含如下几层意思，首先，《诗三百》文本多采用自问自答的修辞手法，如"何彼襛矣。唐棣之华。曷不肃雍？王姬之车。""谁能烹鱼？溉之釜䰞。谁将西归？怀之好音。""伐柯如何？匪斧不克。取妻如何？匪媒不得"，等等。其次，学《诗》者不应只学其字面意思，而应举一反三，发掘其内含的义理。如子夏问"'巧笑倩兮，美目盼兮，素以为绚兮'，何谓也？"孔子回答："绘事后素。"子夏领悟到："礼后乎！"孔子因而表扬如子夏者"始可与言诗已矣"！复次，是授《诗》者的诗学观，《诗三百》曲尽人间百态，因而授诗者将它当作观风问俗、学习事理的教科书。《孔子诗论》论"敷问"，开始便提纲挈领，将《邦风》《小雅》《大雅》《颂》分别看作不同阶层精神生活的反映，可以说慧眼独具。

① "📧"，原考释说此字"从谷从兔，《说文》所无"。学者或释读为"裕""逸""豫"等。笔者认为对此字的解释应与"贱民"的身份地位呼应，若将此字释读为"裕""逸""豫"等皆与"贱民"的身份地位不相呼应。"📧"，右"兔"为"冤"省，左旁为沿省，二者为迭加声符，当读为"冤"。又，笔者请教郑张尚芳先生，先生以为，左旁沿省之字《说文》谓："山间陷泥地"。兔入其中，不得走，与从冖同，可视为会意字。《一切经音义》引《广雅》："冤，抑也。"《广雅·释诂》："冤，曲也，四讪也。"

② 原缺约八字，周凤五教授据文义补五字。[周凤五2, 189]

③ 原缺约八字，周凤五教授据文义补三字。[周凤五2, 189] 笔者补至五字。[姜广辉2：212]

《颂》是已。■（以上第一章）《清庙》，王德也，至矣！敬宗庙之礼，以为其本；"秉文之德"，以为其业；"肃雍【显相，济济多士"，以为其】①（五）

3.〖　〗；□□□□，□□□□，【以为其〖　〗】。② 行此者，其有不王乎？■（以上第二章）孔子曰：诗亡❋③（隐）志，乐亡❋（隐）情，文亡❋（隐）意。□□□□□□□□□□□□④（一）▣（以上第三章）

4.《关雎》之改⑤（改），《樛木》之时⑥（持），《汉广》之知，

---

① 原缺约八字，笔者据文义试补九字，其中"济济"二字在简文中为重文。[姜广辉2：212]

② 据李零先生测量估算，此残简前约缺十三字，[李零] 笔者续前简文义，试补五字。[姜广辉2：212]

③ "❋"原考释者读为"离"。裘锡圭、李学勤等先生读为"隐"。[裘锡圭1：304－307；李学勤1] 饶宗颐先生读为"吝"。[饶宗颐，228] 何琳仪先生读为"晙"。[何琳仪1，243－244] 廖名春先生读为"泯"。[廖名春，9] 今从裘、李二先生读为"隐"。

④ 据李零先生测量估算，此残简后约缺二十一字。[李零]

⑤ "改"，原考释者认为"'改'在简文中无义可应，当是从'巳'的假借字，当读为'怡'"。其后，学者或将此字释读为"已"（止）、"妃"、"婴"、"㐬"等。[曹峰；李零；周凤五1；饶宗颐] 李学勤等先生将此字释读为"改"。[李学勤1，7] 笔者曾撰文分析"改"的偏旁结构、音韵与写法，举出郭店简的例子来证明"改""改"本一字。姜广辉2：206－208] 李守奎先生谓"考之古文字，只见'改'而不见'改'，'改'全部读为'改'。《侯马盟书》'弁改'屡见，读为'变改'已成共识。《诅楚文》：'冒改厥心'之'改'读'改'亦无疑义"[李守奎]，由上可证此字释读为"改"应无可易。

⑥ "时"，李学勤、黄怀信先生解释为"时会""时运"。[李学勤2：272－275；黄怀信，31] 董莲池、王承略的看法与此相近。[董莲池2，12；王承略] 晁福林改读"福履"二字为"蒇（伐）历"，意指贵族受到关于其经历及功绩的考察与肯定，因而得福，也可谓得"时"。[晁福林] 实际上《诗》中的"福履"即是"福禄"，不必改为"蒇（伐）历"。笔者认为"时"是"持"之假借。[姜广辉2，212] 从"《关雎》之改，《樛木》之时，《汉广》之知，《鹊巢》之归，《甘棠》之保，《绿衣》之思"这一段话看，各句与"时"相对应的字基本都是动词，则此字也应是动词，当以"持"为是。从义理说，将此字解释为"时"，理解为"抓住跻身的机遇，实现福禄之求"或"抓住机遇，享受福禄"都不符合儒家义理。《诗经》中所讲的"得福""受福"，都在强调君子要勤于公事，立功立德。这是得到或继续持有禄位的前提和保证。所以此字以释"持"为是。

《鹊巢》之归，《甘棠》之保①，《绿衣》之思，《燕燕》之情，曷？曰：动而皆贤于其初者也。《关雎》以色俞②（揄）于礼，□□□□□，□□□□③（十）

5. 两矣，其四章则俞矣④，以琴瑟之悦，悆⑤好色之愿，以钟鼓之乐，（十四）

□□□□⑥好，反内（纳）于礼，不亦能改乎？《樛木》福斯在君子，不□□□□，□□□□⑦（十二）

6. □□□□□□□□⑧可得，不攻不可能，不亦知恒乎？《鹊

---

① "保"，马承源等先生认为"保"是美召伯，读为"褒"。[马承源，140] 李零和濮茅左先生亦以为是"褒"字。[李零；濮茅左，32] 李学勤、黄怀信先生读为"报"，以为《甘棠》这首诗反映了人们对召公的报恩。[李学勤 17；黄怀信，40－41] 饶宗颐先生将"保"训为"养"，曰："'保'字不必读为'褒'，亦不必读为'报'"，"有上之保养，故有下之回报。故保不等于报"。[饶宗颐，230] 颜世铉先生读"保"为"服"，训为"怀念"。[颜世铉] 笔者读为本字"保"，认为人们对召公的怀念，最根本的还是召公爱民、保民的德行。[姜广辉 2∶212]《说文》："保，养也。""保"本身就有"养"的意思，不必再训为"养"。

② "俞"，原考释者读为"喻"，意谓"明白"。[马承源，143] 另有学者将"俞"释为"逾"，似欠妥，诗中男子并没有逾礼行为。笔者认为，"俞"应读为"揄"。《说文》："揄，引也。从手，俞声。""《关雎》以色俞（揄）于礼"，是说《关雎》之诗将好色之愿引导到礼仪中来。

③ 据李零先生测量估算，此简后残缺约九字。[李零] 笔者据文义试补后四字为"其三章犹"，接第十四号简"两矣"。

④ "两"，两分也，未谐为"两"。"俞"，俞允也。已谐为"俞"。"俞"为应诺之辞，《礼记·内则》"男唯女俞"注："俞，然也。"

⑤ "悆"：学者们释读为"疑""拟""怡"等，于文理似皆窒碍难通。笔者认为，悆或为"悛"之讹写，"悛"，止也，改也。结合简文"以琴瑟之悦，悆好色之愿"，意谓以好德之心矫正其只好其色的愿望。

⑥ 李学勤先生《分章释文》于此处缺四字，[李学勤 1，7] 笔者据文义补"成两姓之"四字。[姜广辉 2∶213]

⑦ 此处约残缺九字。

⑧ 此简上下端残，笔者据文义于此补十字为："不亦能持乎？《汉广》不求不"。[姜广辉 2∶213]

巢》出以百两，不亦有**遞**①（御）乎？《甘【棠】》②（十三）…【思】③
及其人，敬爱其树，其保厚矣。甘棠之爱，以邵公。…（十五）

7. □□□□□□□□□□□□□□□□□④情爱也。《关雎》之
改，则其思賹⑤矣。《樛木》之时（持），则以其禄也。《汉广》之知，
则知不可得也。《鹊巢》之归，则**遞**（御）者（十一）

8. □□□□□□□□⑥邵公也。《绿衣》之忧，思古人也。《燕燕》之
情，以其蜀（独）也。▣（以上第四章）孔子曰：吾以《葛覃》得氏⑦

---

① "**遞**"，李学勤先生释读为"离"，并说："'离'疑读为'丽'。意思是美。"［李学
勤3］周凤五先生亦读为"离"，解释为"俪"。［周凤五1，154］廖名春、黄怀信也将它读
为"离"，释为"离开"，认为这样便能与"归"对应，意思是"《鹊巢》言出车百辆，不是
远离母家吗？"［廖名春，12；黄怀信，272］裘锡圭先生提出此字当读为"送"或"媵"，并
说："'不亦有送乎'似以读'不亦有媵乎'为好。以车百辆送女，所媵之物与人必多。"［裘
锡圭2］裘先生是古文字学界泰斗，解析此字自有其理据。然此种解释于义理方面似考虑欠
周，古代诸侯嫁女，有媵送之礼，这是事实。但此简文中多个"不亦有……乎"的句式皆为
赞词，如依裘先生的解释，孔门师弟不是赞羡嫁女之家陪嫁丰厚吗？我们从原始儒家文献中很
难找到类似的思想案例。笔者将此字隶定为"**遞**"，通"御"，释为"敬迎"。［姜广辉2：215
－216］《诗经》时代婚礼重"亲迎"。《礼记·哀公问》："孔子对曰：'……大昏既至，冕而
亲迎，亲之也。……'公曰：'寡人愿有言然。冕而亲迎，不已重乎？'孔子愀然作色而对曰：
'合二姓之好，以继先圣之后，以为天地宗庙社稷之主，君何谓已重乎？'"
② 李学勤先生依文义补一字。［李学勤1，7］
③ 笔者参照《孔子家语》，补一"思"字。［姜广辉2，213］
④ 据李零先生测量估算，此残简前约缺十八字。［李零］
⑤ 李学勤先生训为"益"，为"大"，黄怀信赞同此说，认为这是在评论《关雎》之
"改"，能改而为"大"。［黄怀信，27］李守奎先生认为"賹""义为增益，用现今的话说就
是进步了"。［李守奎］笔者训"賹"为"溢"，"《关雎》的诗意在于'改'，是因为主人公
起初好色冲动的思念太过分了"，说明何以发生"改"。［姜广辉2：208］
⑥ 李零先生据文义补六字："□也，《甘棠》之褒，美"［李零］笔者局部改补至八字
为："百两矣。《甘棠》之保，美"。［姜广辉2：214］
⑦ "氏"，董莲池先生疑为"氒"（厥）之误，认为"氒初之诗"是指《诗·大雅·生民》第
一句："厥初生民，时维姜嫄。"［董莲池2，14］何琳仪先生疑"氏"是"师氏"之省称。［何琳仪
1，250］刘信芳先生据"先秦女子未嫁称姓、已嫁乃有氏称"，"知'得氏之初'谓女子出嫁，初有
氏称也"。［刘信芳1，198］陈剑、廖明春先生读"氏"为"祗"，释为"敬"，廖还读"诗"为
"志"。将"得氏初之诗"解为"得敬初之志"。［陈剑；廖名春，12］陈、廖所解符合简文思想。此
从陈剑释读。

（祇）初之诗，民性固然，见其美，必欲反其本，夫葛之见歌也，则（十六）

9. 以□□（[绤绤]）① 之故也，后稷之见贵也，则以文、武之德也。吾以《甘棠》得宗庙之敬，民性固然，甚贵其人，必敬其位，悦其人，必好其所为，恶其人者亦然。【吾以】②（二十四）

10. 【《木瓜》③】【得】④ 币帛之不可去也，民性固然，其陞⑤（隐）志必有以俞⑥（揄）也。其言有所载而后内（纳），或前之而后交，人不可䍐⑦（干）也。吾以《杕杜》得雀（爵）【服□□□□□□□□】⑧（二十）

---

① 残缺二字，胡平生先生释读为"苴萩"，[胡平生，279]陈剑先生释读为"绤绤"。[陈剑] 我们认为，"葛"与"绤绤"对应，是原生材料与制成品的关系；"后稷"与"文武"对应，是先祖与后世的关系。见"绤绤"织成的衣物之美，使人感恩于它的来源"葛"的功劳；见文、武二王的德行美好，使人感恩于它们的祖先后稷的功德，两者同是追本溯源之意。两家释读，后者以义长为胜。此从陈剑释读。

② 李学勤先生补二字。[李学勤1，7]

③ 笔者依此后文义补二字。[姜广辉2，217]

④ 李学勤先生补一字。[李学勤1，7]

⑤ "陞"，李学勤先生读为"隐"[李学勤1，7]，今从。

⑥ "俞"，李学勤先生读为"抒"。[李学勤1，7]李零先生读为"输"，以为"输"有倾泻之义，类似于"抒"。[李零] 笔者曾就此请教郑张尚芳先生，他认为，"俞"当读为"揄"。《淮南子·主术训》："揄策"高诱注："揄，出"，义与"抒"同。

⑦ "䍐"，李零先生读为"捍"，释"不可捍"为"不可抗拒"。[李零] 何琳仪释为"旰"，读"交（佼）人不可旰也"，意为不可盯着美人看。[何琳仪1，252]李学勤、周凤五两先生则都读为"干"，周凤五先生指出，古人相见必以贽（见面时所赠的礼品），并引《春秋公羊传·定公四年》"以干阖庐"《注》"不待礼见曰干"为解。[李学勤1，7；周凤五2，155]黄怀信将"干"解为"干湿"之干，"不带水分也，引申谓不带礼物。今关中俗语有'干指头蘸盐'，意为不付出一点点就想得到好处，正是此义"。[黄怀信，61] 笔者引《春秋穀梁传·定公四年》"挟弓持矢而干阖间"注："见不以礼曰干"。[姜广辉2，217]

⑧ 李学勤先生提出前一残字当为"服"字，[李学勤1，7]笔者据文义试补九字为："之不可轻也，民性固然。"[姜广辉2，217]

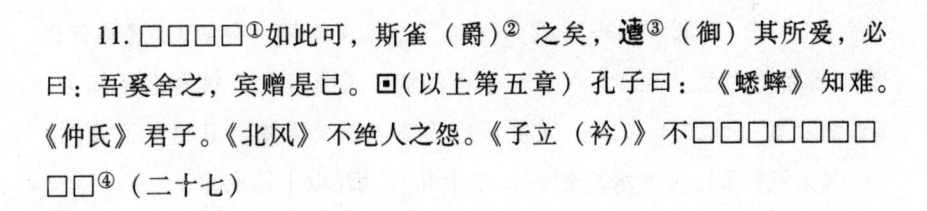

11. □□□□①如此可，斯雀（爵）②之矣，遱③（御）其所爱，必曰：吾奚舍之，宾赠是已。▣（以上第五章）孔子曰：《蟋蟀》知难。《仲氏》君子。《北风》不绝人之怨。《子立（衿）》不□□□□□□□□④（二十七）

12. □□□□□□□□□□□□□□□□□□□□□□□□□□□□⑤《鹿鸣》以乐始而会，以道交，见善而效，终乎不厌人。《兔罝》其用人则吾取。（二十三）

13. □□□□□□□□□□□□⑥[溺]志，既曰天也，犹有怨言。《木瓜》有藏愿而未得达也，（十九）因《木瓜》之报，以俞（揄）其怨者也。《杕杜》则情，喜其至也。（十八）■（以上第六章）

14. 《东方未明》有利词。《将仲》之言，不可不韦（畏）也。《扬之水》其爱妇烈。《采葛》之爱妇□。□□⑦（十七）阳阳》小人。《有兔》不逢时。《大田》之卒章，知言而有礼。《小明》不…（二十五）

---

① 据李零先生测量估算，此处约残缺四字。[李零]
② "爵"字之意从《杕杜》之原诗得出。《诗经》以《杕杜》名篇者，有《唐风·杕杜》《小雅·杕杜》。另《唐风》中还有一篇《有杕之杜》，论者认为此篇初名也应为《杕杜》。三首诗皆以"有杕之杜"起兴。简文《杕杜》，马承源、李学勤、黄怀信、陈桐生等先生认为指《小雅·杕杜》；[马承源，157；黄怀信，62-68；陈桐生]廖名春等先生认为应指《唐风·杕杜》；[廖名春，13]李零、周凤五与笔者则属之《唐风·有杕之杜》。[李零；周凤五2，162；姜广辉2，218-219]
③ "遱"，李学勤、李零先生读为"离"，释为失去。[李学勤1，7；李零]笔者将此字隶定为"徣"，通"御"，"御"除了"敬迎"以外，还包含"劝侑""进用"等意。[姜广辉2，203-204]
④ 据李零先生测量估算，此处约残缺九字。[李零]
⑤ 据李零先生测量估算，此处约残缺二十八字。[李零]
⑥ 李学勤先生将第十九号简与第十八号简拼合为一简，因而第十九号简前约残缺十六字。[李学勤1，7]
⑦ 李学勤先生补"《君子》"二字，接下文"阳阳》小人"。[李学勤1，7]笔者根据《采葛》诗意试补一"深"字，接上文"《采葛》之爱妇"。[姜广辉2，219]

15. …忠。《邶·柏舟》闷。《谷风》悲。《蓼莪》有孝志。《隰有苌楚》得而悔之也。（二十六）…恶而不悯。《墙有茨》慎密而不知言。《青蝇》知…（二十八）…《卷耳》不知人。《涉溱》其绝。《著而》士。《角枕》妇。《河水》知…（二十九）。▯（以上第七章）

16. 《十月》善諀①（譬）言。《雨无正》、《节南山》皆言上之衰也，王公耻之。《小旻》多疑矣，言不中志者也。《小宛》其言不恶，少有悖②焉。《小弁》《巧言》则言谗人之害也，《伐木》□□③，（八）

17. 实咎于己也。《天保》其得禄蔑疆矣，巽④（逊）寡德故也。

---

① "諀"，原考释者云："'当读为'诽'。"[马承源，136] 諀，多种字书皆收有此字，皆解释为訾议、诋毁之义，相当于恶言，如《重修广韵》："諀：訾，恶言。"《古今通韵》："諀：訾，毁也。"因此，廖名春先生将之训为"诽谤"，曰："'善諀言'，即善于批评君上"。[廖名春，9] 俞志慧先生读为"訾"，训为刺。[俞志慧2] 笔者以为，如果将"諀"直读本字，理解为訾议或诽谤，那似乎否定了此诗的价值。因为訾议或诽谤都是贬义词。怎么能把诗作者对皇父等人义正辞严的批评看作訾议或诽谤呢？李学勤先生以"諀"为"譬"的通假字，但未释其义。[李学勤1，7] 笔者也将"諀"读作"譬"，翻译该句为"《十月》一诗善于譬喻"。《十月之交》："烨烨震电，不宁不令。百川沸腾，山冢崒崩。高岸为谷，深谷为陵。"这些描写未必是实事，只是譬喻以阴干阳，阴阳失序，上下颠倒，君不君，臣不臣。由此可以理解"《十月》善諀（譬）言"之意。

② 此从朱渊清先生释读。[朱渊清1]

③ 《伐木》后缺两字，或可补为"求友"。

④ "巽"原考释者读作"馔"，认为"馔寡"是说"孝享的酒食不多，但守德如旧"。[马承源，138] 廖名春先生将"巽"读作"选"，认为："'选'有善义。…'寡德'即君德。此是说《天保》'得禄靡疆'，是以君德为善的缘故。"[廖名春，9] 何琳仪先生认为"简文'巽寡'应读'遵路'，即《诗·郑风·遵大路》之省简。……简文'德古'应读'德故'，即'以故人为有德'，属意动用法。所谓'巽（尊）寡（路），德古（故）也。'意谓'《遵路》的内容，是歌咏不要抛弃故人'"。[何琳仪2] 周凤五先生认为"巽"当读为"赞"，说"赞，助也；谓臣下能助成寡君之德也，故君臣上下'得禄无疆'"。[周凤五2，153] 黄怀信先生则训"巽"为顺。[黄怀信，181] 笔者认为，学者多从"巽"字字形考虑，增加偏旁而成"馔"或"选"等字，未从音韵学和训诂学考虑，实则"巽""逊"古通用。"寡德"为谦辞。此句是说，"人君之所以得禄无疆，由其能逊以寡德的缘故。"此句评论的对象是君主，不是臣下。"寡德"意谓少德，是君主或君夫人自谦之辞，臣下并不可以指其为"寡德"。"寡德"即君德之说，经传无文。《毛诗序》说：《天保》"君能下下以成其政，臣能归美以报其上焉"。"君能下下"也就是"逊以寡德"的意思。[姜广辉2，205-206] 黄怀信先生将"巽"训为顺，在训诂学固有此一说，但在此句中却滞碍难通。首先，"得禄蔑疆"并不是指臣下，即使是指臣下，要顺承君主而保禄位，明显不合儒家义理。

《祈父》之责亦有以也。《黄鸟》则困而欲反（返）其故也，多耻者其病之乎？《菁菁者莪》则以人益也。《裳裳者华》则【以人】①（九）

18. 贵也。《将大车》之嚣也，则以为不可如何也。《湛露》之溢也，其犹酡②（酡）欤？☐（以上第八章）孔子曰：《宛丘》吾善之，《猗嗟》吾喜之，《鳲鸠》吾信之，《文王》吾美之，《清【庙》吾敬之，《烈文》吾悦之③，（二十一）

19. 《昊天有成命》吾④】〖〗之。《宛丘》曰："洵有情"，"而亡望"⑤，吾善之。《猗嗟》曰："四矢反"，"以御乱"，吾喜之。《鳲鸠》曰："其仪一兮，心如结"也，吾信之。《文王》曰："文王在上，於昭于天"，吾美之。（二十二）

---

① 笔者据文义试补二字。[姜广辉 2, 220]
② "酡"，《说文》无。《玉篇》曰："车疾也。"周凤五先生和刘信芳先生读为"驰"。[周凤五 2, 155；刘信芳, 219－220] 马承源先生读作"酡"。"酡"为喝醉酒脸红的样子。[马承源, 150]《小雅·湛露》其四章，结句为"不醉无归"，正与"酡"意相应。《易林·屯之鼎》曰："《湛露》之欢，三爵毕恩"，正是"酡"的意思。
③ 李学勤先生于第二十一号简末段残断处补九字。[李学勤 1, 7]
④ 李学勤先生于第二十二号简前段残断处补六字。[李学勤 1, 7]
⑤ 《陈风·宛丘》曰："洵有情兮，而无望兮。"郑玄笺："此君信有淫荒之情，其威仪无可观望而则效。"朱熹《诗集传》曰："言虽有情思而可乐兮，然无威仪可瞻望也。"李学勤先生把"无望"读作"无妄"，即无诈伪虚妄。[李学勤 3] 刘信芳先生似有两说，一认为此君乐矣，然其威仪无可观望，不可效仿，此系从旧注。一认为"无望"犹无视、无见，盖心有所牵，眼中无物。[刘信芳, 226] 黄怀信先生认为"有情"与"无望"是相对的，所以这里的"情""望"当是指一方对另一方的"情"与"望"，"情"是指男女之情，"望"是指望、希望。[黄怀信, 201—203] 笔者按：诸家诠解皆不能与孔子"吾善之"的评语相应。马瑞辰《毛诗传笺通释》，将"望"解释为"望祀""望衍"之礼。《周礼·春官·司巫》："男巫掌望祀、望衍。"郑玄注："望祀，谓有牲粢盛者"；衍，读为延……延，进也，谓但用币致其神。"此句是说，若能以真情感动天地，即使"望祀""望衍"之礼不备也没关系。这正符合孔子"礼，与其奢也，宁俭"的一贯思想，所以孔子说"吾善之"。[姜广辉 2, 223－224]

20.【《清庙》曰:"肃雍显相,济济】① 多士,秉文之德",吾敬之。《烈文》曰:"亡(无)敬唯人","丕显唯德","於乎前王不忘",吾悦之。"昊天有成命,二后受之",贵且显矣,《颂》□□□□□□□□(六)▣(以上第九章)

21. …【"帝谓文王,予】② 怀尔明德",曷?诚谓之也;"有命自天,命此文王",诚命之也。信矣。孔子曰:此命也夫③!文王佳(虽)谷(欲)已④,得乎?此命也。□□□□□□□⑤(七)

22.□□□□□□□□⑥寺(时)也,文王受命矣。▣(以上第十章)《颂》,𤔍⑦(尃)德也,多言后,其乐安而迟,其歌绅而荡

---

① 李学勤先生于第六号简前段留白处补九字,其中"济济"二字在简文中为重文。[李学勤1,8]

② 李学勤先生补五字。[李学勤1,8]

③ 黄怀信先生认为,孔子所说止于"此命也夫","夫"字下原简有小墨钉,表示所引孔子的话止于此,即谓:"这是天命啊!"以下则是授诗者进一步申说孔子之言。[黄怀信,231] 单周尧先生将"文王佳谷已,得乎?此命也"一句读为"文王唯谷也,得乎此命也"。(?) 清代阮元曾将"进退唯谷"解释为"进退唯穀","穀"有善意。因为文王唯行善事,所以得到了天命。然刘乐贤先生已经指出此句中"已"字的写法明显区别于"也"字。[刘乐贤,384] 我们认为,如此句中之"已"不当读为"也",则以本文断句释读为是。

④ 此从刘乐贤释读。[刘乐贤,384]

⑤ 此为第七号留白简末,约缺八字。

⑥ 此为第二号留白简前,约缺八字。

⑦ 𤔍德,马承源先生读"坪德"。金文《平安君鼎》之"平"作从土从平,坪、平古通用。平德指平成天下之德。[马承源,127] 冯时先生也读为"平德",但是指"平和之德",实即正德。《诗·商颂·那》:"既和且平。"《毛传》:"平,正也。"[冯时,383] 冯胜君先生读为"旁德"。《说文》:"旁,溥也,从二阙,方声。"《释诂》:"溥,大也。" "旁德"是广大、周遍之德。[冯胜君,11] 裘锡圭先生认为将此字释读为"平",从字形和文义两方面看都不合适,但释读为"旁"、"溥"等,从字形上要比释读"平"好,但从文义上看仍觉不妥,因此,他认为此字是"圣"字的误摹,认为"圣德"就是圣王之德。[裘锡圭1] 今按:笔者曾将𤔍德释为"重德",认为是指周人先祖的"累世之德"。[姜广辉1] 今将其改释为"尃德",尃即敷,通溥,为"大"之意。[姜广辉3]

(貌)①，其思深而远，至矣！《大夏（雅）》，盛德也，多言□□□□□□□②（二）

23. □□，【〖〗】矣！《小夏（雅）》，【〗】德③也，多言难而怨怼者也，衰矣！小矣！《邦风》，其内（纳）物也博，观人俗焉，大佥④（敛）材

---

① 其歌绅而芗，季旭升先生读作"其歌绅而易"，"易"读作"惕"，是警惕的意思，和前句"其乐安而迟"、后句"其思深而远"相配合；也可读"易"为"平易"之"易"，把这句理解为"歌声平易而舒和"。[季旭升，17-18]何琳仪先生也读"伸而畅"。《礼记·乐记》："大乐必易，大礼必简。"[何琳仪1，245]王志平先生也读"惕"，但解释为敬。《说文》："惕，敬也。"[王志平，210]董莲池先生也读"惕"，释"敬"，以为《礼记·乐记》："乐在宗庙之中，君臣上下同听之，则莫不和敬。""和敬"谓和谐恭敬。[董莲池1，15-16]周凤五先生读为"申而寻"，申、寻皆训"长也"，与"安而迟""深而远"文义相应。[周凤五2，157]范毓周先生读此句为"其歌申而荡"，言咏唱其歌舒畅而宽广深远也。[范毓周]虞万里先生也读"其歌绅而荡"，认为早期金文中"易""易"二字虽分别甚明，但稍后即显趋同倾向，汉以后两字多相混不分。银雀山汉简《孙膑兵法》："险易必知生地死地"，马王堆汉墓帛书《战国纵横家书》："弗易攻也"，《十问》："险易相取"之"易"，均作"易"。[虞万里] 李学勤先生读作"其歌引而遂"，但未作解释。[李学勤1，8]

今按："其歌绅而芗"，应读为"其歌绅而貌"。"绅"本义为大带，是贵族标志性的装饰，先秦之"缙绅先生"、后世之"绅士"皆从此义转来。这里取义为"高贵"或"华贵"，第八章中有"贵且显矣，颂"字样，即是其意。芗为貌的省文。"貌"从艹，貌声。《说文通训定声》："貌，豹省声。"正因为如此，"貌"可以省去"皃"而以"豸"为声符，因而芗可以视为貌的省文。古音"貌"明母药部，"貌"明母宵部，"豹"帮母药部，三者音近可以通转。再来看"貌"的字义，《诗·大雅·瞻卬》"貌貌昊天"郑玄笺："貌貌，美也。"《楚辞·九章·悲回风》"貌漫漫之不可量兮"，张衡《思玄赋》"貌以迭荡"中的"貌"皆训为"远"。"貌"亦变为"邈"，《广雅·释诂》："邈，远也。"因此"其歌绅而貌"一句，可以理解为"其歌华贵而悠远"，这正是《颂》的音声特点，所以《古诗序》赞叹"至矣"！

② 此为第二号留白简末，约缺八字。

③ 此为第三号留白简前，约缺八字，周凤五教授据文义补四字。[周凤五2，189]

④ 佥材，原考释者读作"敛材"，《周礼·地官·大司徒》："颁职事十有二于邦国都鄙。使以登万民：……八曰敛材"，此"敛材"为收集物资，简文"敛材"指邦风佳作，实为采风。[马承源，130] 庞朴先生认为"敛材"似指"敛材者"，盖"敛材"乃一种职事，《周礼·大宰》："以九职任万民……八曰臣妾，聚敛疏材"。又《大司徒》："颁职事十有二于邦国都鄙，使以登万民……八曰敛材"。可见，敛材是由臣妾来承担的职事，其具体内容，据经师们说，是收集百草根实可食者。"大"用作动词，所谓"大敛材焉"，是说看重这些从事敛

(在)焉。其言文,其声善。孔子曰:惟能夫□□□□□□□①
(三)……▣(以上第十一章)

《孔子诗论》白话文翻译

【说明】考虑到每章文意的连贯性及各章之间文意的区隔,《孔子诗论》白话翻译以章为单位。

第一章

……(孔子说:)《诗》,就像是一部解答疑问的书吧?社会底层的人民有受压抑的事,他们的心思是怎样的,这是《邦风》一类诗的内容。人民有忧虑担心的事,官吏上级与下级之间不相和睦,他们的心思是怎样的,(这是《小雅》一类诗的内容。)……(这是《大雅》一类诗的内容。)那些成大功业的王侯是怎样的,这是《颂》一类诗的内容。▪

材的男女百姓。[庞朴,236-237]王志平先生疑"敛材"读为"敛采"。"材"为从母之部字,而"采"为清母之部字,音近可通。《礼记·王制》:"命大师陈诗,以观民风",注:"陈诗,谓采其诗而视之。"[王志平,210-211]黄人二先生认为"材"训"才",原义为"木材""财物",引申为"才能"。郭店简《六德》第十三至十四简曰:"子弟大材艺者大官,小材艺者小官。"《礼记·中庸》曰:"故天之生物,必因其材而笃焉。"[黄人二]笔者认为,"金"可读作"验",材、在古通用。"大金材焉"当读作"大验在焉",也就是说政治好坏的大效验都能在这里反映。[姜广辉1]

① 此为第三号留白简末,约缺八字。

第二章

《清庙》之诗,表述的是王者之德,那真是达到极致了!虔敬地奉行宗庙的礼仪,作为周人的根本;秉持周文王的道德,作为周人的事业……奉行以上这些原则,难道还不能统治天下吗?■

第三章

孔子说:诗篇中没有隐晦难知的志愿,音乐中没有隐晦难知的情感,文章中没有隐晦难知的意思。……▣

第四章

《关雎》的诗意在于"改",《樛木》的诗意在于"持",《汉广》的诗意在于"知",《鹊巢》的诗意在于"归(嫁)",《甘棠》的诗意在于"保",《绿衣》的诗意在于"思",《燕燕》的诗意在于"情"。为什么是这样?回答是:因为人生的行为应该崇重根本("道德"和"礼仪")。

《关雎》之诗将情色引导到礼仪中来……(《关雎》之诗前三章青年男女之间)尚未确定爱情关系,到了第四章已经确定了爱情关系。用琴和瑟相配合的那种精神愉悦,来矫正好色冲动的愿望;用钟和鼓相配合的那种和合快乐,(来成就两个家族结为姻亲的)好事,将好色冲动纳入礼制的规范,诗中的主人公不是很能改正自己吗?《樛木》之诗讲福禄之所以在君子那里……不(也是因为他能持守正道吗?《汉广》之诗讲不追求)不可能得到的爱情,不用心力于不可能做到的事情,不是很知道常理吗？《鹊巢》之诗讲诸侯嫁女送亲的车子有一百辆，对方不是也有同样规模的迎亲车队吗？（意思在称赞夫人有闺德，能做社会的典范，因而理应有此盛大的礼仪）《甘棠》之诗讲因甘棠之树……而思及召（音邵）公其人，因为敬爱召公而敬爱其树，是因为召公能保护人民，对人民有厚德。人民对甘棠之树的爱，是因为召公的缘故。……（此处当谈《绿衣》之诗，简文阙。现存"情爱也"三字当就此诗而言）《关雎》的诗意在于"改"，是因为主人公起初好色冲动的思念太过分了。《樛木》的诗意在于"持"，是因为要保持长久的福禄。《汉广》的诗意在于"知"，是因为主人公知道人生有不可求得的事情。《鹊巢》的诗意在于"归（嫁）"，是因为迎亲者（车辆也是一百辆。《甘棠》的诗意在于"保"，在于赞美召公），《绿衣》的诗意在于"忧"，在于思慕古人。《燕燕》的诗意在于"情"，是因为主人公的独特情操。◻

第五章

孔子说：我从《葛覃》的诗中得到崇敬本初的诗意，人们的性情就是如此，看到了织物的华美，一定会去了解织物的原料。葛草之所以被歌咏，是因为絺和綌织物的缘故。后稷之所以被人尊重，是因为（他的后人）周文王和周武王的德行。我从《甘棠》的诗中得到宗庙之敬的道理，人们的性情就是如此，如果特别尊重那个人，必然敬重表示他所在的位置。喜欢那个人，一定也喜欢那人所有的作为。（反过来），厌恶那个人也是这样（一定厌恶那人所有的作为）。（我从《木瓜》的诗中）得到币帛之礼不可去除的道理。人们的性情就是如此，他们内心的志愿必须有表达的方式。他希望结交的心意要先有礼物的承载传达而后再去拜见。或直接前去拜见而后送上礼物。总之，与人纳交是不可没有礼物的。我从《杕杜》的诗中得到爵位（不可轻视的道理，人们的性情就是如此。）……如果这样可以的话，那就给他爵封，他在迎接他所爱重的人的时候，一定会说：我为什么舍掉封邑，因为这将是赠给上宾的礼物。◳

第六章

孔子说：《蟋蟀》的诗意在于知生活的艰难。《仲氏》的诗意在于君子的情操。《北风》一诗讲统治者残暴，但不能杜绝人民的怨恨。《子衿》一诗……《鹿鸣》一诗（用在在诸侯的宴会上，）以演奏《鹿鸣》的音乐开始聚会，其意义在于表达君臣之间以道义相交，看见别人的优点便仿效学习，这种道义之交终其一生也不会厌烦。《兔罝》一诗中所讲的用人方法，是我所愿意取法的。……既然说这是天命，还有抱怨的话。《木瓜》一诗中有深藏的心愿而没有得以达成，因而要对给他木瓜的人大大的回报，以此表达他深藏的心愿。《杕杜》一诗重在真情，高兴他所爱重的人来了。∎

第七章

《东方未明》一诗中有尖锐讽刺的话。《将仲子》一诗讲人言不可不畏。《扬之水》一诗中主人公爱他的妻子很热烈。《采葛》一诗中主人公爱他的妻子很……《君子阳阳》一诗所描述的是小人。《有兔》一诗所表述的是生不逢时。《大田》一诗最后一章表明作者知道怎样对神说话，并且懂得敬神的礼仪。《小明》一诗不……《邶·柏舟》一诗郁闷。《谷风》一诗悲苦。《蓼莪》一诗讲孝子养亲的志愿。《隰有苌楚》一诗讲主人公得家室而后悔（羡慕别人无室家之累）。……恶而不悯。

《墙有茨》一诗讲别人淫乱隐密之事,而不知含蓄的表达方法。《青蝇》一诗知……《卷耳》一诗讲统治者不能知人善任。《涉溱》(指《褰裳》)一诗讲的是断绝交往的话。《著》讲的是婚礼中的夫婿。《角枕》(《葛生》的第三章)讲的是孀妇。《河水》知……▣

第八章

《十月》一诗善于譬喻。《雨无正》《节南山》两诗讲的都是上层社会的衰落,王公大人为之感到可耻。《小旻》一诗讲统治者多疑而不善断,君子有忠言而不能进用。《小宛》一诗劝勉统治者为善,其言没有恶意,君子遭逢乱世而有忧惧之心。《小弁》《巧言》两诗讲的是好说别人坏话的人的危害。《伐木》(求友……),实在责备自己。《天保》一诗讲诸侯之所以能得以福禄无边,是因为他能(尊重大臣)谦逊地称自己是少德之人。《祈父》一诗对于三军统帅(祈父,指大司马,三军统帅)的责备也是有原因的。《黄鸟》一诗讲知识分子在政治上失意困惑想要返归他的家乡,那些有廉耻的政治家是否对此感到忧患呢?《菁菁者莪》一诗讲受人知遇而前程得益。《裳裳者华》一诗讲(受先人庇荫而)身列贵胄。《将大车》一诗讲小人嚣张,君子无可奈何,还要为小人扶车,自受尘嚣之累。《湛露》一诗讲夜宴饮酒微醺,(从诗中你仿佛看到)饮酒人的脸还红着呢!▣

第九章

孔子说:《宛丘》诗中的内容,令我赞许;《猗嗟》诗中的内容,令我喜欢;《鸤鸠》诗中的人物,令我信任;《文王》诗中的人物,令我赞美;(《清庙》诗中的人物,令我敬重;《烈文》诗中的人物,令我喜悦；《昊天有成命》诗中的人物，令我……）；《宛丘》诗中说："以真情感动天地，但却没有祭祀天地的供礼"，我赞许这种俭约的礼仪精神。《猗嗟》诗中说：射出的四支箭因为射中了靶子而被人返回来，这样精湛的射技可以防寇御乱，我喜欢这种文明竞技的精神。《鸤鸠》诗中说："威仪一致表现在外，心意专一如结在内。"我信任这种表里如一的君子。《文王》诗中说："文王死后，其神在天上，他的精神的光芒普照天下"，我赞美文王的伟大精神。（《清庙》诗中说："前来助祭的诸侯恭敬和气、光明善助，还有威仪堂堂的）从事祭祀的执事们，他们都能秉持文王的道德规范"，我敬重这些能秉持文王道德规范的人。《烈文》诗中说："不要恃强，只在得贤人，尊贤唯在道德，不要忘记先王的伟大品德。"我为周人不忘其本的精神而喜悦。"昊天上帝有成命，（要让周人统治天下），文王和武王接受了天命。"尊贵而且显耀，《颂》……▫

第十章

……（《诗经》说：）"天帝对文王说，我眷念你的光明之德。"《诗经》为什么这样说？是因为天帝真的对文王这样说了。（《诗经》又说：）"有天命降自天帝，命令这个文王统治天下"，天帝真的命令文王统治天下了。这是可以相信的。孔子说："这就是天命吧！文王即使不想做，能行吗？这就是天命。"……文王接受了天命。▫

第十一章

《诗经》中《颂》一类诗，所称颂的内容是祖先的大德，但讲的多是靠后的事（如《周颂》中的文王和武王），它的音乐安泰而舒缓，它的歌声高贵而悠长，它的思想深沉而远大，这可以说是诗的极致了！《诗经》中《大雅》一类诗，所称颂的内容是祖先的盛德，讲的多是……（《诗经》中《小雅》一类诗……）讲的多是艰难而怨愤的事，这可以说是衰世之音，气象已经很小了。《诗经》中《邦风》一类诗，所反映的事物很广博，通过这些可以观察社会的风俗，政治好坏的大效验也反映在其中。它的语言很文雅，它的声音很和善。孔子说：只有能……▯

【作者附识】

这篇关于《孔子诗论》的白话文翻译是应邢文博士之请，于2007年7月21—22日写成的，后由邢文博士主持将其译成英文在美国发表：A MODERN TRANSLATION OF CONFUCIUSS COMMENTS ON THE POETRY（KONGZI SHILUN）*CONTEMPORARY CHINESE THOUGHT* vol. 39，no 4，summer 2008，pp. 49 - 60. 这次以中文发表，作了局部修改。

引用论著

曹峰：《试析上博楚简〈孔子诗论〉中有关"闵夭"的几支简》，郭店楚简研究会编：《楚地出土数据と中国古代文化》，东京：汲古书院2002年版。

陈剑：《〈孔子诗论〉补释一则》，姜广辉主编：《中国哲学》第二十四辑，第139—142页。

陈桐生：《孔子诗论研究》，中华书局2004年版。

晁福林：《〈上博简·孔子诗论〉"樛木之时"释义——兼论〈诗·樛木〉的若干问题》，《古籍整理研究学刊》2002年第3期，第2页。

董莲池：《上海博物馆藏〈战国楚竹书（一）·孔子诗论〉解诂》，

《古籍整理研究学刊》2002年第2期。

董莲池：《上海博物馆藏〈战国楚竹书（一）·孔子诗论〉解诂（二）》，《古籍整理研究学刊》2003年第2期。

冯时：《战国楚竹书〈子羔·孔子诗论〉研究》，《考古学报》2004年第4期。

冯胜君：《读上博简〈孔子诗论〉札记》，《古籍整理研究学刊》2002年第2期。

范毓周：《上海博物馆藏楚简〈诗论〉的释文、简序与分章》，上海大学古代文明研究中心、清华大学思想文化研究所编：《上博馆藏战国楚竹书研究》，上海书店出版社2002年版，第181页。

何琳仪：《沪简〈诗论〉选释》，上海大学古代文明研究中心、清华大学思想文化研究所编：《上博馆藏战国楚竹书研究》，上海书店出版社2002年版。

何琳仪：《沪简〈诗论〉选释》，简帛研究网，http://www.bamboosilk.org/Wssf/2002/zhoufengwu0.1htm.

胡平生：《读上博馆藏战国楚竹书〈诗论〉札记》，上海大学古代文明研究中心、清华大学思想文化研究所编：《上博馆藏战国楚竹书研究》，上海书店出版社2002年版。

黄怀信：《上海博物馆藏战国楚竹书〈诗论〉解义》，社会科学文献出版社2004年版，第31页。

黄人二：《上海博物馆藏战国楚竹书（一）研究》，武汉大学，博士学位论文，2002年6月，第10—11页。

姜广辉：《关于古〈诗序〉的编连、释读与定位诸问题研究》，姜广辉主编：《经学今诠三编》，辽宁教育出版社2002年版，第152—154页。

姜广辉：《上博藏简整理与孔门诗教》，《经典的形成、流传与诠释

（一）》，台湾学生书局2007年版，第212页。

姜广辉：《释䭮与䭮》，《中国哲学史》2011年第1期。

姜广辉：《初读古〈诗序〉》，邢文主编：《国际简帛研究通讯》第2卷第2期，第3—10页。

姜广辉：《再读古〈诗序〉》，邢文主编：《国际简帛研究通讯》第2卷第3期，第3—6页。

姜广辉：《三读古〈诗序〉》，邢文主编：《国际简帛研究通讯》第2卷第4期，第1—11页。

姜广辉：《〈古诗序〉编连、注释与白话翻译》，未刊稿。

季旭升主编：《上海博物馆藏战国楚竹书（一）读本》，北京大学出版社2009年版，第6页。

李零：《上海博物馆藏楚竹书（一）释文校订》，姜广辉主编：《中国哲学》第二十四辑，第182—196页。

李锐：《〈孔子诗论〉简序调整刍议》，上海大学古代文明研究中心、清华大学思想文化研究所编：《上博馆藏战国楚竹书研究》，上海书店出版社2002年版。

李锐：《读上博楚简札记》，上海大学古代文明研究中心、清华大学思想文化研究所编：《上博馆藏战国楚竹书研究》，上海书店出版社2002年版。

李守奎：《战国楚竹书·孔子诗论·邦风》释文订补，《古籍整理研究学刊》2002年3月第2期，第7页。

李天虹：《〈葛覃〉考》，邢文先生主编：《国际简帛研究通讯》第2卷第2期、第3期。

李天虹：《上海简书文字三题》，上海大学古代文明研究中心、清华大学思想文化研究所编：《上博馆藏战国楚竹书研究》，上海书店出版社2002年版。

李学勤：《〈诗论〉简的编连与复原》，《中国哲学史》2002年第1期，第8页。

李学勤：《〈诗论〉说〈宛丘〉等七篇释义》，《中国古代文明研究》，华东师范大学出版社2004年版，第284页。

李学勤：《〈诗论〉说〈关雎〉等七篇释义》，华东师范大学出版社2005年版，第272—275页。

李学勤：《〈诗论〉的体裁和作者》，上海大学古代文明研究中心、清华大学思想文化研究所编：《上博馆藏战国楚竹书研究》，上海书店出版社2002年版。

李学勤：《〈子羔〉等三篇并非一卷》，见李学勤《文物中的古文明》，商务印书馆，2008年，第359—361页。

刘乐贤：《读上博简札记》，上海大学古代文明研究中心、清华大学思想文化研究所编：《上博馆藏战国楚竹书研究》，上海书店出版社2002年版。

刘信芳：《上海博物馆藏战国楚简孔子诗论述学》，安徽大学出版社2003年版，第226页。

刘信芳：《关于上博藏简的几点讨论意见》，发表于庞朴先生主持的《简帛研究》网。

刘信芳：《〈诗论〉所评"童而偕"之诗研究》，《齐鲁学刊》第6期。

刘钊：《读〈上海博物馆藏战国竹书（一）〉札记》，上海大学古代文明研究中心、清华大学思想文化研究所编：《上博馆藏战国楚竹书研究》，上海书店出版社2002年版。

廖名春：《上海博物馆藏诗论简校释》，《中国哲学史》2002年第1期。

马承源主编：《上海博物馆藏战国楚竹书（一）》，上海古籍出版社

2001年版，第130页。

彭林：《"诗序"、"诗论"辨》，上海大学古代文明研究中心、清华大学思想文化研究所编：《上博馆藏战国楚竹书研究》，上海书店2002年版，第93—99页。

庞朴：《上博藏简零笺》，上海大学古代文明研究中心，清华大学思想文化研究所编：《上博馆藏战国楚竹研究》，上海书店出版社2002年版。

濮茅左：《〈孔子诗论〉简序解析》，上海大学古代文明研究中心、清华大学思想文化研究所编：《上博馆藏战国楚竹书研究》，上海书店出版社2002年版。

裘锡圭：《中国出土古文献十讲》，复旦大学出版社2004年版，第315页。

裘锡圭：《释古文字中的有些"悤"字和从"悤"、从"凶"之字》，复旦大学出土文献与古文字研究中心网站，http://www.guwenzi.com/Srcshow.asp? Src_ID=566，2008年12月15日。

裘锡圭：《关于〈孔子诗论〉》，姜广辉主编：《中国哲学》第二十四辑，第139—142页。

饶宗颐：《竹书〈诗序〉小笺》，首发于简帛研究网站，2002年2月22日。上海大学古代文明研究中心、清华大学思想文化研究所编：《上博馆藏战国楚竹书研究》，上海书店出版社2002年版。

单周尧：《楚简〈诗论〉"文王唯谷"说》，张光裕主编：《第四届国际中国古文字学研讨会论文集》，香港中文大学中国语言及文学系，2003年。

王承略：《〈孔子诗论〉说〈关雎〉等七篇义解》，《孔子研究》2007年第6期，第59页。

王志平：《〈诗论〉笺疏》，上海大学古代文明研究中心、清华大学思想文化研究所编：《上博馆藏战国楚竹研究》，上海书店出版社2002

年版。

杨泽生：《上博所藏楚简文字说丛》，简帛研究网。

颜世铉：《上博楚竹书散论》，《齐鲁学刊》2003年第6期，第102页。

叶国良：《上博楚竹书〈孔子诗论〉札记六则》，收入叶国良《经学侧论》，台湾：清华大学出版社2005年版。

虞万里：《上博〈诗论〉简"其歌绅而荡"臆解》，《古汉语研究》2006年第4期，第88—89页。

俞志慧：《〈孔子诗论〉五题》，上海大学古代文明研究中心、清华大学思想文化研究所编：《上博馆藏战国楚竹研究》，上海书店出版社2002年版。

俞志慧：《战国楚竹书·孔子诗论》校笺，简帛研究网，2002年1月17日。

郑任钊：《对〈孔子诗论〉释读的一点意见》，发表于庞朴先生主持的《简帛研究》网。

周凤五：《〈孔子诗论〉新释文及注释》，上海大学古代文明研究中心、清华大学思想文化研究所编：《上博馆藏战国楚竹书研究》，上海书店出版社2002年版。

周凤五：《论上博〈孔子诗论〉竹简留白问题》，上海大学古代文明研究中心、清华大学思想文化研究所编：《上博馆藏战国楚竹研究》，上海书店出版社2002年版。

周凤五：《孔子诗论残简补字表》，稿本。

周凤五：《孔子诗论重编新释》，稿本。

朱渊清：《释"悖"》，简帛研究网。

朱渊清：《读简偶识》，上海大学古代文明研究中心、清华大学思想文化研究所编：《上博馆藏战国楚竹研究》，上海书店出版社2002年版。

编 后 话

2013年9月，我注册了一个"学者姜广辉"的"微博"。一位网友闯进来问我："你做什么投资？"我说："我不会投资，只会读古书。"那位网友说："读死书，死读书吗？"我说："是。读死书，死读书，读书死。"他说："你不觉得太落伍于时代了吗？""我说是落伍于时代，但我就是做这个工作的。"他说："你这是在忽悠我吧？这是你的真名吗？"我说："这是我的真名，我行不更名，坐不改姓，要对我自己的言行负责。"他上网一查，查到一份介绍我的资料，说："这是你吗？我从来没在网上遇到过名人。"我说："我算不上名人，但我的工作确实是我的人生选择。"

我的工作是什么？就是研究古书。然后将研究成果呈现给社会。中国进入现代社会，从20世纪算起，不到一百年，这期间经历了许多风风雨雨。其中批判、清算传统文化的就有两次大的运动，一是"五四"新文化运动，一是"文化大革命"。这期间也涌现出过许多思潮，出现了许多种"主义"，可是弄到今天，信仰严重失落。尽管商业大潮涌动，网络时代来临，但在许多人的心底却萌生出一种逐渐向传统复归的愿望，于是而有持续不断的国学热、儒学热。可是，在图书市场上，却很少有通俗易懂而又不失水准的学术著作呈现给大家。有一次我与人民大学国学院梁涛教授通电话，梁说最近到内蒙古讲学，发现民众有极浓厚的学国学热情，可是我们的专家学者没有做好准备，没能及时提供给他们想要的东西。这也是我近年的深切感受。

张岱年先生曾经对我说："传统文化的内容，至少有百分之十到十五对现代还有意义。"

人们想从传统文化吸收营养，找到那些可以安身立命的东西。我们这些平时专读古书的人是否可以提供这样一种服务呢？我一直在想，学习传统文化，不能采取复古、照搬的态度，而应经过仔细的筛选，并做出精当的诠释，才能对现代人有用。并且这种作品不能如过眼云烟，转瞬即逝，要像当年程颐、朱熹那样做出时代的精品，经得起时间的检验，才对得住大家。

自 2013 年在中华书局出版我的《易经讲演录》之后，我便计划出一套系列的儒家经典讲演录。邱梦艳是我的学生，多年研究《诗经》，主动提出要同我合作，推出《诗经讲演录》。好在我们对所研究的内容都很熟悉，稍加策划后，便动手收集资料，撰写书稿，大约只用了四个月的时间，便基本完成初稿。我原来就有在岳麓书院开《诗经》课的想法，这个书稿也便成了我授课的内容。虽然授课内容是已经写好的书稿，但讲一遍有一个好处，就是把原来那些佶屈聱牙的古文，都变成了口语，比较通俗易懂，事后再整理加工，便成了今天呈现给大家的这部著作。

姜广辉
2014 年 1 月 20 日
于北京寓所